大鱼际

人间烟火·温暖之情

DAYUJI

莉璎——著

天津出版传媒集团
百花文艺出版社

图书在版编目（CIP）数据

大鱼际 / 莉璎著 . -- 天津 : 百花文艺出版社，
2024.1
ISBN 978-7-5306-8763-5

Ⅰ . ①大… Ⅱ . ①莉… Ⅲ . ①小说集—中国—当代
Ⅳ . ① I247

中国国家版本馆 CIP 数据核字 (2024) 第 023723 号

大鱼际
DAYU JI
莉璎　著

出 版 人：薛印胜
选题策划：郑　爽
责任编辑：由高峰
封面绘画：莉　璎
装帧设计：百悦兰棠 [BAIYUE LANTANG]
出版发行：百花文艺出版社
地址：天津市和平区西康路 35 号　　**邮编：**300051
电话传真：+86-22-23332651（发行部）
+86-22-23332656（总编室）
+86-22-23332478（邮购部）
网址：http://www.baihuawenyi.com
印刷：廊坊市海涛印刷有限公司
开本：787 毫米 ×1092 毫米　1/16
字数：260 千字
印张：17.75
版次：2024 年 1 月第 1 版
印次：2024 年 1 月第 1 次印刷
定价：78.00 元

如有印装质量问题，请与廊坊市海涛印刷有限公司联系调换
地址：河北省廊坊市安次区码头镇金官屯村海涛印刷有限公司
电话：（0316）2516002　邮编：065000

尘世之印

“如果真的有前世，前世我是谁。如果真的有来生，来生谁是我。”

出离尘世，我敏感地爱上万千美好，爱我一世的苦与甜，爱亲人，爱我的灵魂，爱我的追问。那些从慈悲里开出的花朵，是祖上的美德，是父母给我的教养。

这种想法时常令我含泪，在喧闹里孤寂，在寂静里盛放。我是何其形单影只，又何其日渐丰满。所有潜藏内心的累积体验，柔软地推动着一个念。

我从小喜爱写作和绘画。年少的春节子夜，钟声落罄，文字起航。散文、诗歌写了半生，行至某天，我不得不开始写小说。那些萦绕在心胸、脑海的念，不吐不快。文字蕴含了我对美好的期许、错失的质疑，甚至无解的愤怒。写出来，情绪有了归处，内心如海。我的小说从来不写自己，却闪现着我的念。如果非要指出哪一个是我，短篇小说《修福》里面的亚文是我。我通过一位母亲的顽强，影衬我遭遇人生困厄时，我有心数，能够给自己和他人创造幸福。

父亲带给我“处女座”的完美之心，母亲留给我勤劳善良的品质。我从小有生理洁癖和精神洁癖，我知道我自己，我从来不轻易交朋友，并不是说我没有嘻嘻哈哈的伙伴，我指的是我从来没有能够交心的朋友。我隐于人世自我修行，用尘世之人的方式待尘世，用不一样的独立状态对自己。我的母亲是评剧演员出身，我没见识过她在舞台上的风采，但知道乡邻对她的惦念。我长至十几、二十几岁，甚至更年长，乡下来卖菜的大妈还能从我的容貌中分辨出我母亲的信息，她会跟我提起我母亲当年随剧团上山下乡给他们送戏，住在她家，她说起往事神情不舍、满眼留恋。我体会到母亲的好。母亲走后十年，她的老姐妹在街上拉住我，跟我诉说往事。母亲人缘儿极好，我却回归理性的独自。父亲无师自通会拉手风琴，他十指翻飞弹弄黑白键，有时教我唱歌，有时母亲和唱，有时他活跃在支援农村建设的文艺演出现场，有时在大剧院，参加大型演出伴奏。父亲毕业于邮电老中专，他注重教育，他在我很小的时候给我们借阅、订阅邮电发行的报刊，我谙悉文字的魅力并汲取营养，包括文学、绘画、音乐、舞蹈，它们在我十几岁的时候与我结缘，我爱它们并将其深入骨髓。

我能写作和绘画，得益于从小的积淀，包含了天赋的成分，后天学习只是助力。我的语言风格，在我十六岁几乎成形。那之前，唐诗宋词、《红楼梦》已经留在我的记忆里。

我写了很多尘世悲欢，自己其实和小说不同，比较平淡。熟悉我的人知道，年轻的我对待爱情的态度，有着超乎年龄的冷静，没有和我刚好的人儿出现，我宁愿单着。直到毕业回家，一位中年“大叔”给我介绍了我的丈夫。一场婚姻，坚定一生，忍耐、宽容和谅解，帮助我安稳。文字是历经岁月，活泼绽放的奇丽花朵，芬芳充盈我的内心，不需人懂，却让我不断地完整活过、体验过。

现实生活不总一帆风顺，写作使我内心丰盈、头脑清醒、目标明确、行动果敢坚决。我绘画的天赋要强于写作，两者领域不同又相通的感悟时刻塑造我、成就我。我外表的柔弱和内里的承担截然相反。我从不相信什么，只有感受，用信念支撑预期的到来。我的光、我的信念，像磨琢的菩提子，一线穿心，捻在指端圆顺如玉；又像大漠荒石，被风削去了肉身，留下坚硬的骨、艺术之审美。

我喜欢孤独、享受孤独。实现内心的坚闭，进入自我智慧的完满，安静、简单，欢喜含笑。我的笑容发自内心，明澈温暖，它是本自具足的果，是我给困苦的回应、战胜自己的底气。人生的路上，遵从灵魂的召唤，做自己喜欢的事情，苦亦是甜。我熟悉每一份成就背后需要付出的汗水和煎熬过程，突破极限的一刻，我便获得自信和重生。学习绘画、音乐、舞蹈都能给予我这种死而后生的感觉，我拿这份毅力来写作，困难就变成了前进的动力和台阶。

我的写作只为我自己，从本心出发，当然我会兼顾社会属性。年少时很多想法难以妥诉，穿越人事的沉重，比如死亡、崩塌、绝望，文字的路径变得明朗，内核确切、触到本质。我对文字有很深的感悟力，我喜欢清晰的思路、深刻的语言。我会在某个严谨的逻辑面前惊讶、欣喜。好的文字，我能从中闻到香气。

写字的样子，强调的该是内里，拥有一颗孩子的心，天真而纯洁。

几年前，我想要帮助女儿在她就职的城市安个家，我利用两个月的时间去实地行走、考察，都没有定下心来。有一日，某位给予我房源介绍的男生给我打电话回访，问我可否中意他昨天的介绍，我委婉地回绝了他。临了，他在电话里说道："谢谢老姐。"电话挂断，我在独自的空间心里破防。"老姐"是弟弟对我的专属称谓，男生的语调很像弟弟，我哭着想要给他回拨电话，终是忍住，默默祝福他能够坚定地逆风行走，谋生有爱有稳定。如果说整个宇宙充满了量子纠缠和传递，但愿我的祝福他能收到。那时弟弟离开我两年了，我依然陷进痛失的忧伤中：开门进屋会请弟弟先行，对着空气和弟弟说话；坐车的时候热泪盈眶，请弟弟随我阅览这人世。后来见到一处水湾楼群，我迫不及待地花费两个小时绕行它一周，在楼上、院子里体验逗留，我兴奋而笃定地把消息告诉给女儿，第二天女儿也来看，我们很顺畅地认定并签署了购买协议。

所有的不期而至，都是长时间的预谋已久。

弟弟和我一样有着勤奋和专注的遗传，他学习比我优秀，入世平台比我优越，他从北大研究生毕业，成为IT行业的佼佼者，有猎头来挖他。他的早逝唤起了我对生命的感悟和觉醒，我以后要怎样活？我选择能做的事情，像弟弟一样把它做到极致。并努力保有健康和平安，在人世间，尽我的使命，快乐、有意义。

生而为人要有敬畏之心，敬畏自然，敬畏规则，敬畏万事万物。还要内心有爱，爱是成就世间一切的源泉。

命运从天上俯瞰我们，无声护佑有心人，包括困难、挫折都是他设定的考验，让能够承接住命运的人，化茧成蝶、华丽蜕变。应该说人生遇多大磨难，可能成就多大夙愿。战胜不幸的韧劲和能力，决定了一个人的高度和宽度。关键要看历尽劫难能否初心不改，出落得生动、丰满。于是命运之神在岁月的深处照见我。

人要找寻几个世纪呀，我们的手纹扣成一个印，就像找到我自己。

莉　璎

目 录

莉璎短篇小说

莉璎中篇小说

莉璎小小说

莉璎短篇小说

空房子

下了钢琴课，鞠白在楼下小饭店吃了午饭。她走着去舞蹈室，那地方离钢琴室不远。

一群中年辣妈站舞场边缘，痴迷而欣赏地观看桑巴舞。学员年龄大小不一。夏欢老师高高的个子，不十分帅气，但身材好，他有男性的挺括，胸脯和胳膊上露出肌肉块儿，想必腹肌也很健美吧。白衬衣、黑筒裤，夏欢摆腿、转腰、回髋、甩臂，飘逸而狂野。鞠白看呆了。鞠白一阵兴奋，像回到小时候的舞蹈房，她悄悄下场，跟在后面舞动，很快带点儿模样。夏欢瞅着镜子风趣幽默地夸奖："新来的学员，有天赋，加油！"那声音伴着跳跃的节拍，充满激情。舞场里的气氛热烈，一节课下来，鞠白出了一身汗，身心一派舒畅。

就这儿了，鞠白要用自己挣的钱逐一实现小时候的梦想。

很开心地回家，一进门，又见他们喝多了，五马长枪的，伍修锦像盘踞领地的"狮子王"，被拥戴着。"呀！嫂子回来了！"建筑工程队的兄弟纷纷表示敬意和高兴。伍修锦把大家的酒杯满上，掀起喝酒小高潮。

兄弟们撤了，伍修锦开始埋怨鞠白："你真行，不在家陪我，不给兄弟面子，不给我面子……"他磨磨唧唧没完，鞠白的心，紧吧、揪揪着。伍修锦总算睡着了，鞠白蹑手蹑脚地打扫房间，一片火热彻底凉凉。

鞠白研究生毕业即考取了注册会计师。她在公司财务室上班，别人一天处理不完的工作，她两小时搞定。公司成功上市，公司老总很关心年终决算，元旦之际，老总和财务人员，几乎围绕着鞠白。当子夜钟声响起，各项议程如期结束，所有人的目光从电脑屏幕转向鞠白，现场迸发出欢笑声。

下半夜大家外出吃夜宵，鞠白受到夸奖：“年轻人不错！挺能干！”鞠白表情淡然，内心充满欢喜。不久，老同事离职，鞠白继任财务总监，月薪万元。

一万元，当初爸爸一年的收入。鞠白独自望向窗外，市井的霓虹早已吞噬了贫瘠岁月的荣耀和伤痛，来自暗处的力量如五彩灯光，滋生强大的夙愿。

伍修锦不在家的日子，无聊，鞠白买了一架钢琴，报了钢琴培训班。

卞文文，很有味道的钢琴老师，细发紧贴着头颅，扎在脑后挽成丸子结，她的皮肤蜡一样光洁，细眉薄唇，眼圈微微泛黑，眼睛里闪动着一层水光，仿佛含着双眸里面的灵魂。相比较，鞠白的脸更白一些，凝脂白，有血色，大眼睛如黑宝石，安静地坚定不移。鞠白短发飘逸耳边，露出一截雪白的颈项。卞文文的脖颈显得修长，像芭蕾舞剧《天鹅湖》里的一段忧伤。

鞠白挥手轮了一遍指法，生疏但有记忆，卞文文只需示范、讲解一次，鞠白兀自进入练习状态。况且家里有钢琴，回家可以自行多练习，成人比孩童珍惜机会，知道自制性刻苦学习，鞠白进步飞快。如果排到下午稍晚的课，鞠白会见到奶油皮肤、茂密黑发的男孩儿放学回来，他刚上初中，来等妈妈下班回家。卞文文和儿子如沐春风的亲昵关系，让鞠白吸入幸福的香气，她小时候有爸爸在的气息。

鞠白小时候的家房子很大，满室的红木家具，柜子里有鞠白的公主服、名贵物品等。鞠白的妈妈喜欢熨烫，水汽“滋”地腾起白雾。妈妈长发飘逸，浅笑铮淙，大小姐范儿，她的手细嫩，抖搂新买的衣服，拿到穿衣镜前比画。几盆茶花端坐窗台之上，弥漫苹果味香气。鞠白的爸爸回来，温和地调侃：“你妈妈的美家里快装不下喽！”妈妈不上班，爸爸从来不责怪她不爱做饭，爸爸拎着菜进了厨房，鞠白肆无忌惮地跟了过去。

鞠白喜欢爸爸的木材厂，工人说：“老板，你都万元户了，可比我们有钱……”他们去厂外马路边上抽烟，爸爸给每人发一根“长白山”，他点燃烟丝，吸一口，仰起脸，吐出一串烟圈儿，鞠白在旁边，看见太阳套了一层浅灰外衣。鞠白返回厂房，把薄木卷弄头发上，用舞蹈的姿势走路，木屑沉寂，粉碎的小分子露出松木清晰的油香。

伍修锦第一次领兄弟回家，并没有事先跟鞠白打招呼。鞠白正在客厅练习斯卡拉蒂d小调奏鸣曲，思绪随着跳跃的音符快乐地徜徉在青灰色的光线里，身心变得透明，羽翼丰满，飞翔……伍修锦一身邋遢，眉眼舒展，带领几个兄弟回来了：“鞠白，看谁来了？”这一年他们的建筑工程在本地。他近似于吆喝，“赶紧给我们弄点儿饭菜，我们要喝酒。”鞠白打出一个浓重的低音，欢快戛然而止。

伍修锦从小走哪儿吃哪儿，不会做饭，鞠白给自己做点儿吃的还可以，突然要准备这么多人的饭菜——“哎……”没人听得见。

下楼买菜吧，回来翻炒。忙了很久，才弄出四道菜。伍修锦等不及，老虎似的原地转圈儿行走，边走边给外卖打电话：“对，四道菜，香辣肉丝、红烧明太鱼、酱牛肉、酸菜大骨头。”伍修锦咧着嘴笑，眼睛释放光芒：“我是孤儿，这个家可是我的梦想，来，为我的港湾干杯！”

他们吵吵闹闹，噼里啪啦撞击杯子，咂巴嘴喝酒，大口吃菜。几个来回有人长胆量了，不住地夸奖：“伍工，好兄弟，嫂子有福气！嫂子真有福气啊！”大拇哥竖起一只，随后竖起一片。鞠白突兀，仿佛占了大便宜，她烈烈地笑，奉陪着。

鞠白几乎没吃什么。天黑透了他们才走，撇下一室狼藉。伍修锦拿出钱给鞠白：“都是你的！”说完倒头睡了，鞠白拉也拉不动他，一身酒气趴沙发上。

鞠白把餐盘捡拾到厨房，收拾到很晚才弄利落。下午的钢琴课没去成，伍修锦这会儿睡得沉，屋子里不能出动静，寂静得比他不在家时严峻。

以前呢，哪曾想到他这个样！

他们相识在大学校园里，春天开满鲜花的广场，伍修锦偷拍花树下的鞠白。他俩先后走进大学贫困生帮扶中心。

学生干部介绍：“伍修锦同学，孤儿，从小在孤儿院长大，他的学费、生活费来自贫困生补助、奖学金和打工所得，属于特困生……”

大家围坐，新生鞠白盯着对面的伍修锦，她见着一个比自己凄惨的人。

鞠白的记忆不断回溯。

十二岁生日好像最后一场梦境，两张温和的面孔乐呵呵凑过来帮她吹蜡烛，她也吹，她假装高深，闭上眼睛默默许愿：愿我和爸爸妈妈每天开心快乐！鞠白校外上钢琴课和舞蹈课，她不再用爸爸扶持，自己跨上摩托车，安稳地倚靠爸爸敦实、温暖的怀抱。爸爸一脚油门很给力，摩托车往前冲，鞠白睥睨万物。

播放的乐曲磁带突然卡壳，妈妈混乱地接听电话：“什么？死在大海里，找不见尸首！”爸爸的离去，引发了家庭的持续性塌方。家里的钢琴卖了，红木家具一件件消失，鞠白上高中时，大房子也卖了。别人家搬进楼房，她娘俩搬进小平房。妈妈不仅学会了做饭，还去夜市儿摆烧烤摊、早市儿卖菜。鞠白想帮忙，妈妈不准：“不能耽误学习！”鞠白上大学，妈妈又多了一份工作，去医院打扫卫生，晚上护理病人。想到妈妈，鞠白心里酸溜溜的，泪珠滚落，无声、剔透。

伍修锦看呆了，眼睛睁得大大的。鞠白觉得伍修锦像颗淳实的“土豆”，关切地想要吸走她眼中的泪花。

鞠白拿到伍修锦用手机给她偷拍的照片，背景忍冬花乍放。鞠白也了解到伍修锦的身世，一张泛黄的宣纸，上面留有工整的毛笔字：“你的爸爸姓伍，妈妈姓修，我们没办法养你，但希望你有个锦绣前程，你就叫伍修锦吧。”有两处墨迹洇湿了，不知是泪水还是雨滴。孤儿院保姆说收养伍修锦那天，早上下着蒙蒙细雨，一把大黑伞遮挡着地下的婴儿，襁褓里只寻到这张宣纸。

鞠白一阵凄寒，她帮伍修锦分析：“你爸爸一定是个文化人……”为了安慰伍修锦，她卖惨道，“我好久没照相了，我和我妈挺困难的，挺节俭。”伍修锦满不在乎地说：“我陪你多照几张，正好我打工的钱该结账了，给你洗出来。”鞠白嘴上说不用，行动上却顺从了。

鞠白给妈妈写信、寄照片，她告诉妈妈好消息：“我申请下来贫困生补助了，下个月暂不用寄钱给我，留下自己吃点儿好的！我心爱的妈妈！”手机已经不是什么稀罕物件，可鞠白和妈妈没有。她和妈妈保持着原始的通信状态。

伍修锦学土木工程专业，大学毕业很快找到工作。那时节，建筑行业如海绵，吸金、膨胀。伍修锦的存款多了起来。

鞠白上大学的第二个生日，得到人生的第一部手机——苹果手机，伍修锦送来的，还有一套漂亮的运动服。鞠白突然觉得爸爸回家了似的。伍修锦也买了新手机，鞠白红着脸跟伍修锦要他那个旧手机：“反正你也不用了，又没人送，给我吧，我妈用得着。”

转天儿，伍修锦买了一部 OPPO 手机，专门送给“阿姨”。

鞠白的眼泪下来了。

伍修锦说：“就当我找见了人世间的亲人！”

鞠白的心软得一塌糊涂。

他们一起出去吃火锅，一起去歌厅唱歌。鞠白想：家不就是这个样子嘛，有个男生为女生撑着天地，宠着、管着女生，哪怕他长得像土豆皮、土豆泥……

妈妈第一次跟鞠白通话，鞠白正和伍修锦逛街，风很大，沙尘迷了眼睛，鞠白和妈妈都语无伦次，反复互相叮咛。鞠白的头发遮蔽了脸，泪水打湿了头发。鞠白说：“我勤工俭学呢，钱够用，妈你以后别那么辛苦了，给自己买点儿新衣服，买点儿化妆品……”

傍晚吃饭，鞠白把脸深深埋进臂弯，趴餐桌上无声地哭了。

伍修锦上前拉起鞠白，帮她擦干眼泪，“没事儿吧？”他问。鞠白的脸上现出宁静且高贵的神情，“没事儿，真的没事儿。”她说。

伍修锦办理了金卡，交到鞠白手上。他的工程队走南闯北，每次回来，他给鞠白的金卡存入一笔钱。有了伍修锦，鞠白大学毕业不必急着找工作，她继续读研。

等鞠白研究生毕业，伍修锦把她领到一所大房子，伍修锦贷款买下的

“家”，跟鞠白小时候的一样大。伍修锦向鞠白求婚。鞠白拉着伍修锦，把她小时候的红木家具一件件买回来。伍修锦忍不住蹙眉头：“想不到，你的审美挺奇特呀！”鞠白立马提示：“别忘了，你爸爸还用毛笔写字呢！”伍修锦变成哑巴。

住一起算是结婚了，伍修锦不提，鞠白也不问，他们没领结婚证。鞠白心里还是有小心思的：大概伍修锦是孤儿的缘故吧，不太懂得讲究礼节。

鞠白试着和伍修锦沟通：“下次你们去饭店吃，好吗？”伍修锦毫无顾虑：“我终于有了家，在自己家里多热闹……”鞠白被噎住，一个人不假思索的话语最能体现其本心。他是个孤儿，自我意思强烈，对家的占有欲望和旁人不同，他时刻抓着害怕失去的东西呢。鞠白不忍心强制什么，也无法改变什么。那些农民工兄弟和伍修锦一个德行，不修边幅、随意、爆粗口。鞠白可不敢小觑农民工，他们简单且豪放，伤不得。鞠白苦笑。后来鞠白学聪明了，他们回来，她主动给点外卖，她则出去学习钢琴课。没有钢琴课的时候，她一个人在街上闲逛，买衣服、吃快餐。喧闹的人群，越发衬出鞠白的落寞。

卞文文知道了鞠白有家无处归，给了她一个舞蹈老师的地址，建议她过去看看：“很养眼的，学学舞蹈，消磨时间，还健身。”

夏欢老师比鞠白小五岁，艺术学校刚毕业，受聘于舞蹈室，他老家是农村的，不富裕，他一个人在外打拼，除了跳舞时一派妖娆，静下来，稳重大方。

区里要举办舞蹈大赛，夏欢征求鞠白意见：“给我做搭档好吗？我就不用去外面雇人了。”鞠白犹豫：“我恐怕不能胜任，耽误了你获奖。”夏欢说：“输赢不重要，重在参与。”“好吧！”鞠白欣然同意。每天舞蹈课结束，她和夏欢继续练习一小时。鞠白倒是没有什么别的想法，毕竟她把夏欢当成弟弟看待，可夏欢看她的眼神好像没有年龄界限。鞠白在镜子里如同小鸟，和夏欢纠葛、摇摆，鞠白觉得他们都很欣赏肢体美带来的感官和心灵享受。

下了课，鞠白饿了，夏欢挽留她：“一会儿尝尝我的厨艺。”他把鞠白领进舞蹈室后面的小厨房，他的寝室在旁边，他问鞠白喜欢吃什么，鞠白看到夏欢变戏法似的，一会儿工夫，弄出两盘蛋炒饭，和一盘酱茄子。

“你怎么像我爸一样能干！”鞠白脱口而出。

夏欢问起鞠白的爸爸，鞠白温暖而自然地讲起家事。

夏欢安慰她，讲自己如何学会做饭的：“我爸妈在我很小的时候外出打工去了，为了让爸妈放心，我学着照顾自己，照顾爷爷、奶奶。按理说，农村的孩子，家长不支持学习艺术，怕花钱多，将来还不好找工作。但是我把爷爷、奶奶伺候得太让爸妈放心了，爸妈见过世面，他们同意我报考艺术学校。不过，我知道家里穷，不交女朋友，把时间消耗在练功房，老师很欣赏我，帮我谋到这份工作。”

夏欢语调舒缓，像讲别人的故事。

“我要一点点攒钱，买房子，再谈女朋友。”

“你不谈女朋友，谁陪你看电影呀？”

“我自己去，刚看了《大鱼海棠》。”

鞠白学着说电影里的台词：“所有活着的人类，都是海里的一条大鱼，有时相遇有时分开。有的人，永远是关不住的，因为他们属于天空。”

夏欢一愣，迅速进入角色：“你说椿和湫最后能相守吗？他们之间隔着一整个夏呢！”

鞠白说：“椿把鲲的灵魂从小鱼养成大鱼，实质上是把爱渐渐养大，欲罢不能，泛滥成灾难。”

“爱是从来不讲规则的。”夏欢说，“你发现没有，当鲲返回人间变成人形，一条小鱼游进大海，轮回开始了吧。”

鞠白怅然：“湫太伟大了！有大爱的人必定是有大寂寞的人，孤独承受命运。”

鞠白和夏欢相视而笑，饭已经不知不觉见底儿。

“哪天你来，我给你做鸡蛋西红柿面吃，那种酸酸的味道知道怎么出来的吗？”

“怎么出来的？”鞠白问。

“很简单，用热油先把西红柿炒了，再放汤汁儿。”

“就这么简单吗？”鞠白追问。

“就这么简单，生活只需多上点儿心，动动脑筋。”夏欢说。

“知道我今天为什么穿一身黑衣服来吗？”鞠白不示弱地问。

“为什么？”夏欢反问。

“因为一身黑才是最朴素的装扮，有利于彰显舞蹈时的肢体语言。”

“哈，你领悟得不错！”夏欢提出表扬。

“那当然。”鞠白小有成就感，满脸愉悦。

周末不能在家练钢琴，弹奏的技能进展放缓，舞蹈的段位却突飞猛进。鞠白和夏欢的参赛舞蹈，意外获得三等奖。

鞠白举起右手，虚握的状态停留眼前，夏欢立即举起左手，两只手用力握在一起。小时候那种睥睨万物的骄傲涌上心头，鞠白大声喊出来：“上车！我们去游乐园！”她豪爽地打开车门，邀请夏欢。鞠白开着白色奥迪一路奔跑，欢快溢满车厢。

过山车冲上高空，鞠白和夏欢融入一片尖叫声中，快速前进带来的狂风，把头发和脸吹变了形，忽上忽下地迅猛穿行，使整个人瞬间惊悚。下了过山车，向死而生的感觉亲切而踏实。鞠白小时候由爸爸陪着玩过许多游戏，她问夏欢，夏欢不好意思地开口：“我真没玩过。”

两个人深入迷宫，前方紫蓝色闪电光幕里现出一具骷髅鬼，手舞镰刀，砍过来。鞠白吓坏了，夏欢挺身而出，他那天穿着一身白衣，他双手伏地，倒立起来用手行走，双腿在上空胡乱蹬着，只听“啊”的一声，骷髅鬼扔了镰刀吓跑了，其他游客也吓跑了，鞠白和站起身的夏欢，东瞅瞅西瞧瞧，爆发出天真而刺激的欢笑。

回到家，伍修锦躺沙发上，吐了一地。

鞠白不搭理伍修锦，伍修锦耷拉着脑袋，像受伤的小孩儿，默默忍受着。那样子，反倒像鞠白欺负了他。沉郁之气如海水瞬间漫过屋顶，淹没了鞠白，连空气都凝固了。

伍修锦不认错、不解释，沉默着。过不了两天，鞠白先放下架子主动和他说话。

家里一如既往。

鞠白爱打扮伍修锦，她给伍修锦买名牌西装，买好看的衬衫。然后和伍修锦去看电影。伍修锦一经穿上好看的衣服就不自然，鞠白问他电影好看吗？他说不上太多。鞠白打量他，像化了妆的土豆。他必须换回原来的一身黑，才活灵活现。

很晚回家，鞠白想吃面，伍修锦不会做，做了也不好吃。鞠白要么自己下厨房动手做，要么顺从伍修锦，点外卖。

吃到面条的一刻，鞠白哭了。她多想吃一份男人亲手做的家常面呀。

伍修锦问鞠白："怎么了？"鞠白不说，她觉得说了也没用。

鞠白起早去了舞蹈室，夏欢正在小厨房忙碌，夏欢说："你等着，我做两份面，看你就像没吃早饭。"

"你怎么知道？"

"我从小喜欢猜人的心思，默默做点儿事情，讨大人欢欣，这样，爷爷、奶奶，还有爸妈都喜欢我。"

鞠白听了，痴住。她一边吃面一边出神。她觉得从小没有爸妈陪伴的夏欢，比她和伍修锦的心理都健康，细腻如阳光。

上午学习舞蹈课，下午去学钢琴课。卞文文的儿子没来找妈妈。卞文文下了课邀请鞠白外出共进晚餐，她解释说："爷俩登山去了，不用我管。"她们走进暗稳格调咖啡色系的泰餐厅，两位极具艺术气质的美女，如两缕行走的兰叶，款款幽雅，袅袅落座。她俩点了一份菠萝饭，卞文文要了咖喱面包鸡，鞠白要了蔬菜沙拉，饭量、菜量不多，但味道可以，刚好能吃饱。

"夏欢怎么样？是不是很有征服力？"

"小女生和辣妈，我们都是他的粉丝。"

“我这个师弟，舞蹈功底扎实，关键，很阳光、很靠谱。这年代，美而心理健康的人不多见了！”

鞠白口中的咖喱鸡块咀嚼碎了还没咽，听出来卞文文老师话里有话，她停在那个状态，好奇地盯着卞文文黑眼圈里水汪汪的灵魂。

“别见笑，今天只有你我，我不妨告诉给你，我严重失眠，轻度抑郁。变成这样，全得感谢我丈夫和婆婆。我婆婆独自带大我丈夫和他妹妹、弟弟。我以为嫁给对母亲好的男人不会吃亏，结了婚、生了儿子才发现，全不是一回事儿。我丈夫下了班不急着回家帮我和儿子，他经常先到他妈那里去，给他妈做饭。他妈又不老，又不上班，自己能动弹，最该帮助的是我呀，我真不高兴。我教钢琴课挣得多，钱被丈夫要去孝敬他妈，他家像个无底洞，永远填不满。他妈让他向东他绝不向西，他妈说我不好，他回家吊冷脸子给我看。我给他家打长工我还有罪过了，我妈都没享受过我这么多孝顺。我得保护我的家庭和睦、我的财产。我抗争，我气愤，我失眠和抑郁。我在医院当着心理医生的面忍不住痛哭，医生告诉我：‘你丈夫有恋母情结，你在你婆婆家里永远不会有地位和道理，你只能是附庸，在你丈夫心里，你婆婆永远没错，错都在你。你丈夫会随同他的母亲，忽略妻子和家的存在，表象是，折磨虐待妻子的精神境界，没有家庭责任感。’我上网查阅，嫁给妈宝男，女人不是被逼疯了，就得离婚，不离婚，只有死路一条。”

鞠白卡在嗓子眼儿的饭，全变成浓重的咖喱味道，强咽下去。她瞪大眼睛倾听。

“原来不是我神经不正常，而是他全家人都不正常，我面对一群没有礼数的病态的人，时间长，把我给憋屈病了。他妈需要钱，不单给自己养老用，还要管他妹妹和弟弟，我们先后帮他妹妹和弟弟找到工作。他妹妹结婚生小孩，我婆婆也不讲身体不好了，给看着。我生儿子那会儿，她躲远远的，通过他儿子跟我要钱从没停止过。我儿子是我妈带大的，吃姥姥的，穿姥姥的。去年他妈说自己得了绝症，快不行了，从我们这儿要走十万块钱，后来知道，是为了给她小儿子买婚房交首付，她根本没病。新媳妇发觉家人不正常，趁没生小孩儿离了，房子被要走。他妈一着急，心脏病发作，赶到医院已经不行了。他妈一死，他妹妹和弟弟争抢老人房产打了起来，我们没要遗产，花钱把老人发送了。今年他弟弟又要买婚房，直接来跟我丈夫要十万块钱，我没给，他弟弟在我家楼道里跷着脚大骂他哥忘恩负义，弄得我们挺没面子。”

卞文文吐了口气，轻松了一下：“我让丈夫先去单位宿舍住着，我和儿子在家，他弟弟再来闹，我打开房门请他进来，说我们已经离婚了，有事儿找你哥去。他哥那点儿工资，养自己都勉强。我丈夫嘴上不承认，但心里明白了他妈妈的危害，这不，知道约儿子过自己的小日子了。”

卞文文的脸上露出历尽磨难的神秘微笑：“要不是为了我儿子，我早和他离了。我怕我们离婚，会影响儿子的心理健康，我绝对不会让我儿子步他爸爸和奶奶的后尘。”

这一出狗血大戏，若不是卞文文亲口说出，鞠白还以为人世间除了她，天下太平呢。

鞠白的手握在卞文文放桌面的手上，那手细长、美丽，她的主人勤劳、向上，却遭遇了一个黑暗的大包袱、无底的深渊，一遍一遍吞噬她，拉她陪葬。“好了！好了！都过去了！”鞠白只能这么说，无语评价。

鞠白跟卞文文讲伍修锦：“他能挣钱，但不懂什么是家，不会做饭，关键他的理解力，永远上升不到我的层面，而我的生活是离不开艺术境界和精神高度的。你看夏欢，从小爸妈不在身边，却长得善解人意，知道自己缺什么，就温暖地去给予别人什么。”

轮到卞文文认真瞄着鞠白了：“你是不是恋爱了？和夏欢老师！”

鞠白一惊，突然被人尖锐地戳中要害，她死不承认。

“趁你还来得及，一切尚可改变。否则，你要做好抗争一辈子的准备。像我，带着孩子，护着孩子，承受万劫不复。我不死，才等来我想要的安宁，而这份安宁也许是脆弱的。”

鞠白听了卞文文的话，几乎落荒而逃。回到家里，伍修锦一个人坐沙发上，不看电视，也不做饭，受气了似的，可怜兮兮。鞠白再次被沉郁淹没。鞠白吃过了，默不作声去厨房给伍修锦做白米饭，放了菜汤。伍修锦看了一眼说没胃口，他想吃泡面，鞠白说：“那我下楼去给你买。”伍修锦说：“不用了，我自己去。”说完起身关门走了，把鞠白撂那儿。鞠白那个气呀，她不希望他把兄弟往家领，他不自在就扮可怜状，也不问问鞠白的感受，吃没吃饭，他这人不会构建生活品位。

伍修锦买了泡面一个人吃，鞠白不吱声，他也没有多余的话。鞠白只和爸爸过了几年畅快日子，跟妈妈过日子，得小心翼翼的，妈妈刚离开爸爸时，啥也不会干，炒个菜，油锅起火了，吃不上饭不说，妈妈脆弱地搂着鞠白哭。鞠白比妈妈弱小，却要小心地照顾妈妈的情绪，现在又要照顾伍修锦的情绪，她快要窒息了。跟随伍修锦，无非在衣食无着的艰难岁月遇见依靠，日子久了才发现，夫妻过日子，思想、爱好、情调真得合拍儿。像她和伍修锦，拉开万丈红尘，现出不对等的隔阂，这不是能吃上饭和有钱所能解决的问题。

鞠白终于开口了：“我发现我们越来越陌生，越来越不熟悉。”

伍修锦吃到一半的面，突然放下，什么也没说，走了。

“我去单位住。”临走还算给了鞠白一个交代，省了鞠白操心。

鞠白已经不是那个为吃饭而担忧的小女生了，凭她的经济实力，她有能力养活自己和妈妈，她被迫思考，想要的爱该是什么样。

鞠白买了去三亚的机票。天亮，她提着行李箱出发了，临上飞机给卞文文和夏欢老师告假，跟单位领导打了招呼。

飞机在白云之上穿行，离开尘世越远，越忘我。

晚上在奥西亚诺海底餐厅吃饭，鞠白一个人，每吃一口，狠狠吞下她和妈妈节俭、小心生活的那些年，吞下她的动荡和不安。玻璃墙壁里的鱼群圣洁地不知忧愁。这里刺激想象、刺激消费、刺激奋斗和享受。人生之邈杳和可爱，重叠存在于任性而独立。

第二天她前往三亚国际免税店，人山人海的地方，个体愈发显得渺小，人们饶有兴趣地排队等候进店购买。除了妈妈，鞠白发觉她竟然没有惦记的人，她给妈妈买了成套的化妆品，她觉得她有点儿像当年的爸爸，要想着妈妈。

她去看黄巧灵总导演的“三亚宋城千古情”剧目，室内剧演绎成落花、飘雨、空中飞人等多重元素立体仿生模样，身临其境而被光影声色所震撼，鞠白的思想更坚定了一个信念，一切需要有所突破。

她不停变换居住地点，蜈支洲岛、三亚湾、亚龙湾、鸿洲码头……下海游泳、潜水、水上飞天，乘快艇，坐游艇出海，蔚蓝色的大海随时出现，海水漫过身体，海边浪花碧绿如碎玉。鞠白甚至故意游向深水区，感受海水暗流回卷的力度将她吸引向大海深处，像爸爸一样被大海放逐。鞠白及时奋力地返回浅水区上岸，那巨大的海洋的吸引力，依然在内心无力返还。

每到一处，鞠白都会问起，十五年前，是否听说有一位鞠姓男子被海浪卷走。一个黑瘦但健壮的小师傅喊叫他的老父亲过来，他说他父亲因为出海死了人，至今只做岸上工作。

老师傅上下打量鞠白，问：“他是你什么人？”

鞠白说：“我爸爸。”

“我有点儿记不清他姓什么了，这种事情，海滩上总会有。当年他领着小妻子住我家，女子对她好呀，他吃不惯琼州菜，女子每天起早买了新鲜菜给他亲自做饭，那女子下海游泳被海浪卷去深水区，他游过去追，他俩再也没回来。”

“那个女子长得漂亮吗？”鞠白问。

“不漂亮，倒很温柔，善解人意，知道心疼、伺候男人。从那以后我就不下海了。”

鞠白听着，泪水流下。她爸爸最会做饭的，在家给她和妈妈当伙夫，怎么轮得着一个丑女子给他做饭了。难道妈妈美得像“花瓶”，爸爸累了，被温柔的浪花随意卷走？

但愿那人不是爸爸。

鞠白冰冷地拨打手机问妈妈，妈妈迟疑了片刻：“一切都过去了……那是我的命，也是你爸的命……董老师在我的护理下已经康复，他老伴走了多年，儿子上班忙，没时间看护他，他说你妈做饭好吃，会心疼人，他要照顾我晚年的生活。”

“妈，他会做饭吗？”

“会，我俩都会，可以互相搀扶和照顾。”

“好呀！祝福妈妈！”

当晚，鞠白梦中浮现潜水的镜头，她潜到海水五六米的深处，依然对教练给出大拇指朝下继续下潜的手势，肺部已经不会一起一伏地运作，鞠白用嘴巴吸着气息，耳膜无比刺痛，五颜六色的海鱼游在眼前、身边，有动画片上的小丑鱼，它们好奇地凑过来，傻傻的，抓却抓不住，那些一拃长、一尺长的海鱼去往斑斓和幽暗，爸爸和他的小妻子在大海深处向她招手，卞文文却在海岸上大声疾呼：“鞠白回来，鞠白回来……”最后她觉得自己变成了小丑鱼，被教练一把提出水面。

“你不要命了！”教练大声呵斥。

鞠白躺在甲板上，脸色灰白，面朝天空，周围全是海。鞠白泪流满面。

最后一天，鞠白前往三亚南山文化旅游区，去看海上三面观音。海水钴蓝色，天空灰蓝。飞机从持经箧观音身后飞过，渺小的人事无不缩小了拜倒在佛前。鞠白一直仰望着“大佛”走近前去，眼里全没了众生，满是“大佛”的慈悲和欢喜。观音菩萨仿佛会保佑她从一片混沌里，聪颖地站立起来。

回到家，鞠白陷入沙发翻看手机，她观想百度地图之外的现实世界，北京渐回归“首都”的角色，中国的“硅谷”和“纽约”在南迁。鞠白给“长三角”“珠三角”海滨城市投了许多份应聘简历，珠海一家公司聘用了鞠白做财务总监。

伍修锦送来房照，持有人写着鞠白的名字，钥匙全部交给鞠白。他说：“我本来想通过自己的努力还完房屋贷款，写上你的名字，我们再去登记结婚。你是我唯一的亲人。”

鞠白被感动，想哭。可是，未来的日子不能靠可怜一个人度过，她必须一个人成长起来，学会照顾自己，再重新考虑婚姻。

鞠白想起她和伍修锦初见面的一幕：大学校园里春花浪漫，鞠白站在忍冬花树下。怎一个“忍”字？鞠白细看过去，花蕊鹅黄，花瓣纯白，白花瓣拥簇至耳边，泛着珍珠的凝瓷亚光。那些绿意中的红色尖叶，据说历冬不死。一蒂花双生的忍冬花又叫金银花，像雌雄相伴。花树下的鞠白没有手机，不能拍照，她的亚麻色牛仔夹克泛白，高中时留下的。伍修锦一身黑衣，从花丛经过，他举起手机把回眸的鞠白摄入镜头，并文雅地赞美：“真像戴珍珠耳环的少女！”鞠白没有露出惊讶，她喜欢维米尔的油画，他居然懂得欣赏艺术！鞠白不禁审视起这个男生，中等个，不显眼，牙齿洁白，笑容灿烂。

“可以给我洗一张吗？”鞠白的大眼睛保持沉静。

“没问题！”回话随和。

人生若只如初见……

夏欢老师约鞠白来舞蹈室吃晚饭，他的脸庞消瘦了，他正式向鞠白求婚。

夏欢是鞠白接触过最健康、优美、善解人意的男生，可惜他小五岁，还没有根基，他遇见鞠白，颇有当初鞠白遇见伍修锦的意味。

“有一天，当你挣到人生的第一桶金，而我已老去，会有崇拜你的小女生迷恋你、缠着你，我不想我的婚姻再次建立在不对等之上，它不稳定、不长久……”

夏欢静静听着，眼里有泪花。鞠白不敢去抚碰他的隐忍和克制，她怕夏欢的眼泪滚落出来。

“姐，最后请你跳一支舞好吗？”

鞠白欣然同意，两人像完美的花蕾，绽放在昏暗的舞蹈室里，蛇一样游走。

发表于 2022 年 9 期《牡丹》

风中扬沙

第一类结局

城市的高楼压扁了天空，还是变幻的云霭束缚了楼宇的脖颈，晴空万里时，道路把惆怅扯成深色领带，对抗蓝天的纯净，那大片的过往不断涌进心怀，如一波又一波乘客，南腔北调，各具相貌，包括命运模糊不清，无从追踪了……

不同的气氛，搅扰着心里的一滴泪。

似水清脆的提示音响起，十七元打车费转给孔立昂微信收款。“谢谢师傅！”穿白色连衣裙的胖女孩开门下车，“嘭”地关门，车子里拒绝性安静。孔立昂略带忧郁的大眼睛扫视车窗外，眼前是远郊大学校园门前，车停靠得离校门很近，胖女孩走进校园，背影不断缩小。

孔立昂的脸显长，身形瘦高，一双大长手，一只握方向盘上，另一只，有人上车会随时握上去。他把主驾驶座位向上调节，大长腿才不至于屈从。校园里走出一位女子，黑绒裤，坡跟休闲鞋，酒红色束腰半袖衫，面孔白净，辨不出年龄。她安静而沉稳地走过来，急急地上了车。

“师傅，去西海路 8 号公寓，我上楼取东西，你等我一会儿，我还回来！”

“好嘞！”

来去八十多元车费，现在城东郊区，那地方在城西郊区。女子很着急的样子，但她坐后排座位上，保持安静和沉稳。

孔立昂征求乘客意见：“走高架还是走外环？”

“哪个不堵车，哪个快走哪个，师傅说了算！”

挺让人舒服的女子，声音柔和，透着软软的亲切和澄明，孔立昂心里凝结的小泪珠松弛了一下。他专注开车，车轮不断吞噬“深色领带”，风声在车外萧萧，方向盘把握得稳妥，能超车时则超越，竟然一路遇见“绿灯”。

女子感叹：“师傅，你的车技真好！”

半个多小时的车程，有这样一位乘客，不枯燥。孔立昂打开车载音响，李克勤粤语演唱的《友情岁月》汩汩涌出，词曲浓烈、凄清，然后燃情……他似乎又飞驰在广州的街头，楼更高，车流更蜂拥，挤胀、分解，紧张而拼进去的感觉。

“这真是岁月呀，怀着消失后的风，还在一个人的心里敲打，也不管相聚过的人知不知道，一个人在路上，其实不敢说疲惫，不敢说憔悴。”女子的感慨点亮孔立昂内心。

“你是七〇后吗？”孔立昂忍不住问。

“我比你说的稍大一点。”

“你是老师吧！”

“是的，心理学老师，我把教案落家里了，今天的课程很重要，不能取消。”女子说着下车上楼去了。

孔立昂突然冒出一个奇怪的念头，他要把自己多年的苦恼说予这位老师，听听她的见解，回程还有半个多小时呢。

十五年前的广州，大姚揣着后妈生前留下的五十万元存款单，带着同城好兄弟孔立昂闯了进来。“反正我没亲人了，带你出来见见世面，说不定我就是下一个大富翁！”孔立昂站在大姚身边，像一片长树叶，风吹来，翩翩有韵味。大姚稍矮，不到一米七五，比较敦实，不太懂浪漫的那种人。“瞧这台车，雪佛兰，八成新，我喜欢它的蓝颜色，租下来，以后你给我当司机，不用你操心业务。”“嗯。”孔立昂用嗓音轻轻应。

他们的广告公司门脸不大，雇了五个业务员，三男两女，其中叫夏小青的女生和他们是同城老乡，住乡下，面试时他们对老乡这个字眼儿很敏感。大姚训话：“你们要每天走访街区，找客户，把那些想做条幅的、小册子的、招牌的、喷字的……通通找回来，我们统一拿到工厂里去定制，用最低的成本价把东西做出来，送货上门。我们的成本价算一份的话，卖给客户的价钱翻三番，多挣的钱用来维持运营、交房租、支付你们的工资奖金，收不回来业务，意味着开不出工资、吃不上饭，公司不养闲人，业绩不佳，一个月后走人。不要怕客户嫌贵，他自己找到工厂去做，人家不会给散客成本价，关键他也跑不起路。”

夏小青机灵地转动黑色眸子，嘴角挂着灿烂笑意。她把头发分成两股，捆扎在脖颈两边，孔立昂怎么看那两股头发都像小白兔倒置的两只耳朵，白色连衣裙恰好显示出她的苗条和稚嫩。大姚有些担心，跟孔立昂小声说：“我怕她第一个被淘汰。”她的应聘台词萦绕耳边：“我只有爷爷、奶奶两位亲人，奶奶身体不好，全凭爷爷劳作挣钱养家，如今爷爷病了，我考上大学也不敢去念，只好跟老乡出来打工。”夏小青像一粒柔软的白米饭，掉进碗底，让尝过苦难的人明白该怎么办。

另外一个女生的业绩非常好，经常能弄来大订单，她化着半浓的妆容，既清纯又泼辣，和客户打情骂俏的，就把业务按住了。夏小青的确傻白甜，路走得最多，最勤劳，业绩始终不理想。有次她扶着居委会老大妈进来，七元钱一米的条幅，愣被讲价到五元钱一米，人家定制了三米，公司按规则扣留成本价和提成十四元钱，她只挣了一元钱，还搭进去半天工夫。大家拿“一元钱”取笑她。小姑娘噘着嘴躲一边吧嗒吧嗒掉眼泪，孔立昂过去递给她纸巾，大姚吼了一嗓子：“甭管她！”

半年的时候，他们小有盈利。大姚给三个男生叫了出租车，孔立昂照旧开车拉着大姚，后座坐两女生，他们去逛大排档。天热，孔立昂打开车窗，风猛烈灌进车内，有钱的热闹感觉爽到心底。大姚一派志在必得，孔立昂眼力见儿十足，踌躇满志。两女生叽叽喳喳不知在说些什么，风声打扰了孔立昂的听力。

夏小青喝多了，眯着月牙眼只管笑，孔立昂拿大长手扶住她的头，像抓小白兔一样。孔立昂开车不喝酒，大姚叫他先把夏小青和仨男生送回单位寝室，再回来接人，结果等孔立昂回来，只剩大姚了。

入秋遇到一份大订单，一家新楼盘铺天盖地搞宣传，需要大量彩页，预付款只给了一半，不够成本价，大姚看好这项业务，一咬牙，砸钱干吧。宣传单印出来，楼盘主管跑了，一屋子废纸和一个资金损失大窟窿堵上心口，半年白干了。再翻身不容易。夏小青揽收了一份美容院宣传彩册，由于价格被压得太低，从工厂里出来是纸片，没给压出折页痕迹，她三天没睡觉，愣是靠手工给折叠出来。大姚要裁员，只留两个业务员，另外一女生不用赶，自己走了，女寝取消。夏小青业绩倒数，必须离开。

夏小青哭了，哭着说着孔立昂听懂，她挣的工资都邮寄给家里，她身上没有多少钱，离开公司没有住宿的能力，回家的路费也不够。夏小青不停地哭，孔立昂心烦，他站起来说："跟我走吧，我租的房子客厅有张空床，你先住下，等买了车票回老家。"

女老师回到车上，柔声细语的，孔立昂信心徒增，车子奔驰，孔立昂忍不住说出真心话："老师你帮帮我……我很想她，她把初夜给了我，我想她想了十五年，她过得很不好！最近我坚持一年半不敢给她打电话了。我该怎么办？"

"你救不了她，你目前还没有这个能力，不论她多么不幸，她都必须自己坚强地面对命运，靠自己站起来。你对她的思念和过去千万不要让你妻子知道，你要学会保护和爱护你目前的妻子，不要让另一个无辜的女人受伤害。你越想念她，越要加倍善待你的妻儿。将来你若有能力，或许在资金上能给予她一定的帮助。

"你最好不要主动去联系她，让她把你当成救命稻草，那样你会伤害你自己的家庭，你们俩也不一定有好结果。你可以默默关注她。

"你不用试图忘记她，把她装在心里吧。你的想念包含了年轻的荷尔蒙冲动，随着岁月的流逝和你们年纪的增长、相貌的衰老，或许想念会被冲淡、化解。

“记住，就像两个不会水的孩子，一个落水，另一个好心跳下去救人，不但救不了，两个都会死。过好你自己，才是对自己对她最大的保护。”

李克勤颤抖、有力的歌声再度响起，孔立昂含了泪水，继续开车奔驰在路上。

第二类结局

孔立昂到加油站和晚班丁哥交接出租车。丁哥没来，丁嫂孤零零站在角落，阳光和阴影的界限把她劈成两半。

“我来取走老丁放在车里的东西，老丁不干了。”丁嫂迎上来，脸色和话语涩涩的。

“丁哥怎么了？”孔立昂反应强烈。

“胃癌晚期，没有手术的必要了，我哄着他在家养着吧，不敢告诉他真相。”丁嫂忍着一腔酸楚。

孔立昂立刻想到丁哥郊区的小院儿，养了两头猪，一大群鸡。鸡顺着后院角门可以随意跑到后山上刨食儿吃，丁嫂“喽喽喽”吆喝，那些鸡，健步如飞，或者飞翔着，扑扑棱棱下了山坡，呼啦围过来一大群，乱撞丁嫂小腿，抢着吃木槽子里的苞米面拌山野菜。鸡肥硕，绿色饲养，每年能换不少钱。丁哥、丁嫂谈及此事，眼睑兜着惬意的闪亮。孔立昂恨自己家里怎么没有这营生。丁哥白天忙家务，晚间接孔立昂的班儿开出租车，他说：“挣点儿是点儿。”日子过得比孔立昂活泛。

不过丁哥有个习惯，干活儿猛，顾不上吃饭，经常带口干粮上车。出租车大修那次，孔立昂得机会坐在丁哥家院子里，哥俩“把酒话桑麻”，丁嫂骂丁哥“老不死的”，丁哥也不反驳。

孔立昂把夏小青的事情说出来，丁嫂拿眼睛剜他：“可不许让你媳妇知道！”丁哥举起酒杯一口闷，孔立昂喝得昏天暗地、满山萧瑟。

“兴许我们以后就见不着了！”眼下丁嫂独自跟孔立昂告别，“你要是真想夏小青，偷偷去看看她，人呢……”丁嫂含着泪走了。

孔立昂愣了一会儿，疯了似的上车，调转车头，开往乡下。

十五年前的广州，孔立昂把夏小青带回自己的出租屋，他帮夏小青把皮箱从车上拿下，不沉，她没多少家当，坐电梯上楼，夏小青和皮箱站在客厅里，孤零零地瘦弱。“以后呢，你负责做饭、打扫卫生，哦，我的衣服不用你洗，我会把生活费放门口抽屉里，缺什么跟我说。”夏小青诺诺地答应，转身去洗漱间洗手，轻轻安顿床铺，然后去厨房做饭。

“冰箱里没什么，鸡蛋臭了，扔掉吗？”

“哦，给你钱，下楼出小区左转百米有超市，买东西回来做饭。”夏小青听话地出去了，孔立昂微微斜着嘴角笑，内心挺得意。

夏小青在厨房里鼓捣，孔立昂探头过去看了一眼，小姑娘在包饺子。

“我买了点肉和青菜，肉剩下一些切成小块儿，下次可以炒菜用，包饺子最省钱，有菜有肉营养全，我们得省着过。”

“我让你省了吗？”

夏小青愣住，转身看孔立昂，诚恐诚惶的：“细水长流过日子好，浪费了也没用。”

小姑娘自有一套，孔立昂继续去玩他的游戏“魔兽世界”。

晚饭饺子非常好吃，蘸点蒜泥、醋和酱油，孔立昂吃得贼香。

夏小青清理了碗筷，孔立昂说：“我带你下楼转转去，走！”

夏小青鼻尖上渗着小汗珠，干活累的，他要领“小白兔”下楼散散步，顺便买点水果犒劳犒劳她。他怀疑自己对这个小姑娘动了恻隐之心，孔立昂摇摇头，夏小青低头穿鞋没看见。楼下大妈见孔立昂领个小姑娘，亲切地和夏小青套近乎，平时孔立昂没这待遇。

第二天早上吃了粥、鸡蛋、牛奶、小拌菜，孔立昂急忙上班去了。给大姚开了一天的车，装孙子去见客户，装大爷到加工厂定货，回广告公司当瘪三，孔立昂接手广告设计，傍晚回家，累啊！

屋子里变样了，沙发垫、床单、窗帘都洗了，有的没干正晾晒，米白色地砖泛出亮光，饭已经做好，厨房清洁得很。“嗯，不错，韭菜烩青蘑，鲜；萝卜牛肉丸子汤，浓；一盘油炸花生米，香脆。”孔立昂对吃的很赞，吃饱了躺床上挺舒坦。不多会儿，夏小青敲敲门，把果盘和白开水给他端来。

本来想月底开了工资，给夏小青买张回老家的火车票，再把自己一个月的工资捐给夏小青。月底，大姚的资金又出现一个大窟窿，雪上加霜，工资暂时开不出来了。孔立昂回家把包里的钱一分为二，放给夏小青一半：“以后的日子真得省着过了！”

半个月后，孔立昂回家，夏小青说她等不及先吃了，留下一菜一饭是给他的。孔立昂没多想，风卷残云，肉末茄子吃剩半根，锅里的白米饭吃剩半碗。夏小青说她收拾厨房，不让孔立昂插手。孔立昂闲来无事，返回厨房找夏小青想谈谈公司的事儿，他看见夏小青就着半根茄子吃剩下的半碗米饭。孔立昂火了，转身到门口的抽屉翻看，里面只剩五元钱。

他回到厨房，夺了夏小青的碗，拉着她的手说：“走，我们到外面吃去！”夏小青不肯，低着头哭。“对不起，我拖累你了！”“傻丫头，你说什么呢？走，出去吃。”他过去拦腰抱起夏小青，把她运到门口，按住她坐下，蹲下给她穿鞋。夏小青已经哭成一团。那天到了餐馆，夏小青只点了一碗最便宜的青菜面，一边吃一边抹眼泪。吃完面，夏小青抬起头看他，笑出月牙眼。这小白兔咋有颗金子心呢？孔立昂内心酸酸地上下涌动。

第二天，孔立昂上班找不见大姚了，电话不接，住处无人。广告公司房子临近租期，车也临近租期，大姚垮了？躲了？月底，两个男业务员宁肯不要工资，也要走人，孔立昂给公司上了一把大锁，回到家里。

他跟夏小青说：“明天，我得趁着车没交还，上街开车挣点钱了。”这一天，夏小青特别乖巧，看着孔立昂的脸色行事，弄得孔立昂不自然。晚间睡不着，凝视一地月光，孔立昂索性起来，经过客厅到厨房倒水喝。夏小青翻了个身，她似乎也没睡，装睡而已。孔立昂过去俯身观看，夏小青的脸在月光下，恬静凝白，孔立昂给她提提被角。

上街开车拉私活是违规的，孔立昂躲躲闪闪，挣的钱勉强够和夏小青维持生活。孔立昂早上出门，似有惦记地回头，夏小青站那儿，瘦弱的肩膀显得骨感，孔立昂非得等夏小青笑一笑才肯走。晚上回家，夏小青定定地看他，孔立昂绷不住，释然而笑，夏小青随之放轻松。

大姚终于打来电话约孔立昂见面。大姚的手颤抖，孔立昂迟疑地接过两个月工钱，缓缓放进自己的口袋，目光一直凝视着大姚。“赶紧离开广州，所有债务和法律责任由我一人来扛。”大姚的眼白布满红血丝，语气狠而坚决。孔立昂如同一片剥离大树的叶片，薄薄地飘到火车站，买了两张第二天下午回老家的火车票。

晚上，夏小青占用浴室洗了澡，她鼓励孔立昂也洗个澡：“租来的房子，不洗白不洗。”孔立昂想想也是，大长手上去掐掐“小白兔”的脸，把人家小姑娘嘴角掐歪了。夏小青凶巴巴的：“你等着，看我一会儿怎么收拾你。”

孔立昂披着浴巾出来直接进了自己的卧室，夏小青没敲门跟了进来。

早晨的光线透过窗帘缝隙，分割孔立昂和夏小青幸福的模样，孔立昂先睁开眼睛，转头锁看夏小青，她甜甜睡着。孔立昂回想昨晚，夏小青三个字，已经深深刻在他肋骨的背面，鲜红、疼痛。

中午退了出租屋，他们在外面吃了饭，大姚来了，三个人笑一阵，沉默一阵，挺不是滋味。临行，大姚用两只胳臂重重拢住孔立昂和夏小青，三个人定格，然后大姚毅然分开，转身投入人海。夏小青问孔立昂回老家后怎么办？孔立昂说：“我错过了爸爸单位招工的机会，如今爸爸退休了，他养妈妈可以，我回去不能吃白饭，我想开出租车，自食其力。”夏小青认真地听着，眼神里没有光亮。回到家乡的城市，孔立昂把夏小青送到客运站，客车通往乡下，他偷偷把余下的钱塞进夏小青背包里，两个人不舍地分离。

夏小青给孔立昂打过电话，孔立昂正忙着适应新工作，他兴奋地把出租车窗外的情况汇报给夏小青：“一朵白云很像你，它跟着我……”夏小青诺诺。略微安稳，他给夏小青打电话，空号。孔立昂开着车一路找到村子里，夏小青已经快要嫁人了。孔立昂炸锅，疯了似哭着哀求：“跟我走！”夏小青坚决不肯，她爷爷刚经历了一场大手术，花了婆家的钱，以后还得花钱，婆家同意给。

一年后，孔立昂来看夏小青，她生的女儿，婆家人嫌弃她没生男孩，丈夫外出打工去了，她一个人伺候一大家子人，每天有干不完的活儿。孔立昂真想一头撞死在车上。

孔立昂和周玉结婚，他们的儿子叫“小米”，孔立昂惦记着夏小青能不能吃上饭。夏小青的女儿叫“小桃子”，听名儿，孔立昂心酸，他知道夏小青想逃出去呀。

车进了村路，来了生人，小孩子马上跑回家去告诉给大人。孔立昂拿出一天的收入三百元钱塞给夏小青，夏小青不要，两人撕扯，她婆婆从外面赶回来，一巴掌把钱打翻在地，冲着夏小青大骂：“贱货，我早看你不顺眼了！”夏小青哭了，十几岁的小桃子也吓哭了。

第三类结局

他们谁也没去捡地上的钱，孔立昂跌跌撞撞上了出租车，一路狂飙回市里。扣除一百多元租车费，仅剩两元钱。中午没吃饭，买根火腿肠充饥，和着心酸吞下。咀嚼的状态真可耻，人活着就得吃东西，就得为活着奔命，甚至出卖自己，像夏小青，她的牺牲精神令孔立昂心碎。越心碎越觉得对不起周玉，这一天他颗粒无收，回去怎么面对妻儿？周玉没工作，自己辛苦带儿子，给家人变着花样做饭吃，她和爸妈相处得很好。每当看到妻儿过着无忧无虑、幸福的生活，他都深深受到刺激，想起吃苦受累的她——夏小青。

她哪一样都比周玉好，她比妻子漂亮、善解人意。

但是他又不得不爱妻子。他爸妈并不富裕，周玉嫁过来不挑不拣，他一个开出租车的，靠活着、靠天意挣碗饭吃，周玉没有怨言，把小日子过得滋润、可爱。对，是可爱，纯朴的可爱，没打弯儿，一心一意地跟他过日子，每一天，她平实、甜蜜地等丈夫归家，家里的每一寸丝都离不开她。如果把家比作一辆车，周玉绝对是发动机，他这具躯壳绝对离不开周玉，无权脱离。他没有额外的资金可以帮助夏小青，他痛恨自己，时常陷入深深的自责和怀想之中，无法自拔。

晚班暂时没有安排其他司机，孔立昂可以继续开出租车。孔立昂控制不住泪水从心底涌上眼帘，他加快车速，想在路上遇到一份好活儿，哪怕挣的钱仅够买一捆青菜，他盘算着回去怎么跟妻子交代，这一天他干什么去了？为什么没有挣到钱？

经过小“十字”路口，不算交通要道，没设红绿灯标识，却是来往车辆必经之路，每次经过这里他都很仔细，今天心神不宁，控制力和意念脱节。右侧突然上来一辆不要命的半截子敞篷车，拖着装修用的木脚架，加速从他车前横穿过去。孔立昂刚才没留神，车速没放缓，想刹车来不及了，世界瞬间从他面前麻木地消失，甚至没时间品尝创痛。

醒过来的时候，孔立昂瘫软在床上，浑身不舒服，动弹不得，一条腿被打了石膏，僵直地半吊着，空气里隐约来苏水的味道，别人的说话声飘在半空，呜呜听不清楚。周玉的脸孔先凑过来，满是欣喜，天使一样包容。他听清楚了，她在喊：“妈快过来，他活了！”

“对不起，不能给你们挣钱了。”他流着泪攒出这样一句话，难过地别过脸去，一抽一抽地哭。他也不知道哪来的那么多委屈和脆弱。他终于可以不用面对那一天颗粒无收的心虚和解释了。他们哄他别哭，他们去喊医生过来诊看。

周玉什么也不多问，什么也不怀疑，他用一种不敢回首的空惘面对周玉无微不至的照顾。前三天一动不能动，浑身的肉躺得疼了、木了，颈椎没地方安放，怎样都不得劲，大小便在床上，那个没有夏小青漂亮的女人伺候着他。她哄着他：“听话，啊！黄颜色的尿，得多喝水啊！”周玉说这话时，拿被单给他遮羞，以免护士或他人进来看见，他只能躺着，乖乖地听任周玉摆弄，他已经顾不上夏小青了，他勉强活着。

他虽然瘦，但接近一米八的大坨子要多沉有多沉，妻子才一米六几，平时连一袋大米都拎不动，这会儿却要扛着他坐起来。他坚强的生存意志力，和妻子的决心一同撑着，终于在第四天，他哆哆嗦嗦地歪着身子坐了起来，周玉拿身体倚着他。世界端正，不再斜视和仰视。

第七天，孔立昂低烧，浑身像灌了铅，受伤的腿肿了。周玉微笑着给他鼓励："没事儿，大夫说是正常现象，过几天就会好。"她经常去找大夫问话，每次回到病房，露出信心满满的微笑，孔立昂看不出她有什么担忧和惊慌，便安定地在昏沉里熬着。大夫经常过来观察、会诊，不断给他调整治疗方案。浑浑噩噩度过了二十天，发烧止住，腿不肿了，孔立昂觉得自己像一只蛰伏的蝉，终于从黑暗而压迫的地下艰难地钻出来。

腿上的石膏固定了两个月，腿一直吊着，或者拿东西垫高，孔立昂心烦，时常捣乱地问："何时羽化成蝶？"周玉反复跟他解释："吊起来抬高了虽然不好受，但有利于静脉血液回流，伤处不瘀血，也防止脚和大腿肿胀。""你何时变医生了？我这儿痒……"打上石膏皮肤不通气，周玉拿温湿毛巾给他擦拭石膏周围的皮肤，耐心给他轻挠。妈妈告诉他："你的这条腿看来保住了，你得感谢周玉……"他这才知道，他是小腿骨粉碎性骨折，来医院那天，医生问家属："截肢治疗，比较不冒险，不截肢治疗，康复风险较大，恢复期长，医疗费贵。"周玉义无反顾地选择不截肢治疗："时间长没关系，钱多也不要紧，只要孔立昂还是完整的人，他醒过来才有活着的希望和乐趣。"周玉果决地在手术单上签字。低烧期间，医生再次建议截肢，周玉和爸妈一并蒙了，周玉压抑着悲伤的腔调问医生："成功率各占多少？"医生不混杂感情色彩，很客观地告知："不截肢胜算比重只能说接近一半。"周玉反复和医生磋商，坚持不截肢，她的焦虑和忧伤，以及内心的跌宕和坚定，孔立昂不曾见。

孔立昂怔住。他的重新诞生，信念和支撑来自周玉。平时抠门儿算计花销的妻子，为了救他大把花钱。

拆了石膏，受伤的腿也不敢乱动，周玉给他弄了一副拐杖，他偶尔可以拄着拐杖靠一条腿走路。上卫生间，受伤的腿不敢回弯，周玉依然惯着他在床上解决，孔立昂的羞耻感全部被周玉买断。

晚间做梦，泥沙俱下，剑弩风嚎，孔立昂是前线阵亡的将领，被士兵扒出来，抬着走过女王身边。周玉是威仪的女王，背靠华丽的宫殿，洞察一切。孔立昂的手指头拼命动了动，女王立刻发现："停下，把他的躯骸留下，传御医救治。""那上面是什么？在他肋骨的背面。"女王发现了他的秘密，但是"夏小青"三个红字刻在肋骨背面，正着看有些困难，女王正要推敲，御医来了。孔立昂拉着夏小青躲在巨大的肋骨后面，心脏吓得怦怦乱跳。现在他的整个躯骸都是女王的了，包括夏小青，他忐忑，渴望女王的赦免。

孔立昂拄着拐杖能自己屈腿上卫生间了，周玉上午来得不那么及时，晚间走得早，改爸妈晚间轮流陪护他。才两三天，孔立昂生出盼望的念头，他不吃早饭，一定要等周玉来了吃。他的周玉完全没有被劳累和困难压倒的迹象，反而越来越健壮，人变得麻利。妈妈看出来："瞧你那魂不守舍的样儿，周玉跟社区说了，你这样的家庭，有生活困难，社区安排她做保洁员，她每天比别人起得早，天亮左右做好清扫工作，然后给儿子弄早饭，忙完了才来医院看你，晚上她比别人睡得晚，把白天的清扫工作补上。小米的学习没被耽误，你能活过来，能住院吃上饭，周玉立了大功劳。"

孔立昂陷入沉思。

白天周玉用轮椅推着他到院子里去看桃花，"小桃子"这个名蹿上脑海，夏小青像上个世纪的一场梦，镜头平摇着延伸过去，视觉泛黄，锈迹斑驳。他对周玉的信赖终于胜过了对夏小青的思念。他若康复，一定不再彷徨和纠结，一定沿着"家"这条路线行驶，不徒生枝杈。满树的桃花粉白、清香，春阳温暖而柔和，像此刻他对周玉的心怀，单纯、充满。

孔立昂回家又养了几个月，可以扔下拐杖走路了。受过伤的那条腿有点瘸，不过他个子高，调节的空间比较大，连贯的走起路来看不出。矬了一截的腿似乎生了根，和大地抓得更牢靠密切，他这片长树叶变得稳定。

孔立昂继续开出租车，周玉没放弃做保洁员，他们共同奋斗了一年，终于还清孔立昂住院的借款。孔立昂请来爸妈，给周玉开了一个隆重的家庭宴会，他宣布，以后周玉不用上班，她就是这个家族的女王，他一定要宠着她惯着她一直到老。

周玉流出眼泪，笑了。儿子欢蹦乱跳，大人们止不住他。这个家，其乐融融。

第四类结局

孔立昂依然开车奔驰在路上。一年半多不曾跟夏小青联系了，耳边播放李克勤粤语歌曲《红日》：“命运就算颠沛流离，命运就算曲折离奇，命运就算恐吓着你，做人没趣味，别流泪、心酸，更不应舍弃，我愿一生永远陪伴你。”不屈不挠的路途中，他和夏小青的日子在记忆里重现。

孔立昂此刻的心境像一汪清潭，无悲无喜，不扰波澜，所有的深沉都埋藏在深深的潭渊之下。他决定去村里打探打探，毕竟上次一别，不知会给夏小青带来什么灾难，他的内心一直藏着无法面对的恐惧。

这次他学聪明了，把车悄然停在村头大柳树下，树下石墩上单独坐着一位奶奶，满脸皱褶，一把阳光熏着她坚毅的脸。“奶奶好！请问您知道夏小青吗？”孔立昂半弯着腰，谦逊地询问。

奶奶看着他，眼光变得犀利：“她已经离婚了，走了！”老人家说完瘪上嘴巴不再说话。

风吹过来，并不寒冷，却瞬间掏空了孔立昂所有的体能，他空虚到弱，一片灰烬。

树后面走过来一位小姑娘，有小桃子那么大，她告诉孔立昂：“夏小青的爷爷、奶奶都死了，她离婚了，陪小桃子进城读高中去了。”

“夏小青对你好吗？”

“好，她和小桃子都好！”

孔立昂的大长手伸过去摸摸小姑娘的头顶，小姑娘羞赧一笑，跑了。孔立昂的手停在半空，像刚才抚摸了“小兔子”。

他把车开出村口，在路边空地儿停下，空地儿是基建场所，堆着黄沙。孔立昂抓起一把沙子，沙粒刚抓起来时暖暖的，附着太阳的光辉，转瞬变冷，顺着他手指的缝隙簌簌漏下，剩下的细末，孔立昂扬起手，风来，它们纷飞而去。

孔立昂没有选择打电话。市里的几所高中，他按放学时间去等候，终于在一所高中门前见到夏小青。孔立昂透过前车窗痴痴地看，顿生万语千言百般柔情，他真想立即飞奔过去，可是岁月的沉淀像一张壳，把他死死固定在车上，他只可远观。夏小青站在路边大树下，身旁还有其他家长，他们偶有交流，大多时候她独自安静，阳光洒落叶片和树隙，斑驳于她笃定、和谐的脸上，她眼波凝美，头发很随意地拢在脑后，通顺的黑发成束垂落后背，简洁高雅。

小桃子长高了，少有的懂事又单纯样子。夏小青见到女儿，脸上露出喜悦，笑容可掬地边走边和女儿谈论，她们没坐车，步行。她们应该住得不远，孔立昂想，并一路开车跟踪。十分钟步行路途，夏小青把小桃子领进路边“桔子刺绣”坊，他知道这家店铺，女经理从澳洲回来，开了刺绣作坊，招募刺绣爱好者，学员边学习边工作，作品远销国内外，小有名气。

孔立昂坐在车内，静静看到一副画面，夏小青坐回到自己的刺绣案台处，脸上一股宁静的自信和光芒，身姿和神情立刻聚起仪式感，很有艺术范儿，一针一针刺绣下去，仿佛世界就在小小的绣床上，能变幻出全部的鸟语花香、风流韵致。“桔子刺绣”坊的落地玻璃窗大而明净，不阻碍孔立昂的视线。孔立昂笑了起来，弯弯的嘴角像极了“小兔子”笑起来时弯弯的月牙眼。

二楼扶梯走下来女经理和一位客商，他们指指点点墙壁上的展品，女经理把夏小青叫过去，陪着一起交谈。他不知道他们在说什么，但他能明显感觉到夏小青谦谨而高兴，女经理很开心，客商很满意。八成夏小青的刺绣作品成交了，但愿它们卖个好价钱。

孔立昂出神地坐在车里观看一切。那位胖胖的中等个客商捧着一摞装裱好的刺绣画框出来，画框不像太沉重，也得用男人有力的大手托着抱着。客商就近招呼孔立昂的出租车，他打开后车门，把画框稳稳地放在后车座上，他则坐进副驾驶座位。

“去飞机场！”客商说，浓浓的粤语口音。

孔立昂乐了，马上用粤语和他拉话。客商很兴奋，他乡遇故知一般。

“你这是搞收藏吧！”孔立昂主动问。

“我是给老总搞采购。”

“你们老总好雅兴，收购一幅多少钱呢？”

“一万元，买了几幅，下个月我还会来的。”

“你们老总真豪气，买贵了！”

客商讲：“我们老总不简单呀，他搞广告赔了二十万元，被债主在雨夜里堵住，拿棍棒打，他爬起来，满嘴是血，报了警，出狱后住过天桥和火车站，给人家当‘蜘蛛人’，你知道‘蜘蛛人’吧，就是别人不敢上去的高楼，他吊根绳子爬上去，安装、运货、修补、擦玻璃，拿命换钱。他不仅还清了二十万元欠款，还一个人开广告公司，揽活赚差价。等他翻身，半条街都是他的，门市、工厂，一条龙的广告服务商人。我是他上升期唯一的伙伴，别看我一身滑稽相，我知道不吭声一件一件做事情，遇到困难不认输，遇到挫折有宽心，我俩一路风雨走过来，现在我是老总的大管家，负责他所有重要的事务。”

“你们老总叫什么？”

“人家都叫他大姚，你们这里的人。”

客商继续说，“他成功了，回来找兄弟，找不见，兄弟搬家了，电话号也换了，他下乡去找一个女业务员，村子小，人好找，就找到‘桔子刺绣’坊。他八成看上绣娘了。”

“你们老总还没成亲？”

“没有，他那人一般女人看不上，一直单着。”

孔立昂知道大姚的下落了。

“这是我的名片，下次来运东西，直接找我！”客商临下车，孔立昂把自己的名片恭敬地递过去。

车子启动前行，孔立昂从后视镜中发现，胖客商站在路边，一手捧着画框，一手拿着名片看，然后猛抬头，挥动手臂朝他车的方向大喊。

大姚一定跟胖子提到过他最好的兄弟叫孔立昂。

2023 年 7 期《海外文摘》转载

修 福

“贵人不顶重发”，老祖宗的道理，亚文拿来安慰自己。十三岁时，学习苦，思想疯长，亚文茂密的黑发从此流失。洗头发时，指端浮过青丝，从温水中捞起，一缕无根的空悬浮于手，湿漉漉的，亚文吃惊地审视血脉的末梢分支，脱发不痛，心怵，大概不得已告别的滋味如此。

十二岁前，亚文扎小辫儿，黑溜溜两条辫子，齐肩，左右颈项各一条，隐在耳际，辫梢儿齐刷刷的，长了则剪短。初中和高中时扎一条马尾，吊在脑后，走起路来，飘呀荡呀，妈妈极其喜爱。十八岁，发量仅剩一条辫子粗细，亚文把它们散落如瀑，依靠勤洗，保持发质的蓬松，显得茂盛。第一次烫头发，三十几岁，把头发烫成大波浪，幻想容貌会变美，镜前端详，老气，又烫回直发。如今亚文真的蓄积了年岁，却觉得自己还年轻。

亚文主动要求烫成最小的卷儿，非洲女人那种细密的小卷儿。唉，整整显老十岁，亚文默怼镜子。奔往另一家发廊，想要拉直重烫。那家小五发廊传说不错。天有点阴，冷风起，要下雨，小五发廊锁头看家，门玻璃窗上贴着 A4 白纸，用碳素笔写了黑字：家有事，休息三天，给您带来不便，敬请谅解。

再来，从明媚的秋光里，拉风似走进小五家幽静的门厅，身上还存留暖阳。亚文面朝墙壁大镜子，坐转椅，提出要求。小五建议亚文烫中号发卷儿。

“半月前我来过你家，门口贴了告示，休假三天。”

“我爸去世了，我们忙着处理后事。”

“你妈还健在？”

“坐门口呢！”小五脸上的表情坦然而粗放，亚文从大镜子里看得见。小五方脸，大眼睛，不像亚文，娃娃状圆脸，显得面嫩。

门口的老妇人，亚文观察她有一阵，她很敦实，肚子大，腿粗，胳膊粗壮，坐门口靠墙的条形长凳，凳上铺了红蓝花色的棉垫，衬托得发廊蛮有艺术气息。老妇人望向门外市井，像一口钟，镇住隘口，不喘息，不慌张，稳稳当当。

“你真幸福，比我小不了几岁，还有妈。有妈的孩子像块宝。”

“那是，我妈八十岁了，还能帮我干活呢。”

说话间，小五母亲已经凑过来，坐亚文旁边，给小五端塑料盆，盆里装软发水。小五不断地用戴了乳胶薄手套的手沾起软发水，熟练地涂抹亚文的头发，均匀而快速。

“包子放这儿？”一位与母女相熟的妇人经过发廊，她跛脚走路，一大袋包子被放下，红蓝花色的棉垫之上，白面包子在透明塑料袋里堆积，褶皱盘旋，热气未散。妇人身穿十年前流行的黑底儿暗红花丝绒旧衣，黑筒裤，怡然离去。真实的生活并不会到处呈现时髦状态，陈旧往往是其最朴实的底色。妇人的慈善气息继续荡漾于发廊厅堂。

“我婆婆给做的，刚出锅，托隔壁李婶顺路捎过来。”

“中午有吃的了，打电话，让大妞带点熟食回来。”

母女自顾自话。

小五把亚文的头发一绺一绺缠绕至“杠子”上，她母亲不断给女儿递“杠子”，母女配合高度默契。

亚文酸楚：“我享不到这福喽！”

“怎的？”

“我只剩老爸爸，他娶了后妻，过自己的。”

“噢……”小五叹。

“有妈的家才是家呀。”亚文感慨。

“那是。”小五母亲的话茬斩钉截铁。

“我现在管女儿，等我老了归女儿管。现在能自理，有钱就给女儿点儿，但不会跟女儿要钱花。”亚文继续跟母女聊。

“这样做老人好！”她们母女都赞同附和。

亚文问小五的母亲：“大姨，您觉得一生最难的是什么？”

“哎哟！你听我说。”小五母亲的回忆把亚文带入另一个女人的世界。

岁月悄然剥落，屋子里是装不下的，得用心盛，人心能装下大海。年轻的我，迎着风，像村头的柳树条，新鲜、柔韧、尔雅。女人的美，一定要和相爱的男人有关。

那个男人姓陆，我们同岁，他三十岁没了。我带着儿子大生、二生过活，十一年……

小陆是生产队会计，算盘珠拨弄得噼啪响。那天他被人抬着回家，疼得直咧嘴。我看见他浑身泥水，额上有擦伤的血迹。我忙去拿湿毛巾，小陆爱干净。“摔着腰了。先别擦了，放炕上，放炕上。”大伙儿捂捂扎扎把小陆放炕上，身下的被褥没来得及铺好，歪歪斜斜，这不是小陆的风格。人“呼啦”散了，门口的风打着旋儿进来，把刚刚污浊的人气儿散去，被褥的棉花香被血腥染得惊悚，窗玻璃透心凉地明亮。我不敢问还是得问：“怎么了？”问的时候，心是空的，像一口井，深不见底儿，无根无落。

“替副队长出义工，打井，本来不是我的活儿，这不他们都瞧着我是个事儿，不用干农活，扒拉算盘就挣工分儿。我寻思着……”

“就你逞能，咱家这么多活儿你还没干够，帮人家出义工，人缘儿好有什么用，你躺下了，谁替你遭罪？”

“养养兴许就好了，大夫让静养……”

小陆不敢翻身，只能趴着或者侧躺。

“那口井，井口小，脸盆口那么大小，井边儿全是稀泥，我换了双胶皮靴子干活儿，脚底打滑，掉井里去……我是工伤，给我计工分儿……”小陆说这话时，起先还有点儿底气，后来眼神儿空了，语音儿弱了，空间和时间定格在炕上。

大生、二生放学回家，看见他爸那模样，不敢吱声，叫干什么就干什么。

秋天到了，我带上大生和二生，赶着牛车，去大地里收割玉米秆儿，一车一车运回家，每次回家先进屋看看小陆怎样。他说他不渴也不饿，笑吟吟地趴着，炕头水杯盛水，盘中有地瓜，他伸手可得。我的十根指头裹在白线手套里，连露水带泥土，冰冰凉，不想摘下手套，没能去摸摸他额头。晚间吃饭的时候，再累，我先喂他吃，他吃的不多，喘粗气，放下饭碗，我摸到他身上滚烫。顾不上吃饭了，我们娘仨用牛车拉他去卫生院。

大夫说："病人严重脱水，轻度营养不良，以后注意多吃多喝，增强抵抗力。"

"可是他就是不爱喝水，不爱吃饭。"我跟大夫反映情况。

大夫让我们出去，他跟病人单独聊聊。

大夫告诉我："他怕喝多了吃多了给你找麻烦，你得多关心他心理健康。"那一刻，我的心碎了。

我像一只母老虎，长出一身过冬的厚绒毛，还长出一双翅膀，随时准备给家人取暖，随时准备飞往任何地方，把家里家外的活计全部连缀起来，干得不比小陆差。小陆傻呵呵地看着我，笑得很甜。

冬天我把炕烧热，把棉被垫高，小陆趴在被褥上，抬头能看见外面飘洒的雪花儿。

牛在栏里吃玉米秆儿，牛鼻子喷白雾，牛脖子上的老褶松垮下垂，一晃一晃的。牛是头黄白花儿母牛，刚嫁过来那年冬天，小陆领着我去队上买回来的。小陆说，我将来带孩子辛苦，买头牛帮家里干活儿。有了这头牛，我们在队里算富裕的人家。牛铃铛脆响，我和小陆同时望向窗外，九岁的大生正双手握住斧子把柄，仰起斧子，砍下去，模仿他爸劈柴火。

"我儿子能干吧，像他爸，顾家，知道心疼人。你说等大生长大了，让他当会计打算盘，还是握粉笔当老师呀？"大生的手腕子细细的，但已经坚持着硬朗起来，不时地从棉袄袖口和棉手套中间露出来，在天光的照耀下，闪着皮肤的光亮。

“我的儿将来干点儿什么都行，他一定是个好爸爸。像你也像我。”小陆说着话把手从被窝里伸出来，暖暖地握住我。小生在小屋写作业，大屋炕上只有我和小陆。自从小陆躺下，我用忙碌填满醒着的时间，夜晚累了，躺下睡着就过去一天。有小陆在，家还是原来的样子，我并不为多干活觉得苦。去生产队领工分儿，换粮食，副队长每次都让着我，他张嘴露出大黄牙，一股黄烟叶子味儿，他说有困难就找他，我才不稀罕呢。

那一天有多漫长，我记得清清楚楚，屋子是暖的，窗外飘落新雪，覆盖了薄薄一层白。我叫大生进屋，大生身上的凉气带着清新，小陆说好闻。中午我做了酸菜炖粉条，饭香飘荡梁上。小陆吃了很多，俩儿子伺候他爸喝水，小陆眼里有泪花。下午我和大生在院子里码柴火垛，我坚持教大生把柴火垛码放得横竖规整，像小陆的活计。

晚上真累呀，我睡得沉，天快亮的时候，“扑通”一声巨响把我吓醒，我猛地爬起来，小陆躺地上，腰朝下，疼得哀叫，脸孔抽搐得变了形，冷汗珠儿直冒。他是半夜偷偷顺着炕爬到比炕高出一大截的箱盖上，故意摔下去的。

我喊大生赶紧套牛车，我们要送小陆去卫生院。

“不用费心了，我听到大夫跟你说，我的腰折了，好不了了。”

小陆被抬上炕，他一直哀叫，叫了七天七夜。我不敢去看他暗淡的眼神，我知道他的意图，心里揪巴着割开口子。最后一天晚上，我在混乱中熬不住睡着了，醒来屋子里静悄悄的，小陆不在了。

大冬天，生产队出动了壮劳力，副队长带头狠命刨冻结的土地。冰碴儿飞舞，我的泪水结了冰，他们挖坑把小陆安葬。

那一年冬天，没有了小陆，到年底分工分儿，生产队没少我，就是换不到细粮，只有少量苞米面。想吃饱，得花钱到城里偷着买粮。种地的人手里没闲钱，有工分儿不管用。

二生从小没吃过苦，早上吃饭一看是苞米面粥，不吃，饿着肚子上学去。

我就哭了，拉着黄白花老牛卖给生产队，副队长见是我，说服队长用生产队仅有的钱买下我的牛。我从城里买了小碴子，我们家改吃小碴子粥。

我和小陆在热炕上看新雪的那天，是黄白花牛和我们最后亲近的一天，小陆留给我的老牛在那个冬天救了我们娘仨。

小陆的工分儿，生产队给到大生年满十八周岁。

我只能在精打细算上做功夫，房前屋后种上菜，屋后向着山坡的荒地，种上大豆和玉米。院子里养鸡养鹅，大白鹅看家，来了外人知道叫嚷，那年月，能吃上白花花的鸡蛋鹅蛋不容易。生产队再怎么清理小片荒，没人清理我们家的，他们还念着小陆的好，可怜我们娘仨。那些年的夏天，我们家房前屋后葱葱郁郁，却掩不住寂静孤零，雨打青叶的声音能渗透到我骨头里，一丝一扣，和老天爷的默不作声相互对应。

家里没多余的钱买肉吃，大生琢磨着下河捞鱼。大生在深水区向下挖出坑，偷了我做挡帘的白纱布，裹在铁丝笼外面，留小活口，笼子底儿放玉米饼渣子，笼子里还有蚯蚓，他把笼子浸到水坑里掩住，第二天去提取，半掌多长的小鲫鱼、小柳根欢蹦乱跳，炸酱吃，很下饭。

后来大生自己琢磨着做了钓鱼竿，他起大早去离家远的水库钓鱼。春汛时节，大生收竿儿，竟然刮上来一条鲤鱼，你说水里的鱼多不多？尖不尖？你钓不上来，能刮上来，神了。大生一共收获了三条半尺长的鲤鱼，他坐板凳在院子里掏鱼肚子、刮鱼鳞，鱼腥澎了他一脸，我切葱花儿、蒜瓣儿，准备炝锅放汤炖鱼，二生来回跑动，屋里屋外看热闹。

院子里的大白鹅叫嚷起来。“妈，咱家来人了。”二生跑进屋。我把水“嗞喇”倒下油锅，随手扬撒作料，系着围裙，走出去告诉大生把鱼洗干净了直接放汤锅里炖。生产队副队长领着陌生男人从大门进院儿。那男人中等个儿，没我家小陆高，也不胖，身上两个敞口帆布袋子，搭前后胸背着，柔柔和和四下打量院中陈设。他把帆布袋靠窗根儿放下，顺手把散落的搓衣板靠墙扶好，两只玩耍的鸡从他脚边逃跑。

“大妹子，我给你介绍，这是县城里来的丛瓦匠，给生产队干活儿，在我家派饭半个月了，剩下半个月在你家派饭吧，队里给你家补助工分儿。”副队长的大黄牙露出来，黄烟叶子味儿飘满院落，搅了鱼汤的香气。

“我家里孤儿寡母的，住进陌生男人，恐怕不好吧。”我趁老丛凑大生那儿看炖鱼，使眼色小声问副队长。副队长的眼神没有躲闪，他真心关切地看着我说：“屋里有大生、二生呢，怕啥？工分儿挣到手才是大事儿，你得为能吃上饭考虑呀。”

我已经没有推辞的余地，副队长一番好意，他不会害我。

吃午饭的时候，老丛只吃青菜，鱼他不肯吃，他说他在城里能吃到鱼，供销社有卖的。我们娘仨一人吃掉一条鱼，鱼汤他尝了尝，说比城里的鲜美。他跟大生唠钓鱼的事儿，唠到鱼刮钩，他感兴趣，大生找到谈话对象很开心。小生好奇地看着他。

我叫他老丛，他看上去比小陆老，我的小陆永远停留在年轻模样，刻进我心里。

老丛吃过饭，把抹墙、砌砖的家伙什儿拿出来摊地上，大生、二生围着看。老丛说：“哪有黄泥，帮我弄些来，我把你家墙皮修补修补。”

窗框周围的墙皮脱落的地方很多，老丛边和泥巴边浇水，他还把乱麻捣碎加里面。我在旁边冷眼观看，这个男人吃了我做的饭还知道帮我干活。

半个月时间里，老丛不去生产队干活的时候，他主动在我家找活儿干，把我家多年未曾维修的房屋里外修缮了一番。院子里铺了细沙，走在上面“沙沙”响。院子一角围成圈，鸡和鹅圈养。临走，老丛回了趟县城，给大生买来钓鱼竿、捞鱼网，陪大生起早去水库钓了一天鱼。傍晚回家，鱼丰收了。炖鱼我们敞开吃。

老丛回县城了，大生经常去找他，因为他答应大生，帮大生把钓到的鱼卖给供销社。供销社负责卖鱼的老龙头是老丛的邻居。大生的鱼新鲜卖价不贵，老龙头收购了大生的鱼再卖出去，自己能挣个块儿八角零钱儿，为这，老龙头隔三岔五请老丛喝两盅。老丛快四十岁的人，没成家，没儿女，有人请他喝酒吃饭，自然高兴。

老丛很得意大生，他干瓦匠活儿攒俩钱儿，经常买渔具送给大生，有次还借了百米长的鱼挂子，和大生一起去挂鱼，弄得挺近乎挺神秘。我家的饭桌谈话，总夹杂着“老丛怎么的”“老丛说了”这些话语。老丛这个称呼渐渐在我家盛行。

老丛来约大生钓鱼，我招待贵客一样给他端茶倒水，请他留下吃饭。大生、二生的眉眼跟随老丛转，听老丛正儿八经地东扯西拉，屋子里时常爆发男性阳刚气质的笑声。我反倒像外人，和他们没有共同语言。阳光透过窗玻璃照射进来，玻璃被我擦拭得透亮，窗格在炕上挡出阴影，小陆仿佛坐在格子里，盘腿喝水，瞅我笑。我突然一阵莫名的心酸，仿佛这么多年硬撑过来的坚强，突然崩塌，一堆碎瓦砾，蓦地落了小陆一身，小陆用手扑拉身上的灰尘，小陆爱干净。

大生长到二十岁，个子高高的，外表很像小陆，耐看，只是文化浅，念到初中毕业，家里实在供不起两个孩子读书，大生主动退出学业。我心里不是滋味，要是小陆在，大生说不准能当会计或者老师。但是小陆说了，大生将来干点儿什么都行，他一定是个好爸爸。

以前大生钓了大鱼，水靴子不脱，衣服不换，乱蓬蓬的，骑上旧自行车，吃力地蹬，风尘仆仆赶往县城去卖鱼。后来，大生变得爱干净，钓鱼穿钓鱼的旧衣服，家里准备一套泛白的军装，他最得体的服装，黄胶鞋洗刷得鞋帮不粘泥，他去县城卖鱼，一定要换上干净的衣服，洗脸照镜子梳头发才出门，自行车也是擦了又擦。“小陆就那脾气。”我撇嘴嘟囔着，没在意。

直到老丛单独来找我，我才明白真相。

供销社的老龙头退休了，他唯一的宝贝女儿接班继续卖鱼。龙姑娘和大生一来二去产生了感情，老龙家要招大生做上门女婿，托老丛过来探个话儿。

“我知道大生是你家里的顶梁柱、主要劳动力，要不是大生辍学干零活养家，你和二生也过不下去。但是龙姑娘很好，老龙家待大生很好，人家不嫌弃大生没工作，只想招个上门女婿，进县城住，当儿子使。”老丛跟我说这些，我清洗和晾晒被单的手一凛。过了一会儿，悬挂的湿被单开始滴水。

孩子终于长大了……

心酸和祝福交织缠绕，我整宿睡不着。索性拉开窗帘，静静坐炕上，隔窗看月光下的小院儿，往事来来去去。小陆陪我坐着。

婚礼在县城举行，老龙家把自家连脊房分割成两间，大间给了女儿女婿，老两口住小间，老少在一个院落，便于以后互相照应。

大生结了婚，他不再小打小闹地钓鱼，而是借了生产队的船，到江上撒网捕鱼，使百米鱼挂子挂鱼。家附近的河水里，他也下地笼捂鱼，下小挂子钩鱼。大鱼用来卖钱，小鱼分一半留给我。

有天中午，老丛慌慌张张来找我，说大生出了事儿，送进县医院。

我顾不上许多，坐上老丛的自行车后座，怕颠簸掉下去便死死抓住老丛的腰。

大生在江上挂鱼，大鱼有劲儿带走鱼挂子，大生跳入江水追赶，人送到医院几乎没有了呼吸和脉搏，医生果断按压大生胸部，大生才活过来。

大生瞅着我笑，像小陆一样甜美。他说："妈，没事儿，我害了那么多条鱼命，它们吓唬我一次值得。"

大生说得轻松，我却"扑通"跪下，趴大生病床边儿哭了。

老丛拉我起来，劝说我到走廊座椅坐下。"别这么激动，影响孩子情绪，大生惦记你们娘俩，他才不断加大捕鱼力度，这往后就不能让他那么拼命了。"

是呀！老丛的话点醒了我。

征兵信息下来了，生产队每年只有一个名额，我从来没动过争取的念头，为了减少大生的后顾之忧，我去找副队长。

大黄牙飘出黄烟叶子味儿。"大妹子，你既然开口了，我去找队长说，今年的名额就给你家二生，我儿子我都不让他争。啊，放心回家去吧！"副队长朝我点头。

家里只剩我一张嘴巴吃饭，老丛来了。他对我说："嫁给我，以后我养你，再给我生个儿子！”老丛比我小两岁，长相困难，但有瓦匠手艺，不会亏着我吧，关键他对大生、二生真好。

我收拾了东西嫁到县城老丛家，跟大生家做邻居。大生惦记我的事情刺激了我，去往县城的路上我就想，得学着做点什么，日后无论如何，得有能力挣钱养活自己。老丛去干瓦匠活儿，我跟着他，和泥儿递灰儿打下手，长见识。老丛去供销社买家伙什儿，我跟着去，走到卖木匠用具的柜台，我停住脚步，刨木卷儿的松香和清漆的油香在脑海盘旋，我当即要求老丛给我买整套木匠用的工具，老丛新婚，没打梗儿，给我买下。

我不做大件物品，只做梳妆盒、板凳、椅子之类小巧物件。那时候家家不缺木头，我就地取材，总能带给东家惊喜，东家额外赏给我工钱，我自己攒着。老丛看不上我挣那点钱，没意见。

我和老丛的第一个孩子是女儿，叫大妞。老丛听说我生了女儿，转身找大生喝闷酒去了，我的月子是大生媳妇伺候的。我狠狠心，又怀了二胎，生下来竟然是双胞胎，两个女儿，老丛的鼻子快气歪了。他带着嫌弃的哭腔数落我说：“我这么大年纪才结婚，实指望有个儿子，你却毁了我的美梦，断了我的子孙……”啥难听老丛说啥，可算把他半辈子的不如意倾倒给我，比屎尿罐子还臭。

我给两个小女儿取名小四儿、小五，小孩儿名字简单好养活。

老丛打工挣了钱不再往家里交，他经常在外面吃好的、喝好的，吃饱喝足才回家。进屋摔门，踢一脚笤帚，若是不小心绊倒，躺地下就不起来，长一句儿短一句儿，高一声儿低一声儿，赖赖嚎嚎说我们不管他。我们娘四个正开心吃饭，三个女儿吓得跳炕上哇哇大哭，老丛见状开骂，骂了天地骂祖宗，骂我不争气。谁还有胃口吃饭。我再一次让自己变成母老虎，憋着委屈，默默地推刨子做板凳、椅子，卖了钱抚养女儿。

推刨子需要双手双臂平衡使劲儿，不能太猛，也不能太轻，得掌握火候、分寸，每推出去一下，带出一条薄木片，落地卷成花儿，很好看。我还喜欢用砂纸打磨成品，抚去碎屑，木质光洁的纹理显露出来，滑滑的，再涂上一层清漆，心里亮堂。

怎么说呢，老丛要是在家呀，我就跟鸟笼子里的鸟似的，他要是出外干活儿去了，家里再苦，我和孩子在一起，心情就快乐得像出笼子的小鸟一样。

小五才十岁，老丛跑了，听说跟满洲里的一位女东家过上了，帮人家养儿子，他乐意。

没了老丛的吵闹，我解放了，心平气和地把家侍弄得板板正正，孩子们过上舒心日子，变得乖巧懂事。

生活里到处是学问，看你有没有心劲儿去琢磨，琢磨透了，干什么都成。松木浅黄，楸木牛毛黄，老柞木粉红，梨木褐色，椴木奶白色……我把不同颜色的木头切成小薄片，制成菱形、正方形等几何形状，拼在一起呈现立体图案，镶嵌凳子面、椅子扶手，效果醒目美观。我制作的凳子、椅子有家具店主动上门约货，我不靠任何人，照样能生活。

邻居告诫我："等老丛回来和他离婚吧，要不然他老了没人要，会来赖你的。"老人们心明眼亮，讲的话有历史经验。

老丛回来过一次，给我买了俄罗斯套娃，我头一次见着那么好看的木头娃娃，椭圆形，颜色丰富鲜艳，慈眉善目的，打开一个，里面藏着一个小娃娃，小娃娃里面还有一个更小的娃娃，最后一个小不点儿，还是一个同样的娃娃。这跟生活一模一样，往大里过和往小里过，它都是生活，保持同样乐观的心态，永远不会失去本真。可是老丛这种人，他本质上和我不一样，他看待人生像迷宫，他不会珍惜拿到手里面的娃娃，他会埋怨眼前的不如意，他不断地打开套娃，不断地埋怨，他的贪心铸就了他最后看到小娃娃时，大不平顺。他太贪心了。生活不论从哪个点开始过，遇见有心人，一定会越过越好；遇见贪心的人，会越抱怨越糟糕。

老丛回来是跟我提离婚的。我答应他，感谢老丛放我新生。

没有老丛，我的孩子照样长出息。二生在部队提干，当上军区司令的副参谋长，找了省城的姑娘结婚，留在大城市工作。大生回乡承包了鱼塘养鱼，夫妻俩在菜市场有固定的卖鱼摊位，回头客很多，买卖稳固。大妞跟随她大哥在菜市场摆摊儿，做熟食卖。小四儿学我，心灵手巧的，在商场做裁缝、熨烫衣服。小五你看见了，开发廊自食其力。我的五个孩子娶媳妇、嫁人，都找的好人家，没有打架闹离婚的，孙子辈儿孩子学习好、性格好，逢年过节，大家回来，可热闹了。

你若问我一生最难的是什么？小陆受伤了，我一个人操持家务不算难，因为心中有奔头，身边有温暖。小陆离开了，我一个人带两个儿子过，吃不上饭，不算难，有好心人帮助，有安稳的心境。最难的是嫁给老丛以后，生了三个女儿需要抚养，老丛暴露恶劣本性，我五味杂陈，回头没有岸，只能独自承受精神折磨，硬撑着给孩子们做生活的榜样。老丛跑了，我坚持着做出个样子来，看看到底是谁不争气。只有自己心里不平顺的人，才会觉得老天爷不公平，我努力生活，老天爷对我怎么会不公平？

老天爷长着眼睛呢，老人们心里尖着呢。孩子们陆续住进楼房，二生在县城也买了楼房，专门请我搬进去住，说是让我帮着看家，他只有逢年过节才回来，什么看不看家的，孩子这是孝顺我。老平房已经找下买主，老丛回来了。

他一瘸一拐蹒跚着，佝偻气喘的，衣着破旧，比我显老，身上剩余的钱不到一百元。三个女儿可怜见儿地哭了："爸回来了，爸回来了！"

老丛被榨干了体力和钱财，若不是走投无路他不会回来。

我当机立断，老房子不卖了，老家什全部留下给老丛用，我只拿走我的东西独自搬进二生在县城买的楼房，从此再没踏足老房子半步，再没看过老丛一眼。但我知道，女儿们忙着给他爸买新衣服穿，忙着领他爸去医院体检。平时大家做了好吃的，会给老丛送过去。老丛生病倒下，三个女儿轮流看护伺候。

老丛这是何年何月修来的福呀？我养大的女儿，终归差不了。

大生、二生也经常看望和关照老丛，据说老丛见了大生、二生就哭，抱着哭，像亲爷俩一样。老丛在外面吃了多少苦、遭了多少罪，他不说，就只是哭。

老丛重病卧床想见我一面，我没答应，让他慢慢自己品去吧。

上个月老丛死了，身边有女儿女婿陪伴，大生、二生也在。

出殡那天，天比较阴冷，我多穿衣服，把自己裹得暖乎，我不感冒，也就不给儿女找麻烦。大妞唤我过去最后看看她爸，我远远站着，摆摆手，示意不用过去了。大生负责给老丛摔瓦盆儿，三个闺女哭成一团。起幡儿了，老丛躺在棺椁里，风风光光去往火葬场，我放心地回家，熬了新大米粥喝，黏黏糊糊的，真香。

吃饱了，我回到老屋，老家什一如当年，只是陈旧了而已，俄罗斯套娃摆在箱盖上，颜色被磨损掉许多，色彩不再艳丽，套娃的接口松动了，一层层打开，里面的小娃娃也旧了。看来老丛经常把玩套娃，不知道他有没有悟出些什么。

老屋的门敞开着，我曾经跟随老丛离开乡下的老家来到这里，我的根基连接着土地，那里有纯朴善良的小陆，有黄白花牛，有我无数个与老天作伴的日子，我的内心从来没有怕过，不论多难，我都会想办法把日子过好。

柜子里，我当年做木工活的工具还在，那是老丛宠过我的纪念，一样不缺。我卸掉刨子的刀刃儿，再把它安装回去，拿起锤子，敲打朝上的刀背儿，矫正校准刀刃儿的位置。画直线的墨盒封闭得严实，墨线湿润，恍如昨日。我的心劲儿，老丛这辈子比不起。老丛没文化，我和小陆是新中国培养出来的第一批高中毕业生。

卖掉吧，都卖掉，不用留恋，我现在什么都不缺，只需保留一颗爱心足够。

母亲讲述这些话时，女儿小五并不反驳，说明她那个爸爸是什么人，女儿心里明白。但是她们选择接纳老丛，是母亲教育的结果。

亚文的眼前现出一只鸟笼和雀儿，倘若男人给出的是一只金丝笼，里面的金丝雀儿是否甘愿被囚禁？倘若男人给出的是牢笼和桎梏，女人又不肯离去，那她一定背负了沉重的责任和家的概念，为了儿女，她只有贴紧脚下忠实的大地，把男人当成一棵歪脖树，女人不选择上吊自尽的一刻起，已经变成土地，滋养着她的作物，包括杂芜，无穷无尽地输送自己的养分，波澜不惊，内里乾坤。

每一场婚姻都可能是一座城堡，一所牢笼，爱恨交加。

头发烫好了。漫长的两个多小时，小五母亲断断续续给亚文的小说添加了骨肉和血液。

细密的羊毛卷发型，令亚文看上去老了十岁，换做小波浪发型，亚文立马年轻了十岁。倒正之间相差二十岁呀。人生有几个美好的二十岁？似水年华，倏忽之间。亚文饱受磨难历经沧桑的脸孔依然年轻，露出灿烂而神秘的笑容。

发表于 2023 年 2 期《北方文学》

见与不见

“兰亭经理娶白芷芪姑娘，萨尔图的奇迹……”

婚礼司仪的膛音铺陈得喜庆。三十五岁的兰亭离家十载，他在哈市学习西点制作，独身，攒下许多钱，若不是听说父亲兰师傅归家，父母和好如初，他不会返回萨尔图开酒店，也不会顺路进邻家中药堂，看问心理咨询，他就那么遇见三十五岁的白芷芪姑娘，他们男未婚女未嫁，兰亭突然萌生了谈恋爱的想法。

亲人聚会婚宴前台合影留念，兰亭透过欢乐的人群，寻找和抗拒那个身影的出现，他不威猛，拄着盲人杖，腰板直溜，穿干净的旧衣服，兰亭曾领着他去给人家看相、看风水，他挣了花花绿绿的钞票，小心翼翼收回口袋里，回家交给兰姐。外人称呼兰亭的母亲兰婶，他则叫她兰姐。父亲离家出走的第三天，他讨口水喝到兰家，母亲留他吃饭，留他住宿，母亲留下他的理由：“他是我们远房亲戚，家里遭了灾……”他没个正式名字，兰亭和妹妹兰月叫他瞎叔。

瞎叔留在家里二十年，父亲归家后第二天，他隐去，据说他在老家分了宅基地，他要回去打理。兰亭结婚这么重大的事情，瞎叔未出现。

喜庆的场面越发显出兰亭淡淡的忧郁和含蓄的成就感。

夜晚，亲人住在酒店，兰亭一个人到一楼餐厅静坐，软黄透亮的吊顶灯光芒，把咖啡色实木桌椅映衬得古色古香。窗外黑夜如咖啡奶茶，收纳万物而浓密丝滑，从灯火明灭处注视酒店，兰亭的酒店，白墙，六层楼，像一块诱人的奶油蛋糕，里面的餐厅醒着。

兰亭是因为抗拒瞎叔才离家的，但他去哈市学习的钱由瞎叔赞助。按照这个逻辑，酒店最原始的大股东应该是瞎叔。

“我找到工作了，找到工作了！”父亲兰师傅嚷嚷着进屋，喜悦把他很少露笑的黄白净子脸涨得光滑。母亲背对房门继续揉手里的白面团，揉搓得恰到好处，“啪”地把面团扣盆里，用屉布盖严实，“我左眼跳，好事儿，提前发面做馒头。”母亲说罢回头，脸颊白里透红，语气干脆利落。

“老本行，开大车，在油田运输车队做临时工，老师傅有回老家的。”

“我说呢，左眼跳！”

父亲上班的工厂解体，几百人的大厂说散就散了，父亲想不开，觉得丢人，父亲已经失业半年，他笑不出来，今天终于雨过天晴。

母亲个子不高，微胖，她没工作。父亲一米八，大高个儿，走起路来风度翩翩，甚是迷人。兰亭坐过父亲开的大车，驾驶楼高高的，兰亭看着车窗外面的景况，视野开阔，其他的车和行人小小的，兰亭眷恋父亲的“战壕”。母亲做面食的手艺一流，白面馒头、白面和玉米两合面馒头，用开水烫面，加老面起子，和好的面团饧发半小时即可上锅蒸，蒸出来的馒头皮儿光、瓤儿暄、个头大，甜滋滋的，咬一口唇齿留香。兰亭琢磨着将来要系统学做面点。

“过几天，我负责送老师傅回山东老家，你们有什么想捎的吗？”父亲此种问话带着特权，他开车出远门能接触到新鲜事物，兰亭和兰月围拢过来，他们想得多，实现的可能性不大，母亲诚实地告诫父亲：“有钱得省着花。”

父亲走了十天返家，给了兰亭和兰月一人一个红透的西红柿，兰亭捧着红果细嗅把玩够了才下口吃，微酸爽甜的味道是市面上买不到的，它们是从大田里直接挑选采摘的，藏着大地敦实的血脉和阳光的芳香，经由父亲的手和体温传达爱意。母亲有些不自然，父亲开大车从山东地界捎回一位高个儿女子，二十九岁的未婚姑娘，父亲称呼她妹子。“妹子在山东有自家公司，她父亲买了大车没人开，妹子搭我的车来油田找他哥，她哥跑出来偷着娶了媳妇，说什么也不回老家。妹子想再争取两天，没地方住，暂时住咱家吧。”母亲没说什么，默默去做白面馒头，炒了四个菜。晚上妹子只能住炕尾。

兰亭、兰月跟着吃了两天白面馒头和炒菜，暗自欢喜。

中午放学回家，兰亭见到一床褥子被拆洗了，褥单和棉花里子一起在太阳地儿曝晒。母亲厉害的声音干干脆脆传来："你说，你倒说清楚了，她一个大姑娘家睡觉，怎么会尿炕？"父亲支支吾吾声音玄涩："你闹误会了……"妹子坐炕尾低着头不说话。父亲一会儿走到厨房和母亲理论，一会儿走回里屋安慰妹子。

"哎！这么大的人，怎么会尿炕？"兰亭站在院里没进屋，他拦下妹妹问究竟。"尿炕就尿炕呗，晚上不给她褥子住就得了。"兰月出主意。"要不让她走吧！"兰亭觉得妹子惹母亲不高兴总归不好。

母亲的声音在屋子里炸裂："你走，你们都走，走了就别回来了！"

父亲果真气白了脸，空手拉起妹子，头也不回地走了。

母亲气鼓鼓不再说话，默默收拾吃食，招呼兰亭和兰月进屋吃饭。

家里沉静了三天，不见父亲回来。

第三天傍晚，萨尔图火车站的鸣笛寂灭，兰亭感觉下车的人正沿着街巷分行，他的耳根立起来，细心听着有没有父亲的敲门声。

"给口水吧！给口水喝！"

门外的声音羸弱、别扭，兰亭去开院门，母亲跟在身后。那一年，兰亭十五岁，兰月十二岁，兰亭是家里唯一年长的男丁。

院门打开，兰亭立门框下，微弱的月光裁剪门外卑微的人影，他拄着盲杖，眯缝双眼。兰亭判定他是个瞎子，他的一只眼睛白色，另一只眼睛眼青朝上，只能看见下眼白，两只眼睛不停地往上翻。

母亲许是担心父亲快疯了，居然可怜见儿地把瞎子让进厨房，给他剩饭吃，给他水喝。他看上去没有攻击性，点着盲杖试探性前行，进屋摸索坐下。

母亲打发兰亭、兰月赶紧进里屋写作业。母亲在厨房单独问话。

母亲最后宣布留下瞎子："他是我们远房亲戚……"

瞎子住炕尾。

兰亭从小敏感火车汽笛的鸣叫声，他觉得西边那些采油工人，都是顺着萨尔图火车站进来的，他们守望一片荒凉，挖黑色的石油。夜晚的汽笛声格外清越，常在午夜梦回时惊醒兰亭，以前，兰亭坐起身看看通铺大炕，兰亭睡炕头，兰月夹在兰亭和母亲之间，炕尾是父亲高大的身影。传说萨尔图是蒙古语"月亮升起的地方"，窗外月色亮过所有黑暗，笼罩了万物，挤进屋里，水一样流淌。兰亭从来没有想过月夜给人的感觉会不一样，如今窗外月光碎了一地，碎进兰亭心里，他抓不住火车汽笛消散的游丝，愣在那里，空落落的月光锁住炕尾的瞎子。

"叫我瞎叔就行。"瞎子很谦卑，向兰亭、兰月示好。

家里剩下最后一个白面馒头了，母亲推给瞎叔吃。兰亭、兰月盯着瞅，不再吃饭。瞎叔陷入尴尬气氛，他坐相直溜，伸手拿起白面馒头，掰成两半，双手伸出分别递给兰亭和兰月。兰亭去接，被母亲一筷子头打在手背，兰亭缩回手，眼圈积泪。瞎叔的手停留半空，他缓缓放下白面馒头，拿起玉米面饼子，低头喝粥。

母亲抢白："你瞎叔吃饱了，要去给你们挣钱的。"

瞎叔怎么挣钱？兰亭叫上兰月跟后面偷看。但见瞎叔一路盲杖点地行至火车站广场，找块靠边的空地儿坐下，掏出一只碗放地上，给过往行人作揖扣头。

兰亭受到某种刺激，拉着兰月的手跑回家，他突然意识到，父亲已经不能帮助家用，他和兰月跟母亲，他们都需要瞎叔挣钱养活。兰亭咬着下嘴唇，身体打哆嗦。

再到饭口，母亲推给瞎叔好吃的东西，兰亭和兰月只瞅着，不争抢。

入秋，黄叶打着旋儿飘落脚下，满目萧瑟，冷雨把落叶沾湿，更加凄迷，迸发汩汩纷飞天涯的惶恐。兰亭把第二把雨伞送给兰月："你先回家，我去看看瞎叔。”兰月成为众多放学的孩子中有家人给送伞的宠儿，幸福而自豪地拥了女同学大美西往家走。兰亭实际上想去火车站看看有没有父亲回来的身影，他无数次想着去火车站碰运气，父亲离家两个月了。

瞎叔孤零零蹲路边，像尊泥菩萨，硬撑着没倒下，雨水已经把他的头发和衣服贴湿在身上，人显得突兀。可是所有行人离开的脚步带起的泥水、寒风，任意扬洒瞎叔身上，没人在意他的存在，他像被世界抛弃的旧物，被熟视无睹。瞎叔一个人定定地淋在雨中，偶尔伸出弯曲的手。

兰亭心里一阵酸楚，他想要跑上前去，扶起瞎叔，领他回家。带袖标的城管无声地横插过去，不由分说推搡瞎叔，让他离开。瞎叔喃喃说些什么，不停作揖，整个人狼狈不堪。母亲打着伞跑过去，她拉扯掰分城管推搡瞎叔的手，弯腰捡起要饭碗，连同里面的毛票，一股脑塞进瞎叔口袋里，母亲给瞎叔遮伞。

母亲的出现往兰亭刚刚裂开的心室撒了一把盐，他原本的怜悯顿时收缩成疼痛，母亲的伞应该撑给父亲才对，父亲在哪里呢？兰亭的泪水不争气地飞流，他像那个城管，冷冰冰地想要把瞎叔从母亲身边清理走。兰亭转身狂奔，兰月曾经洋溢的幸福感和自豪感，在兰亭这儿被击碎得体无完肤，流离失所。

兰亭跑回家，换了干净衣服，去隔壁国营照相馆找兰月。照相馆是他们小孩子的据点，兰月的男同学摄影师的父亲掌管照相馆，兰亭、兰月、摄影师、大美西经常在照相馆二楼玩耍、写作业。兰亭故意推延回家的时间，他的脑海一刻不停地闪现母亲给瞎叔换干净衣服、给瞎叔烧热水喝的场景，这会儿，母亲是不是在给瞎叔蒸白面馒头吃？想到馒头，兰亭理短，他知道他们这些日子的花销都是瞎叔要饭所得。

摄影师是外号，起因他父亲负责照相馆的工作。照相馆从孩子们出生即存在，每个萨尔图的孩子几乎都来过这里，小的可以坐摇椅，大的可以骑木马，木马的耳朵下方有两根向两侧支棱的圆木棍，小孩把住圆木棍像大人把住自行车把手一样，模仿骑马的威风。摄影师的父亲经常亲自上阵给人照相，他会先提建议，请照相者换装，照相馆有很多新奇的衣服，海军服、西装和晚礼裙等，他还会给人化妆，女人都很讨好他，他就灵巧地给女人多扑白粉，打点儿腮红，口红涂抹得鲜艳。门口橱窗里和照相馆过道墙壁展示很多大照片，有黑白的，年代已经很久远，带民国的老旧韵味，或者李玉和似的英气，彩色大照片人物则妩媚端庄。有时他的两个徒弟参与服务，却没有师傅受欢迎，人们已然形成一种潜意识，老师傅照相好，得预约老师傅照相。他也乐得亲自摆放凸面黑色凹面银色的反光伞，开足三盏光源灯，通过调整反光伞位置让灯光变得柔和，照出的影像没有光斑和阴影。

人们讨好照相馆老师傅，就给他儿子起外号叫摄影师，摄影师小小年纪，非常满意这个称谓，文气、神秘且高大上，时间久了竟然没人喊他真名。摄影师喜欢黏着兰月，兰月有公主派头，照相馆二楼摄影室是她的宫殿，她时常指挥大家摆出各种造型，像演室内剧，每个人随性扮演不同角色，兰月还喜欢把她编排的室内剧情境记录下来，攒了一本子，摄影师为此很崇拜兰月。大美西喜欢黏着兰亭，少年兰亭的长相近乎完美，费翔第一次上春晚，大家发现兰亭长得像费翔，大美西跟兰亭更靠近了。

除了在照相馆玩，兰亭还带领大家坐公交车去西边的油田撒欢儿，那种荒凉的戈壁滩似的所在，藏了兰亭深深的眷念。母亲曾经领着兰亭和兰月到油田找过妹子的哥哥，那个男人逃婚出来的，他不管老家的事情，他只说兰亭的父亲在山东给他家开大车，不走了。“腿长你丈夫身上呢，我管不了。”说完他翻个白眼，兰亭觉得他跟瞎叔一样不成体统。母亲除了跺脚、流泪，没有办法。

油井架上的机械不停地运转，兰亭流露不可拆分的痴迷眼神，大美西陪着兰亭看，兰月和摄影师只管嬉笑追逐。兰亭每次都固执地从“戈壁”捡拾一样东西拿回家，放院子里堆着。大美西问过兰亭为什么？兰亭拧紧眉头迎着风沙说：“我父亲曾经给油田运输车队开大车，那种驾驶楼高高的大型车……”兰亭怕大美西听不懂，他领着大家钻进油田工作区，偷偷观看夕阳下停靠大车的院落，气吞山河的豪情壮志无法言表，兰亭酸酸地叹口气。

瞎叔时常收拾了院子里的废品，拿出去卖了。兰亭轻蔑地“哼”一下。

兰亭有个不可告人的秘密，他坚持了许多年，他经常早上起来观察炕尾的被褥有没有异样，否则他不会安心上学。兰亭一直没有发现什么特殊情况，他一边走路，一边心不在焉地踢小石子，兰月经常拿他这种习惯开玩笑：“又满地找牙呢！几颗了？”

兰亭高中毕业没考上大学，他不想去找工作，经常在外闲逛，有时候去火车站远远看瞎叔要饭。他倒是试想过，谁敢欺负瞎叔，他会跑上去把那人打翻在地，让那人跪地求饶。可他一直没等到机会。

这天艳阳高照，兰亭懒散地溜达，他发现瞎叔早早收工回家，兰亭尾随其后。瞎叔先到家，院门被反锁。兰亭悄悄翻墙进院，他躲在暗处，往里屋看，母亲背对前窗站在炕尾地上，瞎叔面对母亲站着，面对着屋外的兰亭。瞎叔的眼睛不再眯缝，兰亭看清楚瞎叔平时只能看见下眼白的那只眼睛平稳地注视着母亲，黑眼珠白眼球，很认真很正常。兰亭倒吸一口凉气，瞎叔他不全瞎，他有一只好眼睛。那他平时装出全瞎的样子给谁看呢？

瞎叔站在那里，身穿的旧衣服很干净，他腰板挺直，竟然有种玉树临风的感觉。

兰亭实在看不下去，他翻墙出去，坐院门外面抹眼泪，兰亭伤心地想念父亲，他把地上的青草连根拔起，重重扔掉。兰月放学回家，她叫哥哥和她去照相馆看热闹，大美西过来拉兰亭的手臂，兰亭狠狠甩开，大美西吓一跳。摄影师凑过来说：“国营照相馆解体了，我父亲承包了照相馆，你们都来，帮我家出出主意，怎样改造一下照相馆，以后我就是照相馆的主人了。”兰亭浑浑噩噩地跟随过去。

照相馆进了新的背景布，有樱花烂漫图、翠柳溪边图……更追求自然美。两尊白色石膏人像立在地中间，还没做具体摆放。石膏像高鼻梁卷毛头，欧洲人样貌，兰月转圈儿观看，很欣赏。摄影师说他父亲还进了许多摄影书籍，有人体摄影集。大美西感兴趣，和兰月并肩坐下，要了人体摄影集翻看。兰月的脸腾地红了，充满不确定的娇羞。摄影师不敢靠近两女生，他撤退到兰亭身边，两个男生心照不宣地四处打量。

兰月高中毕业那年夏天，她悄悄告诉哥哥：“我知道父亲带回家的妹子为什么尿炕了，哥，我嫁给摄影师吧，他家生活条件挺好，他父亲已经把照相馆给他经营了。”兰亭眼里涌起泪花，他狠狠搂住妹妹，他听得见自己的骨节嘎嘣作响。

兰月小两口把照相馆改造成影楼，一楼整体欧式装修，用作婚纱摄影，二楼留一半住宿，另一半照标准相、家庭合影等。摄影师很有眼光，摄影技巧紧跟潮流，萨尔图的少男少女一窝蜂地粘住影楼，他们被兰月指点着搔首弄姿，大量拍摄“明星照”，美其名曰：“留住青春留住美。”他们还安排父母来体验“明星照”。

兰月在一楼摆了张小茶桌，年长的客人来了，兰月给沏茶喝，年轻人来了，兰月给冲雀巢咖啡。兰月说：“生意总在生意之外。”这话很哲学，很适合兰月的格调。年轻人在家喝杯咖啡，就像猪八戒吃人参果，没感觉，在影楼流连，气定神闲，伴随着满眼的富丽堂皇，和被创造出来的美感、优越感，品一口咖啡，苦都是甜。客人很容易被兰月俘获，说是只照四张，不知不觉就照了十张。

兰月累了会把钱甩给兰亭，让哥哥帮忙数钱。兰亭数钱数到手指抽筋儿，他摆出造型向兰月诉苦。兰月瞧着兰亭的厌世模样，从一沓钱里抽出两张百元大钞，塞兰亭食指和中指缝隙间，兰亭耍个帅，站起身，从蓝月身边溜走。兰亭闻到兰月身上的法国香水味道，有点儿浓郁，等兰亭走到家门口，香味儿已经弥散，变成一种香悠悠的印象。兰月过得好，兰亭心安。

兰月引领了萨尔图的时髦境界，她穿的衣服，收腰几分，她穿的丝袜，丝袜的颜色和上面纺织的暗花，她晚上喝的法国红葡萄酒，只喝半杯，微醉，兰月的种种行为成了人们茶余饭后品味的焦点话题，女人按她的装扮去买衣服。兰月曾经大波浪披肩发型，生了小宝宝后，她改成奥黛丽·赫本的小子头，大家也争相效仿。兰月的形象很适合做摄影师的妻子，兰月还继续写剧本，这更增添了她的知名度。有兰月在，影楼生意一直火爆。

兰亭来看望兰月的小宝宝，女孩儿，继承了她父母所有的优点，大眼睛，长睫毛，樱桃小嘴，脸型像洋娃娃，兰月给她烫了小卷发，人们叫她小洋人。带小孩儿并没影响到兰月侍弄她的生活情调，相反，她把自己捯饬得更加风情万种。

兰亭来时，大美西和兰月正逗小洋人玩耍，小孩子的声音奶香奶甜的，戳得人心窝发软。摄影师在挑选大美西的照片，准备放大一张。大美西近水楼台先得月，耐心照了许多“明星照”，兰亭瞟一眼照片再对照真人，他发觉大美西走了和兰月不一样的路子。大美西的装扮看似不时髦，但她精致，那种不动声色的精致，大到每件外衣，小到仅从裤腿和鞋面之间露出的袜子，都无可挑剔，她不常换新装，却总是搭配合理，不显眼但养眼。兰亭总觉得大美西那张被挑选出来的照片像一座冰山，他只看到她浮出水面的部分，海水底下他看不见。大美西一直拿眼角余光追随兰亭，兰亭一脸不屑的表情，兰亭不止对大美西不感兴趣，他对所有女生都不感冒，他只关心兰月和小洋人的幸福。

兰月刚去做了负氧离子“冻龄”美容，脸蛋儿嫩嫩的，有种透明的感觉。“兰月就知道败霍钱！”摄影师边工作边邪气地嘲笑。兰亭立即反驳：“你怎么不说说你老婆给你带来多大的财运！”摄影师无言以对，大美西靠近摄影师，待在他身后，挨得很近，她在细看自己被选中的照片。

小洋人不知不觉长到三岁，她跟在兰亭身后像小尾巴，小嘴说话叭叭的，兰亭听得一愣一愣。小洋人说：“我爸出远门了，我妈在家不吃饭。”兰亭说：“你妈是不是想你爸了？”小洋人说：“我爸才不会想我妈呢！”

“为什么？”

“他和大美西在一起。”

小洋人此话出口，兰亭惊够呛。瞎叔听罢起身外出工作去了。

摄影师归来，他告诉兰月晚上有朋友聚会吃饭，需要很晚才能回家。小洋人把消息告诉给兰亭。瞎叔对兰亭说：“去叫上兰月，陪瞎叔去电影院坐坐，听听电影。”瞎叔很少要求兰亭、兰月做什么，这次瞎叔有要求，兰亭、兰月陪着他。瞎叔坐电影院门外边缘处，电影院里面传出的声音足够他享受的，小洋人攀着瞎叔的肩膀骑脖梗子，瞎叔任由小孩嬉闹。瞎叔一直等电影散场，等摄影师揽着大美西的腰走出来，瞎叔说："送我回家。"

摄影师和大美西走前面，兰亭和兰月在后面跟踪，瞎叔放慢脚步，他带着眼尖嘴快的小洋人落人群后面。兰亭和兰月跟踪至一家旅馆，见摄影师和大美西双双进去。兰亭假装办理入住，他问服务员："刚才那一对情侣很好看，他们经常来吗？"服务员对客户没设防："嗯，他俩来过好多次了。"

兰亭和兰月在旅馆前厅坐着等，大美西醉眼蒙胧下楼的时候，摄影师依然揽着她的腰，抚摸她肩膀。兰月拦住摄影师的去路。

摄影师理亏，答应了兰月提出的所有要求，小洋人归兰月抚养，摄影师按月给抚养费。兰月心气儿高，吵着要离开萨尔图，去北京学习深造。

"你学习的钱不少，离了婚，便宜摄影师那小子了，要不然他得给拿学费。"母亲一针见血地说道。

瞎叔开口说话："兰姐，你去跟摄影师母亲放口信儿，孩子都是好孩子，影楼风水不好，闹得小两口过不稳，败财，现如今生意不景气。你就说我会看相看风水，说得玄乎些。"

兰亭不知瞎叔葫芦里卖的什么药。果然，摄影师的母亲请瞎叔过去给看看。兰亭扶着瞎叔走进熟悉的影楼。瞎叔站一楼地中间，不断地往上翻白眼，他不需要四处察看，一副冥思状，用左手大拇指掐食指肚，再掐中指肚，手势戛然停住，他深刻且艰难地感受着什么，然后继续用大拇指迟疑地掐无名指肚，最后掐上小拇指肚。瞎叔被一股强大的力量振动得站不稳。摄影师的母亲脸儿吓白了，她小心地呼喊瞎叔："没事儿吧，没事儿吧！"瞎叔把他恐怖的白眼对准摄影师母亲，语气坚定地提示："得破解。"

"怎么破解，请大师指点！"

瞎叔秒变"大师"。

瞎叔伸出右手五根指头在摄影师母亲面前按下空气："得拿钱消灾。"

"五百？"

瞎叔摇头，把手掌翻了翻。

“五千？”

瞎叔不情愿地点点头。

瞎叔拿到钱，指认二楼东北角，指挥兰亭把摄影师父亲老照相馆时期留下的两尊石膏像砸碎。他撂下三个字：“扔河边。”

瞎叔成功给兰月拿回五千元学费，兰月听了情节介绍，笑得眼泪飞溅。兰月带小洋人去了北京。母亲从此相信瞎叔真的有掐算的本事。人们纷纷传说瞎叔有阴阳眼，瞎叔不用再去火车站广场要饭了，瞎叔专门给人家看相、看风水，挣得比以前多。

“给兰亭看看，他啥时动婚？”兰亭二十五岁了，不找女朋友，母亲犯心病。

瞎叔翻着白眼，掐弄手指，哑笑：“天机不可泄露……”

兰亭故意在家当电灯泡当腻歪了，他决定离家，去哈市学习西点制作。母亲没有阻拦，瞎叔出钱资助兰亭。

兰亭在西点学习班时，他跟瞎叔一样充满直觉，他觉得班里叫股神的男生虽然邋遢却有天分，兰亭跟从股神混，那时候股神就经常去股票交易大厅押宝买股票，小打小闹竟然没赔过。毕业后，兰亭和股神合伙开蛋糕店做西点，合伙租了房子住。股神把他的邋遢发挥到极致，住宿的地方从来都是兰亭打扫。兰亭不生气，他每次只拿出储蓄款的一半，和股神押同一股票，财富居然像滚雪球，越积越多。

兰亭只要能赚到钱，他无限包容股神的一切，股神也恰恰适应兰亭对他的照顾。瞎叔拄着盲杖，坐火车来哈市看望过兰亭几次，他给兰亭送钱，前两次兰亭收下，后来他不需要了。瞎叔要求进屋待会儿，股神穿跨栏背心，露膀子晃悠，大裤头下面两条小腿毛乎乎的。瞎叔趔趔趄趄要走。股神丝毫不担心暴露邋遢形象，瞎叔走后股神强调：“一个盲人，能坐火车来看你，不简单……”

兰亭一直和股神同住，瞎叔最后一次进屋，股神不在，兰亭解释说：“股神昨晚和朋友喝酒，他和小混混抢女朋友打架，他把人家打住院，被拘留了。”瞎叔听了居然报“好”。兰亭愣住。

瞎叔解释说：“我以前以为你小子和股神好呢！”

兰亭诧异地干笑：“哪有的事儿。”

瞎叔说：“你父亲回家了，不走了，我告诉兰姐，我在老家分了宅基地，得回去打理。”

“真分宅基地了吗？”

瞎叔不予回答，他跟兰亭告别。

兰亭居然忘记问瞎叔老家住哪儿了，兰亭当时被喜悦冲昏了头脑。

兰亭在哈市迫不及待等足一个月，他买了熟食备了酒水，欢迎股神被释放。他们席地而坐喝酒吃肉，兰亭跟股神商量，他不想在哈市开蛋糕店做西点了，他想回萨尔图老家。股神同意。兰亭一拳打在股神肩膀上，股神还给兰亭同样一拳。兄弟俩把手死死握在一起。兰亭说：“感谢你为了女朋友打架斗殴，要不然他们以为我们……”

股神笑了，哈哈大笑。

兰亭回到阔别十年的萨尔图，他小时候住过的地方扒掉平房，盖了酒店，酒店招标出售中，兰亭毫不迟疑地全款买下。

兰亭白天在酒店经历了自己的婚礼，这会儿独自坐在酒店一楼餐厅回想往事。兰月袅袅地向他走来，隔着桌子坐他对面。

“你的作家丈夫可好？”兰亭关心兰月。

“他嘛，写诗，写散文，发表了几篇豆腐块儿，不挣钱，我们家经常入不敷出。梦想很瑰丽，现实很骨感，他需要我接济。”

“小龙人很可爱，虎头虎脑的，就是没有小洋人心眼儿多。”

“这姐俩挺要好，就像我们小时候一样。”

“哥资助你继续深造，学点儿挣钱的本事，好吗？”

兰月满眼泪花，她起身拥抱兰亭。

“哥，你说说嫂子吧，说点儿快乐的事情。”

兰亭早就注意到邻家影楼改换了门庭，如今匾额“白氏中药”。兰亭走进中药堂。

白老爷子怎么会不知道兰亭是隔壁酒店的总经理。“请问兰经理买药还是看病？”

“看病。”

“什么病？”

“心病。”

“那就请我的女儿白芷芪给你看吧，年轻人或许能懂年轻人。”

白芷芪穿白色医护大褂，头戴白色贝雷帽，小腰拿捏得堪比碗口粗细。她浑身上下不显露，却袅婷摇曳，一看就是家境优渥性情高冷的女子。

“说说具体情况。”

“我三十五岁，对女生不感兴趣，对男生也不感兴趣。”

严肃的白芷芪扑哧笑了：“我也是，三十五岁，对男生不感兴趣，对女生也不感兴趣。”

白老爷子听见对话，退到后屋去了。

白芷芪正儿八经给兰亭把脉。“你需要一味中药，不过你得按我说的去做，保准药到病除。”

“你说，我做。”

“你需要收集立夏的露水二钱儿，大暑的荷花三瓣儿，秋分的瓦霜一两，冬至的雪花半斤……把它们熬水，腊八喝下。”

“这我可没时间办到，要不请白医生代为收集，我付医药费如何？”

“可以，就是费用会很贵。”

“只要我能拿得起。”

“保证不讹你。”

“说个数目。”

“不能说，看赏。”

兰亭被眼前的女子激发了强烈的好奇心，他经常像模像样来看药品收集情况，白芷芪领兰亭进后屋，四面墙壁都是中药匣子，浓浓的中药香薰熟了白芷芪。兰亭认为女人一定要有香气的，但他从未想见草药香也算一味香。腊八那天，白芷芪给兰亭喝下一杯透明的水，里面三片干花瓣儿。

“怎么喝着像雪碧？”兰亭不解。

“就是雪碧。”

“你诚心骗我？”

“你的心病就是不安心，把自己封闭起来了。我和你一个病。”

兰亭哑住。他突然上前，像小时候和大美西疯闹时放开手脚，“痛恨”地拍打白芷芪，白芷芪顺势猫进兰亭怀里。

十五年后，兰亭父亲去世，亲人们再次聚会酒店。

兰月一个人带着小洋人和小龙人回来的。小洋人已经嫁人，有丈夫陪伴，小龙人的男朋友跟回来。兰亭给两位男士一人一万元红包。

夜晚，兄妹俩坐在酒店一楼餐厅闲聊，兰亭十五岁的儿子礼貌地端过来法国红葡萄酒和兰亭亲自做的西点。兰亭的儿子退下，身影颇似当年的兰亭。

“父亲常说，如果他不离家，油田车队留下来的临时工后期都能转正。他只想有一份安稳的工作。”兰亭幽然。

“可是人世间没有也许。”兰月很笃定。

“你现在过得怎么样？”兰亭问兰月。

“我一个人过，给各大企业写文案，业内小有名气，月入三万元没问题。”

“你的作家丈夫呢？”

“我自己能养活自己，不需要什么作家了。”兰月坏笑。

兰亭举杯法国红葡萄酒：“为女王干杯。”

“你说瞎叔还会不会回来？”兰月问。

“瞎叔他其实有一只眼睛不瞎，他在我们所有人面前装瞎，是把自己装成弱势，利于生存。”

“怪不得他知道摄影师和大美西的事情，原来他心明眼亮，让人防不胜防。”

兰亭说：“如果瞎叔回来，我想养他老。”

兰月说：“他可能永远不会回来了。”

兰亭说：“他就像天上掉下的雨滴，滋润了人间，然后离去。”

兰月问：“他回天上去了吗？”

发表于 2024 年 4 期《岁月》

雪国终点站

白玉火车站的三楼会议室，一年一度的年终表彰大会人头耸动。铁路职工集会不容易，很多事项合并进行。断了十年再次接收的铁路专科毕业生范立频、吴为、荀凤婷已经工作一年多，均被评为先进工作者，闻站长亲自给年轻人颁发奖状。

台下一片祝贺的掌声。

“你看闻站长的女儿闻景华干得也不错，人家不要荣誉。”有人小声议论。

“欢迎市局领导宣布后备干部和提职人员名单。这一结果是市局领导认真工作一下午，通过一百张无记名选票产生的，公平、公正。”闻站长发言。

范立频的心提到嗓子眼，不到最后时刻，他不知道自己的“投其所需”能否见效。他的女朋友闻景华嘲笑他：“你就做你的春秋大梦吧，我爸这么严谨的人，不会帮你的。吴为业务比你过硬，人踏实，口碑好，他或许有希望。”

范立频真心不希望闻景华灭自家志气，长他人威风，尤其长吴为的威风。吴为娶到荀凤婷，断了范立频追求荀凤婷的美梦，梁子算是埋下。

范立频曾经拎着猪头肉和“小烧”找未来老丈人喝酒。闻站长平时和大家一样，生活简朴，不收礼，范立频不是外人，闻站长喜上眉梢：“你小子知道孝敬我了？滑头！”

三杯两盏下肚，闻站长慈祥地教训：“你得向吴为学习，把书本知识和实际业务相结合，搞技术革新，优化作业环节，大家自然会信你。年终大会，市局领导来，采用无记名投票，选出后备干部和调度室主任，老主任该退休了，我也快了。”

“市局领导谁来？”

“你问这个干吗？他比我还不讲情面。哎！他老母亲快不行了，他私下托我给他弄“偏方”，这上哪儿去淘弄？你小子可有路？”

吴为擅长钻研业务，范立频喜欢研究人。山林子里的工头找了范立频好几次，想把一火车皮木头发运出去，求火车站领导行个方便。那车木头有盗伐的嫌疑，闻站长不答应，那人拐弯找过范立频。

酒后，范立频找到工头，问他要“偏方”。

工头果真给他弄来。

范立频坐夜车悄悄外出，把“偏方”送给市局领导。

再见范立频，市局领导的长白山脸露出羞赧的红润：“多谢小范同志，我母亲已转危为安。”有市局领导关照，那车木头发走了。

“我宣布，后备干部提名，第一名范立频，第二名吴为。调度室主任人选范立频，他为铁路运输揽收业务立下汗马功劳，给职工创造了实实在在的经济效益。”

市局领导的宣布结束，冷场几秒，随即爆发雷鸣般的掌声。“我们现在需要的是能为民谋福利的干部，能把经济建设搞上去的能人。”大家对市局领导的讲话再次报以热烈掌声。

散会之后，范立频被簇拥，他瞧见吴为淡定白净的脸，荀凤婷的表情诧异、惊愕。针尖儿刺痛范立频。

深秋来临，范立频扎根山区的第三个秋天。他明确记得此行的目的：拼一个结果，追求荀凤婷。“你像我的亲人！”荀凤婷曾说过的话让他放心不下。吴为那小子充其量是三角形、四边形，或者一条直线，他范立频可以是多边形、圆形、波线，他根本没把吴为放眼里。可惜荀凤婷选择了吴为，他娶了闻站长的女儿闻景华。

天空阴沉得像铅块儿，低垂着，心胸被压抑得暗淡，寒冷使人穿多了衣服，谁也不愿意去户外。范立频站在二楼调度室窗前，火车站台一览无余，一站台和二站台的铁轨铺设在水泥平台凹巢中间，一、二站台行驶客运列车，三、四站台的铁轨露天铺设，行驶货运列车，调度室门外连接天桥能通往任何站台。范立频嚷嚷着找人，得去给四站台的车厢摘挂，然后给三站台的车厢连挂。“司机呢？都猫哪儿去了？”货运列车司机午饭后回家换了厚衣服才回来，副驾驶还未归班，吴为值班负责车厢摘挂和连挂。吴为拎着挑棍冲进调度室，提议等等副驾驶，或者请范立频帮忙，三人作业安全。范立频嘟嘟囔囔埋汰吴为：“怎么这么磨叽，别娘们家家的。”吴为临走摔门，随口骂道：“你就不是个好人！”范立频听见吴为和司机过天桥的脚步声腾腾远去，他扎心地走到窗前观看。

吴为一个人承担两个人的职责，他倔倔地走到四站台车厢连接处，先关掉前车的风管塞门把手，再关掉后车的风管塞门把手，然后俯身抓起连接前后车的风管从中摘断，最后用挑棍提起火车大挂上方的小挂钩，准备工作就绪。他站在黑白斑驳的雪地僵硬打手势，示意司机向前开动火车头，前后车厢成功分离。“奶奶的，还挺爷们。”范立频隔空嘲弄吴为，天空不知什么时候飘起雪花。

司机又上了三站台的火车头，吴为僵硬转身，走近查看三站台需要连挂的车厢情况，他生硬地后退几步，站在三、四站台两列火车之间，转向车头打手势，让司机倒车连挂。火车头缓慢后退，吴为跟着后撤，一步、两步……“奶奶的，干得漂亮！”范立频离开窗前，伏案写工作记录。等范立频起身再次走到窗前，他看见吴为被三站台两节车厢连挂处挤轧住腹部，车站里其他看见的人大声呼救，大家纷纷奔往事发地点。

范立频耳边萦绕着吴为摔门时的怒骂：“你就不是个好人！”他若跟出去帮忙就不会出事儿，他若不刺激吴为，吴为也许不会犯错。范立频的心凝固成冻梨，他狂奔出去，寒风瞬间打透身躯，耳朵麻木了。

"你为什么想走近路？"范立频跑过去问吴为，吴为脸色青白，牙关打战，憋住一口气，他开口说话："天儿太冷——"一口鲜血从口中喷出。吴为不敢再张口，他表情痛苦地屏住气息。范立频嚷嚷着赶紧去通知家属。来不及了，吴为异常痛苦的样子用手比画，示意把两节车厢分开。他最后跟范立频交代："照顾凤婷。"人就喷血不动了。苟凤婷赶到，吴为一句话都说不出来，解开车厢，吴为拦腰殷红，像面条一样倒下。救护队的担架放薄雪地上，吴为被抬上担架，医生过来把脉，手指去鼻孔处试气息，医生缓缓起身，向所有人摇头。雪花连成片，地表全白了。

随后赶到的吴妈在火车站大厅失声痛哭，她把目光投向范立频："你是调度，你倒说说，谁害死了我儿？"

范立频小声问司机，司机小声说他看见吴为走向车尾，天太冷了，他照比平日加速倒车，哪承想他提速的瞬间，吴为想要穿过两节车厢中间走近路，这要是平日的车速还行，可这次，刹不住车了。

"你扳紧急制动阀了吗？"

"扳了，冒着风险扳到底。"

两个男人低下头，沉默着，范立频思绪起伏，他知道是吴为知规违规。

傍晚，雪花淹没了天空和大地。范立频回家没吃晚饭，他早早躲进热炕被窝里，闻景华上炕坐着，他也坐起来。范立频两行清泪唰唰滚落，闻景华看见伸手为他擦拭泪水。范立频埋怨自己："我应该出去帮他，天寒地冻的，火车很容易溜车……"范立频唯独没有跟闻景华说，他因为得不到苟凤婷而故意刺激吴为："怎么这么磨叽，别娘们家家的。"以及吴为临走摔门骂他："你就不是个好人！"

吴为一定是带着愤怒的情绪把命丢在寒风中。

往事就在昨天。

绿皮火车"咔嚓咔嚓"蜿蜒前行，黄、橙、红、紫、黛，饱满的色彩扑面而来。"山不叫翠微，叫五花，水不是沧渊，是碧玉，莫不是王母娘娘遗落了花篮？”荀凤婷的声音明媚。

“呜……”汽笛长鸣，火车头黑烟飘至窗前，散作云雾。“有一位老人在中国的南海边画了一个圈”，车厢里反复激荡董文华的歌声，范立频和吴为毫无困意，荀凤婷把头伸出车窗外，伸手迎接纯净的瓦蓝天。

坐在对面的范立频腾地起立往回拽荀凤婷：“你不要命了？”

挨着坐的吴为拦腰把靠窗的荀凤婷勾回来。

荀凤婷俏白的脸孔泛着兴奋的光芒：“太美了！”

“我们是铁路学校的毕业生，不可知规违规，你太忘我了，等到了我的家乡你再细看。”吴为给荀凤婷递台阶。

范立频瞪大眼睛，惊魂未定。

省城分配来的三位铁路专科毕业生，抵达长白山脚小镇白玉火车站。吴为站起身：“到家了，我们先去报个到，然后领你们认识我的家乡。”荀凤婷的眼神清澈地追随吴为，她刚要去架上取行李，范立频抢先从架上拿下两件行李背包，一肩扛一个，荀凤婷冲范立频舒心地笑，吴为只需负责自己的行李。范立频心满意足地下车，他高大的身影越过吴为略显矮瘦的身形。

范立频心里清楚，他夸张的外在表现，是为了掩饰内心的不安。吴为是班级的尖子生，可以留校任教，但他舍不得母亲，提出分配回老家。荀凤婷这傻丫头告诉范立频：“我想融入四季分明的长白山，坐着火车去全国。”荀凤婷是唐山地震孤儿，她认定的美好，当然可以无所顾忌去尝试。范立频二话没说，跟了来。

荀凤婷来学校门口报道那天，正赶上范立频接新生。别人有家长陪同，唯独荀凤婷孤零零的。她身着白衬衣、黑裹裙，梳荷叶头，脸孔白，纸屑一样白。范立频扛起她的行李就走，荀凤婷跟着走，范立频稳妥地把行李和人送至女生寝室。荀凤婷的丹凤眼灵气十足地和他话别，比说声“谢谢”感人，她举手投足间自带一股灵动的气息，直抵心灵。范立频想了很久，他心疼荀凤婷。

闻站长领着几个人等在站台欢迎他们。

“白玉火车站已经十年没接收过铁路专科毕业生了，你们是车站的未来！”

旁边的人马上介绍：“这是我们闻站长，铁路老中专。”

“闻叔叔好！”吴为上前和闻站长握手，闻站长给了他一个热烈的拥抱。看来他们认识，拥抱时，闻站长用手重重地拍打吴为后背。

“老规矩，年轻人先下基层锻炼两年，是钢是铁见分晓。”人事部门按照闻站长的指示给他们分配了工作，并派人领着他们去熟悉工作环境。

荀凤婷被分配到候车大厅售票窗口。闻景华端坐前台，热情大方地对待每一位购票者，荀凤婷坐闻景华对面，观看学习。人事部门的告诉他们：“这位是闻站长的女儿。”范立频心生欢喜，站长的女儿当售票员，看来站里没有亏待荀凤婷。

荀凤婷往售票窗口一坐，范立频觉得，白玉火车站立马蓬荜生辉。

闻景华的脸孔白里透红，大眼睛，眼珠黑玛瑙般闪亮，一束油黑的马尾发垂腰，荀凤婷没来之时，她一定是小站的风景。荀凤婷来了，小站的人气儿攒足了。

“你们先去寝室吧，我下了班去找你。”闻景华冲荀凤婷眨眼睛。

吴为对火车站的环境相对不陌生，回归故里的安稳姿态，使他无可挑剔的书生气质从容淡定，文气感和义气感自然流露。范立频显得有点愣。

范立频和荀凤婷在吴为的帮助下，搬进车站二楼寝室。男生寝室和女生寝室隔一条走廊，斜对门。因为是厢楼，照顾女生住东面。

范立频大致观察了一下，火车站楼房建筑像一块倒扣的U形角铁，正楼一楼是进站候车大厅，南门迎接乘客，北向站台，二楼调度室等，三楼会议室，左右两只小膀子各自向南延伸一截厢楼，厢楼只有两层。

第一顿接风宴在吴为家，闻景华下午串休，赶了过来。吴妈夸奖：“看谁来了，我们镇上最美的姑娘！”吴为的弟弟吴强害羞地躲进里屋。闻景华抢着帮吴妈摘菜，她们唠得欢实。荀凤婷想打下手，吴妈不让：“远道来的学生娃，快歇着，哎哟！这姑娘长得怪俊的，景华你以后可要多照顾照顾她！”。

吴妈做的家常饭菜很好吃，范立频有点儿傻眼，他没见过这些。闻景华抢着介绍：“这道有红似白的，是尖椒小白菜炒榛蘑，榛蘑你们吃过吗？”闻景华对着范立频和荀凤婷发问。“尝尝这个，别怕，看它黑不溜丢，这叫蒜蓉拌猪嘴蘑，放心吃，第一顿不会把嘴拱起来。”见范立频和荀凤婷不明其意，闻景华耐心解释，“这种蘑菇有微毒，不过收拾干净了别连顿吃没事儿，连顿儿吃，嘴巴会肿，肿老高老高的。你们尝尝，千万别吃上瘾。”

“饺子来喽！”吴为充当跑堂，迈着逶迤碎步，把榆黄蘑鸡蛋馅儿饺子端上桌，一盘又一盘……荀凤婷满眼惊喜和惬意，范立频想，若给她一个家，她会安心快乐。

吴家三间红砖瓦房，中间是厨房，吴妈住东屋，吴为和吴强住西屋。吴爸原在镇政府上班，抗洪抢险因公殉职，吴强读高中，镇政府决定等吴强毕业让他接班。吴妈提及吴强，顺便说出家事，范立频肃然起敬。

饭后，吴为、范立频、荀凤婷、闻景华相约上山采集枫叶。瓦蓝色的天空如井水倒扣，倾泻进五彩斑斓的山丘，天高云淡，空气清透，呼吸一口大自然的霜草气息，肺腑充盈，头脑清晰。“这里真是好地方。”范立频脱口赞叹。

他们穿过山间窄道，两边岩石壁立，头顶一线天。

“这叫蛇道，”吴为解释说，“传说上古的天龙坠落凡间，卧出一处窄缝，化成一条小蛇，苦练修行，再度飞升。所以山上的每一条蛇，都可能是有灵性的，我们千万避让它，它修行的时候要吸纳万物的精华。”

“乖乖！我要是那条天龙，我就修炼成人形，留在凡间。”范立频调侃。

“还有呢？”荀凤婷不理睬范立频的幽默，她被吴为的故事吸引。

“听说过鬼打墙吗？就是进入山林辨认不出方向，走了一圈回到原地，再走一圈还是回到原地。你们有没有注意过，来时路上我薅了一把青蒿，每走一段路往树杈上留下一株青蒿，防止找不到回头路。如果没有任何工具，我们凭什么辨认东西南北？”

范立频和荀凤婷面面相觑。

闻景华笑了：“你别考验城里人了，过不了多久，他们也会成为山林专家。喏，早上迎着太阳走，傍晚背离夕阳走，就是东方。树皮光滑面朝北，粗糙面朝南，朝南的树皮生长快，所以粗糙。遇到鬼打墙不要怕，念叨念叨‘多有打扰，走出去’，判断好方向，迅速离开。”

“若是一个人独行山林，突然有人从背后拍肩膀，先别回头，那不一定是人，你问声‘老哥好’，他不答应，你千万别回头。”

“那是啥？”荀凤婷问吴为。

“熊瞎子，你回头它舔走你半张脸，它的长舌头上有倒刺。”

“我的乖乖！”范立频惊讶。闻景华笑弯了腰：“吴为，你就拽吧，蒙外人行。”

吴为露出谦逊的笑容。阳光穿过树隙，把小光斑洒落吴为鼻翼上，荀凤婷追着小光斑看，范立频追着荀凤婷的眼神看。

由于是厢楼，上午女寝阳光充足，下午男寝阳光漫散。天转冷，男寝只剩范立频一人，午后，他请荀凤婷过来看小说，说是“租借阳光”。范立频顺便邀请荀凤婷傍晚看电影。

影院外面，他们见到闻景华请吴为看电影，四个年轻人再聚。电影散场，吴为请大家来家里吃夜宵：“我妈妈昨天采山去了，打了许多松塔，我们烤着吃。”

吴家小院，大家围篝火而坐，夜晚的寂静和神秘四下升起。荀凤婷跟吴妈套近乎：“我从小没家没父母，您家里真热闹，我冷得受不了就到您屋里住住。”吴妈可怜见地同意。

深秋小镇，万木萧索，荀凤婷寝室寒冷，她时常肚子疼，脸色更白。吴妈建议荀凤婷来她家住热炕调理调理，荀凤婷欣然前往。

范立频为了见荀凤婷，约闻景华买了肉和菜，去吴为家蹭饭。荀凤婷学会做饭，脸色好转。闻景华打趣说：“你可别赖着不走喽！”吴为接话：“那我可求之不得！”

范立频说不出的担忧，只能不断约闻景华去吴为家蹭饭。

春暖花开时节，荀凤婷挨个儿发喜糖，她要和吴为结婚了。婚礼现场荀凤婷讲出理由：“我终于找到了家的感觉。”

范立频和闻景华四目相对，彼此泪光莹莹。

到了夏天，吴家小院，吴为把中间厨房间壁开，他和荀凤婷独住。范立频过来帮忙砌墙，他变得沉默，闻景华给他端水喝，范立频扬脖“咕咚咕咚”喝精光，他狠狠地一锹一锹和水泥。

吴为钻研业务，给站里搞了几项技术小革新，作业环节被优化，大家心悦诚服。范立频转而追求闻景华，他时常有机会见到闻站长。他跟闻站长提议：“山里人穷，买不起火车票，不如每班车放二十张免费站票，送给那些贫苦人，鼓励他们把山货卖到外边去。”闻站长通过开会征求意见，悲天悯人的事情，大家赞同。二十张免费站票归闻景华发放，一来二去，那些倒卖山货的人开始给范立频送礼。富起来的人，甚至找到范立频批火车皮，及时向外发送山货。范立频因此不缺钱花，他经常领哥们儿下馆子吃饭，混得风生水起。一火车皮“嫌疑”木头发走那次，为站里挣了钱，每个人多发了奖金，大家暗自欢喜。此后，范立频的胆子越来越大，路子越来越活，大家心知肚明，却不反驳。

只有吴为提出过反对意见，他说：“规章制度不能改，免费站票得大家捐款买下。”吴为的声音被漠视，却把范立频埋心底的梁子掀翻。

吴为习惯穿旧衣服，看书累得眼眶凹陷。范立频打扮自己，他身高体壮的，见了吴为关切地说：“书呆子，注意休息！”吴为并不接茬儿，时间久了，大家都叫他“书呆子”。吴为用一只手比作“枪”指向范立频：“你就不务正业！”范立频爽朗大笑：“我不务正业吗？”看热闹的人发出哄笑。

吴为的死，舆论的天平倾倒。小镇上风言四起：范立频冷眼旁观才害死了吴为。难听的话，像山林里的旋风，鬼哭狼嚎，无孔不入。范立频从来不做解释，白天跟没事儿人似的，晚上回家把冷脸撂给闻景华。

小镇的水堪比山泉甘甜，木材丰富，就是没有煤。国家要保护森林资源，不让烧木柴了，买不到好煤，冬天点火做饭烧暖气不方便。范立频抓住商机，请示了领导，从优质煤产区，直接批发煤，通过火车皮辗转运回来，除了免费供应本站职工，余下的煤，组建三产业负责向社会销售，既解决了本站子女就业问题，又给站里创收。

吴为的事情渐渐淡出舆论中心。

范立频挑选了最好的煤，用大货车装了满满一车，他跳上后车厢，把铁锹插煤堆里，站车厢上，其他兄弟坐驾驶楼，他们把煤给荀凤婷和吴妈送去。闻景华听说了，下班骑自行车跟过去，她要帮吴妈做饭。

吴妈看见闻景华止不住掉眼泪，饭菜是闻景华给张罗的。

荀凤婷抱着女儿，远远躲着，不朝面。荀凤婷冷冷的眼神在窗玻璃后面变得暗淡。

临近过年，站里陆续发放米面油，范立频骑自行车驮着给送到吴家。范立频进院把东西搬至屋门口，放下就走。荀凤婷不开屋门，也不说谢谢。吴妈开门看看。天寒路滑，范立频摔了一跤，崴了脚，自家米面油，只能闻景华小步崎岖，用自行车驮回家。

开春，第一批南方运来的新鲜蔬菜和水果到站。范立频马上装袋儿，拎着给荀凤婷送去。等回来，自己那份儿被抢光了。范立频两手空空，闻景华只拿手指头点他脑门：“你呀！”

秋天火车运来大白菜，范立频和闻景华使用双轮车，吭哧吭哧推到荀凤婷那儿。闻景华打发范立频：“你走吧，我留下帮荀凤婷积酸菜。”

闻景华累得不行，荀凤婷也没留她吃个晚饭。闻景华回家，眼泪汪汪的，范立频说：“别哭，咱家有我呢，上饭店吃去。”

闻景华哇哇哭出声，抽抽搭搭告诉范立频：“他们在背后议论你，说你帮助荀凤婷没安好心，想占便宜，我出面帮她，能挡挡风言风语。”

“委屈你了，拿着，这是我最近挣的外快。”范立频每次给到闻景华的钱足够多，闻景华心满意足不好说啥。

“有个事儿我得提醒你，你当了站长，我认的小干妹儿，给三产业当会计，一口一个姐夫叫你，以后你少带她去歌厅、饭店，那丫头嘴甜，会献殷勤，别人小姨子长小姨子短的，好说不好听。”

“嗯，我知道了！”范立频应诺，“你帮过她，她对咱家没外心，这年头，没贴己人，四下漏风。另外她长得漂亮，能帮我挡口舌，省得他们拿我和荀凤婷说事儿。你放心，我有分寸。”

范立频当了站长，对荀凤婷的关心从未减少。

单位发福利，范立频领双份，一份和闻景华下车到家，另一份，他骑摩托车送给荀凤婷。吴家小院开着大门，荀凤婷正在院子里逗女儿玩耍。她穿起学生时代的连衣裙，橘黄色向日葵花朵的连衣裙，衬托她脸孔的白和眼神的灵动。记得他们全校“七一”文艺会演，荀凤婷的葵花裙子在晚风中飘摆，范立频一眼认出她。

范立频心里涌起一股暖流，往昔美好“噌噌”蹿上头，凭直觉，荀凤婷是故意这么穿的，等他来。莫非她的心在融化？想到此，范立频心花怒放，他放下东西跨上摩托车，荀凤婷在身后喊他：“谢谢！”

这一声“谢谢”等了太久，他把自己的窘迫埋进头盔。

范立频猛踩油门，风削尖了身体，他仿佛穿越时光的窄缝，怕刹不住车。

政府落实房改政策，原本属于公家的房子卖给个人。吴强和妻子使眼色，吴妈开口说话：“凤婷呀，你一个人过日子不容易，公房转私产就不用你拿钱了，吴强出钱，房照写吴强的名，你想住就住，不想住可以搬走。”

荀凤婷搂着十几岁的女儿呜呜哭，女儿欣欣已经懂事，她给范立频打电话。范立频和闻景华赶到，吴家院子里聚集了一群人。

吴强当众埋怨嫂子：“我们也是好心，照顾你们母女生活困难，不用你拿钱，你怎么会不同意呢？”范立频头一次看到荀凤婷如此孤单和绝望，她脆弱无助地护着身后的欣欣，一言不发，脸上残存刚哭过的痕迹。

吴强进一步向众人表明态度：“她一个寡妇家，早晚得改嫁，我哥的房子决不能让她带走。”

"你说什么呢？你个小兔崽子，你怎么能这么跟你嫂子讲话！"

吴强被激怒，他操起木棍打过来："我早看你不顺眼，要不是你，我哥也不会死！"

范立频用胳膊遮挡吴强的棍棒，他向所有人大吼："荀凤婷绝不会改嫁，她不是你们所想的人，她也绝不会带走房子，她一定会独自养大欣欣，我拿我当站长的名誉担保。明年站里集资盖楼，我把我的名额让给荀凤婷母女，但是她在这里住一天，她就是房屋的主人，房照必须写她的名字。"

围观的人被震慑，纷纷撤离。

回到家，妻子闻景华夸范立频"真爷们"。

范立频情绪未定："她原本孤儿，无依无靠，若不是为了养大女儿，怎会忍受全镇人的指指点点，她能去哪儿？只有白玉火车站能给她一份稳定的工作。吴强这浑小子，赶不上他哥半点儿。"

第二年，荀凤婷带着欣欣搬进单位集资楼，平房留给吴妈。

范立频把集资上楼的名额让出去，为了安慰闻景华，他自己掏钱翻盖了三间大瓦房，站在院子里能远眺长白山。

"喜欢不？满意不？"范立频问。

"你呀！你！"闻景华伸出手指头点他脑门："人家背后说你家里家外两个老婆，连荀凤婷的女儿都是你的。"

"有这么严重吗？我和欣欣长得像吗？"范立频一脸无辜和惊诧："我要是那么享福，连我自己都羡慕我了！"

欢笑声时不时在院落飘荡，日子按照范立频的步调前行。太安稳的时候范立频反而心虚，好像另外一个吴为早晚要出事儿。

电话铃"嘟嘟嘟"响起，荀凤婷亲自打来的，她头一次给范立频打电话："欣欣被汽车撞伤，我们在医院。"

欣欣失血过多，小镇医院缺少 A 型血储备，医生建议马上转到市医院。范立频撸起袖子："抽我的，我是 A 型血，转院怕耽误事儿。"紧急之中，医生和护士深受感动，处理手法干脆利落。荀凤婷哭红了双眼，吴妈一个劲儿给范立频作揖。

欣欣出院，范立频容面光彩。没等回味成就感，谣言迅速把他撂倒——欣欣就是范立频的私生女，他们血型都一样，而荀凤婷是O型血，吴妈是O型血，吴强也是O型血。怪不得他对荀凤婷这么护着这么照顾。

新盖的三间大瓦房，刚搬进来没多久，新家具的油漆味还未散尽。范立频回家，闻景华虎黑着脸，无言以对。

范立频假装和气，端碗盛饭。闻景华“啪”地把筷子往桌上一摔：“你不是挺能耐吗？爱上哪儿吃上哪儿吃去，我这儿不够吃。”范立频夹着尾巴退到厨房自己弄吃的。儿子清濯眼角含泪，没吃多少上学走了。

憋屈了几天，范立频实在受不了，挥手砸碎东西：“这日子还过不过了？”

闻景华：“你还有脸问我？”

范立频和闻景华，就像当年的范立频和吴为，陷入水火不容的对立争战。

范立频岂会坐以待毙，他去医院托人翻查老档案，查询到吴为是A型血。吴家“两代忠烈”，范立频不敢轻断结论，他继续深查，吴为的父亲也是A型血。范立频解释给众人听，可是有谁爱听真话，越解释越黑。

回家没意义了，范立频在酒馆独自饮酒。出来时满天清冷的星辰，风吹人醉，谁懂？他记得荀凤婷的家是几楼几单元，家是他找人帮助搬的，他要去串门。外面没有行人，他轻敲房门，荀凤婷开门扶他进来。

欣欣不在家，那孩子有时回奶奶家住。范立频转身想走。

荀凤婷拦住他，范立频仰天长叹，流下脆弱的眼泪。

荀凤婷拿来湿毛巾，默默给范立频擦脸、擦脖子。范立频极力压制住哭泣的抽搐，默默推开荀凤婷的手……

早上，范立频睁开眼，他发觉自己躺荀凤婷家里，荀凤婷在厨房做饭。

范立频一骨碌爬起来，酒完全醒了。

他惭愧地要走，荀凤婷不让：“吃了饭再走。”

范立频迎着荀凤婷的目光，确切地说："相信我，这个世上还有更好的东西。"

范立频走得悄然走得高尚，他也弄不清楚他天生具备表演才能，还是触动了最纯粹的爱情。他想到火车急刹车的紧急制动，也叫非常制动，他同时想到吴为的死和怒骂，他苦笑自己的制动时刻。他真的不想成为第二个吴为吗？

欣欣考大学走了，清濯也考大学走了。范立频的儿子留在天津工作，他坚决不回老家。闻景华得了抑郁症，提前退休。她弯腰弓背，身体发抖，木呆呆地劳作。她的一头长发剪短，黑白斑驳地贴着脸皮，双目空洞。多年的心绪不畅，已经摧残了她。

范立频不得提及荀凤婷，他有好久不敢去见她。

闻景华又得了癌症，查出来就是晚期，范立频耐心伺候。

范立频坐床前，闻景华平静躺着。范立频握住闻景华枯瘦的手，对着空气定定地讲："孟老爷子死了两天，准备第三天早上封棺，入夜听见有动静，两个儿子出来看。但见孟老爷子扶着棺材站起来，爬出棺材走动。'诈尸了！'丧葬主事儿的邻居闻讯赶来，指挥孟老大和孟家姑爷，一人按住老爷子一只胳膊，把老爷子扑倒在地。'要是一个人过去，被尸魂掐住脖子就没命了。'主事儿的说着和孟老二搬起院中耕地用的铁划犁，压老爷子胸上，过了一会儿，尸体不动了。你说孟老爷子是怎么死的？

"马姐勤劳、辛苦一生，死后埋河边，第二年发大水，把坟地淹了。几年后修铁路占道，需要起坟，里面全是水，你说她是怎么死的？"

闻景华无语，半天才说："一个是被压死的，一个是被淹死的。"

范立频说："我不想这么死。"

他终于把挤轧死吴为那天，他们吵架相互语言攻击的事情告诉给闻景华，他说，"为了荀凤婷，我总是刁难吴为，吴为摔门而去时骂我：'你就不是个好人。'我用尽半生在做一个好人，没人相信我呀！"

闻景华愣住，她轻轻地说："我知道你是个好人，你爱我，也爱荀凤婷。

去找她吧。”

闻景华眼中的黑玛瑙渐渐失去光泽。

范立频急了：“她什么意思呀！是对我好？还是不信任我？”他想不通闻景华临死为什么让他去找荀凤婷。越这样，他越猜忌闻景华小瞧了他，他发誓，坚决不去找荀凤婷，他不仅要证明给活人看，还要证明给死人看，他是个好人。

范立频和朋友喝大酒，脑梗昏迷，抢救过来，腿脚有些不灵便，荀凤婷主动过来帮忙。

“你就不怕人家说闲话？”

“不怕，等你病好了，我嫁给你。”

范立频哗哗流眼泪，边咳边摆手：“使不得。”

荀凤婷不计较，灵巧地给他做饭、洗澡、穿衣，伺候他。

范立频给荀凤婷讲他们上学时的事儿，很多细节荀凤婷当时没在意，经范立频回忆，她才知道他有多爱她。荀凤婷的眼泪流下。

美好的日子持续了两个月，范立频能站起来，能自己走路、做饭吃了。屋子里的花草一派兴盛，这是闻景华走后重现的生机。

再来，范立频家院门进得来，屋门反锁，范立频独自屋中，荀凤婷怎么叫门，他都不给开。

从白天到夜晚，屋里屋外，两个人耗着。

天又亮了。范立频发现荀凤婷还在院中。“你走吧！走吧！”他挥手告别。

荀凤婷抹眼泪：“你真够狠……”

荀凤婷办理了退休手续，去珠海陪伴女儿养老去了。

范立频回归公众视野，他满头白发，退居二线，站长的职位让给年轻人。

年轻的调度员跟范立频嚼舌，城里的邹老板每周都会坐火车来小镇和小倩私会，他们都知道这事儿，可是不再有人喜欢盯着别人的闲情说来道去，大家都在忙自己的。

范立频诧异："这难道不是一桩大事儿吗？"他找了几个人去询问，人家知道的就调笑两句，不知道的，漠不关心。倒是有人劝说范立频把荀凤婷找回来吧。范立频见无人再盯着他和荀凤婷，他更加难受，满腔愤恨无处去。

范立频拄着拐杖坐在小站冰冷的石头凳子上，天空飘起雪花，像吴为走后的那个下午。范立频独自一人坐在那里，他对着茫茫雪空问吴为："我是不是一个好人？"

雪花中，范立频的视线模糊起来。

一日将尽

1

白色无光的日头从东方微粉的云层跳脱，施雅站在窗前观看。

昨天晚上的越洋电话依稀耳边：“妈，您在养老院住着还舒服吧！我怕您一个人在家孤单，养老院人多、热闹，能照顾到医疗和饮食起居，等病好了您再搬回家住。”

“是呀，我就是想家，想你，我想快点儿好起来，去帮你和珍妮照看小孩儿。”

“好的，先不说了，我要去上班。带小孩儿的事情我得和珍妮商量。”

电话挂断，施雅在寂静的长夜盼望黎明。这边天亮，那边程酌才会下班。

程酌去了国外很少回家，他父亲老程去世他回来过一次。那孩子一半像老程，文质彬彬，一半像他亲妈，高高大大，看似不拘小节，其实细腻。程酌安慰施雅：“妈，家里的东西我什么都不要，您有困难尽管告诉我。”程酌让施雅暖心，她觉得没白从小疼他。

老程走后程酌在国外成家，他劝施雅：“妈，不用急着过来，这边不讲究结婚仪式，等我们安顿好回国看您！”施雅愣神儿，只得给程酌转过去一笔钱。

一个人的日子被空旷裹挟，头脑时而不灵光，爱溜号。刚拖洗的浴室地面滑，施雅忘记了，疾步走进去取毛巾，踩到水“哎哟”摔倒。施雅哆哆嗦嗦爬至客厅，拿起手机向程酌求救。程酌从睡梦中惊醒，他建议：“去养老院吧，比在家雇特护叫人放心。”程酌给郊区养老院转了钱，养老院来人用轮椅把施雅接走。先送去医院做了检查，只是脚踝摔伤，无大碍，回头入住养老院。

早餐有人送来，屋里屋外人走动的声音、互相打招呼的声音、窗外的鸟鸣，生命再次苏醒的迹象越来越密集。施雅用羹匙搅动一碗粥，还别说，比自己在家熬的好喝。不想吃粥有面条，还有米饭炒菜，随意点。吃过饭，护理员帮她梳洗打扮，“真漂亮！”护理员说，施雅对于别人的夸奖已经习以为常。上午八点养老院搞文艺演出活动，施雅有一曲小提琴独奏表演。

护理员推着施雅去往养老院活动礼堂，身旁那些老年人不论男女，穿着相对老气、朴素，他们脸上堆着褶子，结痂的岁月不平整，却不耽误露出单纯的笑意。施雅不像老人，她穿酱红色薄纱笼罩同色面料的八分袖连衣裙，裙子上有刺绣花纹，腰间系带，裙下穿肥腿直筒黑纱裤，脚蹬软底镂花羊皮黑瓢鞋，头发用玉簪挽在脑后。施雅不笑，脸孔雕塑般玲珑、冷静，她怀抱橙红色小提琴，像池塘中唯一开放的秋荷，穿过枯枝蔓叶，找到自己的位置停下。

节目已经开始，副院长是位女同志，她手舞足蹈，用手和肢体夸张地比画：在大大的花园里面，挖呀挖呀挖，种大大的种子，开大大的花……她把种子比作脸盆那么大，身边的老人跟着比画，她把花朵比作洗衣盆那么大，身边的老人继续跟着比画。现场进入互动白热化状态，简单的快乐无缘由地传递扩散。

唯独施雅没有跟着比画，也没有跟着沸腾。她无比孤单、落寞、抵触。

副院长闹够了，热情宣布：“下一个节目，由小提琴艺术家施雅为我们表演小提琴独奏曲《梁祝》。”

施雅被推到人群中央，她缓缓把小提琴放置颚下，右手抬起琴弓，落在亲和的 A 弦上，如泣如诉的流水声响彻礼堂，施雅陷入自我的境界……

掌声雷动，施雅依然陷在自我的境界，她心里含泪，目光幽深。男院长赶来，推着施雅退场。

院长办公室里，院长脸上堆笑，温和地询问：“您儿子再次转来钱款，请问您对我们还有什么要求？”

“我想回家，给我派个护理员，我不太习惯这里。”

“可以。”院长马上打电话叫人，安排工作。

上午九点半钟，施雅回到家中。

阳光滑过窗帘边缘倾泻进屋内，窗帘是深蓝色、钴蓝色、天蓝色混合花纹绒面的，雍容雅致，她和老程喜欢这个样式。她偎在窗帘下，嗅到老气息，仰头看一眼外面，阳光刺得她流泪。

施雅的手微抖，她给家住县城的亲儿子拨打手机：“大卫呀，妈想囡囡了，你能不能让圆圆带着我孙女过来，我想看看。”

大卫的声音：“妈，囡囡今天打疫苗，她姥姥领着去，她打了疫苗回来会很矫情，她姥姥得哄着她。下午我过去看您。”

电话挂断，施雅的泪水滴落手背。眼眶里，泪是热的，手背上它变凉。

2

“小白，帮我打扫房间吧。”护理员姓白，是位干净利落的中年女子。

施雅自己驱动轮椅，滑行到她和老程的大卧室，她看着小白工作。“换洗的床单在床下，把床板从床尾掀起。”施雅告诉小白怎么做。

“还是白色的床单，原来姐姐喜欢白床单，随我的姓！”小白笑了。

床单必须白色，这点喜爱，施雅和老程完全一致。房间物件儿颜色众多，白床铺像巨大的百合，像所有静物的单一背景，某种神圣的隐喻。

老程名叫程思浩，比施雅大十岁，管弦乐队总指挥。施雅二十八岁时，被县文化馆以优秀人才名分派往大乐队学习和锻炼。施雅在舞台上与程思浩第一次合作，表演的是《黄河大合唱》《长征组歌》，机关人员和院校师生来了不少，合唱团站在管弦乐队后面，台下黑压压坐满观众。施雅就在程思浩左手眼皮底下，小提琴首席位置。临上台，程思浩友善地安慰施雅：“看我指挥！”施雅会意地点头感谢。

施雅根本不像结过婚的人，她一头长发率性飘逸，表情空灵，身姿曼妙有艺术气质。她来到团里那天，一群人叽叽喳喳夸她漂亮。

程思浩情绪状态就位，他看着施雅，一高一低，出手挥动，管弦乐队的狂风骤雨排山倒海般来临。施雅凝神关注程思浩的一举一动，她的琴弓在弦上环环相扣，恰合拍节。他们两人之间的关照和配合，随着曲目的行进，渐至激情澎湃、心灵相通、乐感迸发，产生了不可名状的深切共鸣。这种共鸣既缥缈又具象，如星辰大海，浩瀚无边，被观众潮水般的掌声洗礼得灿烂而纯粹。

演出结束，程思浩邀请施雅：“明天上班到我办公室来一下。”

施雅赴约，程思浩显得激动。施雅反而轻松愉快，像早就认识、熟悉程思浩。程思浩问施雅的生活状况，施雅如实回答：“我儿子五岁了，我丈夫是县城的‘棋王’，他很聪明。”

“一点不像结过婚的人……哪像我家那位，我下乡插队从农村带回来的，篮球运动员……”

施雅听程思浩讲话的时候，根本掩藏不住自己满眼对程思浩的崇拜和喜爱，她好像听课入迷的学生，激发了程思浩的表白欲望。

“你知道吗？你拉小提琴的时候不似别人，看不见脖子，你有一段天鹅颈，你微仰的片刻，你取下小提琴的时候，天鹅颈像一束光，让我的指挥更果敢、更精准。”

程思浩的情不自禁，如一记闷锤，敲击到施雅柔软的心扉。

一层脆弱的薄纸，很快被捅开。

最先发现问题的是程思浩的妻子。她没有工作，她找到丈夫单位说理。施雅和程思浩被秘密叫到领导办公室，施雅明白了程思浩所说的篮球运动员是什么意思了，她大高个儿，笨拙，不美显老，施雅挺为程思浩难过。

“施雅，你是有家庭的人，插足别人的婚姻不好。程思浩就要被提升为副团长，你这样会对他造成不良影响。”领导对施雅提出严厉批评。

施雅第一反应得保护程思浩，她说：“我已经和我丈夫协议离婚，是我不好，要处罚就处罚我吧。”

“不用处罚施雅，副团长我可以不当，但爱情不能亵渎。我们是真心相爱的。”程思浩斩钉截铁地说。

那个女人怎么也不会想到，她的一闹，直接丢了丈夫。

在程思浩的努力下，施雅留在管弦乐队。

“我从二十八岁跟随老程，转眼一生。老程退休前是乐团总指挥！”施雅不无骄傲地对小白讲。

“怪不得姐姐想家，我们都是俗人，无法理解姐姐的艺术人生啊！”

施雅露出一丝不易察觉的苦笑，她怎么跟眼前的小白解释呢，为了追求自己的理想境界，她付出了天翻地覆的惨痛代价。还是不要解释了吧，她和小白本就两个世界的人。

3

离婚，施雅统共回过三次家。妈妈痛斥她：“你的心是冰做的。”施雅面无表情，却内心翻腾，妈妈只说对一点，她以寒冰为利刃，勇往直前，而她真正的内心，谁见过？

“李兵卫是你们老李家的根，”施雅郑重说出儿子大卫的学名，以增加分量，“他跟你过，我什么都不要，净身出户。”

仅仅几秒钟：“行，你别后悔。”施雅自由了。

施雅的丈夫不愧是“棋王”，脑筋旋转飞快，他毫不纠缠，放施雅生路。

程思浩这边有难度，那女人百般不同意离婚，她在家拖延吵闹。施雅来了，抱起哭哑了嗓子的程酌。程酌才两岁，程思浩闹离婚，儿子跟着遭罪。施雅摸一下孩子的头：“怎么这么烫！”那女人停止咒骂，和程思浩一起围过来。施雅扒着看程酌的手指、脚趾，有隐约的红点，翻过来看孩子后背，已经布满了红色小点儿。

“快上医院。”施雅抱着程酌就走，身后跟着两个大人。

“猩红热，来得还算及时，住院治疗。”医生的诊断出来，施雅没有撤退，他一直守着程酌，抓药、打针、逗小孩儿开心，去给小孩儿买零食、买玩具，就像对待自己的亲生儿子一样贴切、真实。

那女人中间回过几次家，拿些换洗的衣服来。施雅没离开过医院，病房里晚间不让陪护，施雅就在走廊打地铺睡觉。程思浩被感动：“娶你我一点儿不后悔，哪怕副团长不当了，真的不当了，我也要离婚娶你。”

程酌出院，程思浩另外置办了新家，他带着程酌和施雅住到一起。把程酌带过来是施雅的主意。那女人安静下来，一个人待在老宅半年之久，她也想要程酌。施雅跟她摆事实：“你没有工作没上过几天学，怎么教育程酌？将来程酌要上最好的学校，结交最优秀的朋友，你怎么帮他实现？放心，把程酌交给我吧，我和程思浩以后不再生小孩，程酌就是我的亲生儿子。以后程思浩可以给你生活费。”那女人见大势已去，这才要了老宅和钱财，同意离婚。

这边刚安稳，老家出事儿了。弟弟打来电话催促施雅回家。

大卫的爸爸成立新家，媳妇初嫁，不关心养子。大卫五岁了，能表达委屈，姥姥来看他，他穿戴得像没妈的孩子，哭进姥姥怀里不撒手：“我要跟姥姥走，跟姥姥走……”

施雅回来重新和前夫谈判：“你得给一部分抚养费，以后大卫由他姥姥管，你安稳过你的新生活吧。”“棋王”极会算账，抚养费压得低，施雅委曲求全。

施雅急着要走。

施雅的妈妈搂着大卫，她眼里泛起红血丝，鼻子上起了红包，嘴唇上长了燎泡。“你叫我丢尽了脸面，你走吧，你不是我姑娘。”妈妈的话，刀一样，剜施雅的心。有妈妈照看大卫施雅放心，她以后按月给妈妈寄钱就是。大卫紧紧抓住姥姥的手，看着施雅离开，从始至终他不喊一声“妈”。

程酌毕竟小，施雅照顾他、亲他，领着他玩耍，他把小嘴凑近施雅面颊，讨亲亲。

“啪……”响亮的亲吻使空气充满欢快。程酌眼神纯真，冒出清越的咯咯笑声。

施雅每月得给大卫生活费，程思浩每月得给前妻生活费，他俩日常开销挺拮据，施雅省自己，也不曾苛待程氏父子。家里被单旧了，施雅买回最便宜的漂白布，自己动手缝双层线制作床单、被单、枕套，把省下的钱给父子俩买新衣服穿。

看着在灯下熬夜缝制床单的施雅，程思浩过来凑热闹：“你这个小魔法师，我得感谢你，有了你，我才知道什么叫生活。”

施雅害羞地笑：“我也是，我得到了我想要的东西——我的指挥家，我的音乐梦想，还有一个儿子。”白炽灯的阴影里，程酌正甜甜地睡觉，小床、小被子拥着胖胖的一团奶香。程思浩哼着小步舞曲走过来，很绅士地邀请施雅共舞。

程思浩低声说：“我也格外喜欢白床单。”

夜半时分，弟弟打来电话：“姐，妈没了，她生病的时候不让我告诉你。妈后天出殡，你回来一趟吧。”

施雅不让程思浩跟回去，他怕发生意外，毕竟家里没人支持他们。程酌被爸爸抱着，他向施雅伸手，满是不舍的依恋。

见了面，弟弟说出实情。“妈临死拉着我的手交代：‘坚决别让你姐带大卫，妈就攒了这些积蓄，都给你，以后大卫就托付给你了，和你家女儿一起养。一定要听妈的话！’我妻子当时在场，她哭了，她同意收养大卫。”弟弟的声音潮湿、苦涩。

施雅流下眼泪。

大卫戴孝，和家人给前来吊唁的人还礼，施雅几乎躲在大卫身后，她感到棺椁里妈妈盖着寿被，脸上蒙黄纸，仰面对着她审视。大卫即便挨施雅很近，也不与她亲昵。

施雅回到家中，程酌不管不顾地扑过来，喊“妈妈”。施雅鼻子一酸，眼泪掉地上，她紧紧抱起程酌，呜呜哭个不停。

4

“姐，下一个打扫哪间？”小白问施雅。

施雅从回忆中剥离，她自己驱动轮椅，滑行到程酌的房间。

“这间吧，我儿子的房间，他不在家也要保持清洁。”

“呦！你儿子的房间可真好看，他可真幸福。”

施雅不置可否，露出灿烂笑容。

写字桌上摆放着施雅和程氏父子的合影，还有程酌和珍妮的合影。小白盯着看，连连称赞。施雅有必要充当下解说员：“这张是我儿子程酌上小学时我们全家合影，这张是他长大了，在国外娶了媳妇。”

“这么多奖状！”

“是呀，”施雅指着写字桌玻璃板下面的获奖证书，“这张是滑冰比赛二等奖，这张是书法大赛三等奖，这张是钢琴表演赛一等奖。”

“你儿子真优秀！”

“我也觉得。”

施雅的眼眸竟然湿润，语腔变调，她不再说话，小白默默工作。

二十年前的那场雨依然倾泻，雨点子不容分说打湿头发和胳膊、腿，施雅连忙脱下长袖上衣，紧紧披程酌头上，她护着程酌跑到公交车站点，躲窄窄的雨达下面。寒风冷雨把施雅打透。

程酌五岁起学钢琴，钢琴老师家远，周六、周日，施雅起大早做饭，哄程酌吃饱，他们需要转换两次公交车，才到老师家。程酌上课，施雅在走廊等。下了课就近吃点午饭，下午去溜冰场学滑冰，以保证程指挥家的儿子有个强健优美的体魄。

下了滑冰课，那场大雨喧嚣而至。施雅没带雨伞，娘俩儿挨浇，公交车许久才来，回到家，又冷又饿。程思浩不会做饭，施雅赶忙做了面条。那一晚，施雅累病了。

第二天中午，十岁的程酌从学校买饭送回来，给施雅吃。

下午阴冷，程酌放学，他从怀里掏出两根烤火腿肠，用塑料袋包裹着，热着递给施雅：“妈，这叫热狗，吃点儿，有营养。”施雅咬一口，脆脆的香香的，泪水忍不住倒流进口腔。

等施雅病好，程思浩领着娘俩儿去饭店吃大餐，到照相馆照了全家福。

程酌的毛笔字由施雅负责教导。每逢寒暑假，施雅陪伴程酌写毛笔字。起初，施雅也不会写，娘俩儿照着字帖比谁写得好，就这样，程酌在书法大赛得了奖。

程思浩随团出国表演回来，他给施雅买了钻石坠儿项链。

程思浩说："你比钻石可贵。"施雅追着他打闹，她逮住程思浩。程思浩假装挣扎，然后静静看着施雅，像刚刚认识时饶有兴趣。施雅把纤细的手指伸进程思浩略长的自来卷头发里，柔柔地抚触。

"姐，这谁的照片？"小白在书架高处发现一个小相框。

"噢，那是程酌亲妈的照片，她已经不在了。"

小白没有再往下问。

施雅的内心罩上一层灰色。

程酌的亲妈离婚后一直一个人过，她去世那年，程酌十二岁，小孩子刚懂事的年龄。程思浩很尴尬地跟儿子解释了家庭成员关系，程酌去参加亲妈的葬礼。

程酌把他亲妈的小相框照片拿回家，放书架上面不显眼的位置。施雅没有提出任何异议，他们谁都不去谈这件事情，但是施雅觉得一根刺露了出来，扎到程酌，也扎到她，暗生生地疼。她和程酌之间多了一堵看不见的烟幕墙，程酌待里面，施雅进不去。

程酌和施雅之间不再有过分的亲昵，尽管他依然有礼貌，能细心回应施雅，就像施雅无微不至关爱他一样。程思浩只当儿子一夜之间长大了。

程酌上高中住校不在家的夜晚，施雅听着门外脚步声，时常淡淡忧伤。程思浩从背后紧紧搂住她，亲切地安慰她，他是一心一意爱着她的。

窗外繁星在熄了灯的夜晚才能看得见，老夫少妻打开窗，静静躺床上。那样的夜晚，施雅既幸福又揪心，她的这份爱，拼了太多的伤痕进去，珍贵得怕不真实。

5

“小白，打扫完这间先不干了，先去做饭吧，下午再继续打扫。”

“好的，姐。”小白很痛快地答应。

“冰箱里有鹅肝酱、沙丁鱼罐头，你启开就行，我吃这个，以前老程也爱吃这口。做点米饭，有鸡蛋，你炒几个鸡蛋自己吃。”

施雅多摆出一套碗和盘子，盛了米饭、鹅肝酱和沙丁鱼罐头，一双筷子放上面。小白瞧着不说话。施雅说：“我和老程年轻的时候，生活并不富裕，他有时出差买了鹅肝酱、沙丁鱼罐头，我俩开心得像过节，日子久了，即便食物丰富起来，我俩也养成习惯喜欢这口。”

“姐，我小时候没太吃过苦，我没考上大学，专心学习家政和护理，被养老院选中。我的世界很普通，很容易满足。”

“凭你说这话，你就是个踏实的人。人呢，追求得高了，高处不胜寒啊。”

“不过姐，你和程指挥都是有艺术修养的人，活这一辈子，值了。”

“嗯，你说这话我爱听。其实我和老程是挣脱原来家庭的束缚，逆着世俗的眼光，后到一起的。那是上世纪九十年代呀，插足别人家庭，大逆不道，我妈妈为此觉得丢人，她上火生病，去世了。”

小白愣住，她反应机敏：“姐，这事儿拿现在不叫事儿，叫追求爱情，没什么大不了的。只要你觉得幸福就行，伯母在天有灵也会祝福你的。”

“你呀，小白，我发现你还真不简单，不愧有年轻人的思维。”

“老程比我大十岁，我们走到一起，我的确感受到了什么叫人间幸福。我把他两岁的儿子当自己的儿子养大，我们胜过亲母子。我自己的儿子从五岁起跟着他舅舅过，他在县城，没有接受过精致的培养，泯然众人矣。我只培养出一个优秀的儿子程酌，他家快生小宝宝了。”施雅当着外人头一次说出这番话，她突然意识到一种严重的缺陷，他亏待自己的亲生儿子了。她茫然地不再说话。

施雅想起老程病重，他临终前也是这种吃饭的场景，老程吃到一半，他拉住施雅的手说：“我毕竟是有罪的人，要不然她也不会那么早去世。我没能活到七八十岁，算是老天对我的惩罚吧。但是我不后悔，我找到了你，施雅，谢谢你！”“别这么说，我又何尝不是呢，我手上沾着我妈妈的血。我们那个年代，每个人都可能拿着教条成为杀人犯，杀死自己，杀死别人。”施雅这么说，老程似乎有所感悟。

刚才小白的一番话，令施雅释然。

小白见施雅吃好，默默捡去碗筷：“姐，你累了就休息会儿吧，睡个午觉。”

厨房传来噼里啪啦洗碗的声音。小白出来问：“姐，等会儿我打扫完卫生，去超市买点菜，姐，你想吃什么？”

“嗯，买点西红柿、茄子、黄瓜……另外买点肉，大卫小时候爱吃茄盒，下午我儿子大卫要来，我想留他吃晚饭。”

小白应着。施雅进了她和老程的卧室。

6

一阵酸涩涌上心头，施雅惊痛对不起大卫。大卫从五岁离开妈妈，当时施雅心存侥幸，他一个男孩子，皮实，跟谁都能长大。施雅每个月给弟弟寄钱，自己再困难都不曾偷懒儿。大卫上小学，施雅回去过一次，大卫见到施雅正给舅舅点钱，他上去抢走一张一百元钱。舅舅吼：“还回来，小孩子不能拿钱，听话！”施雅知道弟弟平时管教大卫严格，但大卫说：“这是我妈妈的钱，我跟我妈妈要钱没错。妈妈，你接我走吧。”

施雅坚决不肯，她安慰大卫：“你舅舅家挺好，你要乖，等你考上大学，来城里找妈妈。”大卫听了，拿着钱跑了。当时施雅想过：儿子会不会恨我，他还小，不会吧。

再去看儿子，大卫已经上初中，他学习成绩一般。施雅问他：“舅舅家好吗？”他不回答。“想不想妈妈？”他也不回答。结果，大卫高中毕业没考上大学。他高中偷偷谈恋爱，那女孩子叫圆圆，家里开煤矿，生活富裕。大卫做了上门女婿，生了女儿，姥姥帮助照看小孩儿。施雅的印象里，大卫虽然留在县城，但他给自己找到一个完美的家，一家人和睦热闹。如今的大卫挺乐观，无欲无求的样子，有点像小白。不过他的思想是不是有小白开明？施雅想不出所以然。

施雅躺在床上睡着了，她飘浮在空中，踩着白云降落。她找到程酌家，看到程酌和珍妮。珍妮挺着大肚子和程酌商量：“我生了小孩就不上班了吧，我自己照看小孩，这样反倒省钱。”程酌乐呵呵听媳妇的话：“妈那边我来解释，不用她过来了。”“为什么你的中国妈妈很想见我，很想帮我带小孩？”“这是我们民族的传统习惯，老人喜欢带孙子孙女，他们觉得自己有爱心，有根。”“我真不好理解，她去养老院岂不清闲？”“你不懂，珍妮。我妈对我特别好。”

施雅从梦中惊醒，头发沾染凌乱的泪水。她喊小白扶她起来坐轮椅。

“去切点果盘吧，你不是买了水果嘛，我们先吃，”施雅驱动轮椅把自己弄到厨房，“小白，这么做，西瓜切长条，苹果切方块，插上牙签，我们扎着吃。”小白把果盘和茶水端到客厅。

“来，你也享受下。”

“姐，你可真讲究情调。”

“生活中不全都是顺境，我们要给自己制造惊喜和氛围。不是吗？”

“是。”小白又笑了，她笑得坦然。

门外传来敲门声，施雅说：“是大卫来了吧，小白问问是谁，再开门。”

大卫穿休闲装，他大眼睛，模样朴实。施雅往门外看，问大卫：“就你一个人来的？圆圆和囡囡没来？”

“没来，她们都有自己的事情，我就赶过来了。”

大卫陪着妈妈吃水果、喝茶。他始终坐在一个地方不四处走动。

“晚上留下吃个饭吧，累了就住这儿。”

“不了，妈，圆圆还等着我回家呢，饭我就不吃了，能赶上最后一班车回去。”

施雅拿出钱要给大卫，大卫说什么也不要：“妈，我真的不缺钱，您留着自己花吧，不够跟我说。”

大卫就那么走了。施雅不再吃水果，茶水空置、放凉。她把轮椅驱动到窗前，望着楼下小区门口。

傍晚的阳光以暖色调挥洒，却没有中午的炎热，屋子幽深，人少，显得异常清冷。

7

施雅驱动轮椅进了厨房，她指挥小白做晚饭。

餐桌上多摆出三套碗盘，“有老程的、程酌的、大卫的。”施雅自言自语，神经质。小白帮助她打理。

晚餐异常丰盛。“先别开吃，我打个电话录段视频。”

早上她忍住，她想等程酌主动给她回电话，等程酌说接她过去。等了一天，她不想再等。这会儿，程酌应该早上起来，还没去上班。

手机拨通。“程酌，你猜，妈做了什么好吃的？”施雅等程酌的反应，“有你最爱吃的木樨柿子、黄瓜拌拉皮。”“妈，我都闻到味儿了！”“闻到味儿了还不早点回来，我还没见过珍妮呢！”

“妈，珍妮想自己带小孩，我们这几年孩子小，可能就不打算回国了。妈你要好好照顾自己，有什么事情马上给我打电话……”

“是，是，妈一定……”施雅的声音洋溢着欢笑，脸上的表情却越来越僵固，比哭难看。

程酌只能听见声音，小白却看得见表情。

“不吃了。”施雅临时做出决定，小白一个人吃满桌大餐。

施雅拿起她的小提琴，迎着夕阳余晖，如泣如诉地拉《梁祝》《假如爱有天意》《舒伯特小夜曲》，一曲接着一曲。夜风透过纱窗缝隙筛进来，撩动她耳边软发，她滋润的面部皮肤严谨地泛着光泽。蓝色系窗帘的味道、饭菜的香味、老程曾经存在过的气息、程酌的气息、大卫的气息，混合在琴弦上，破茧成蝶。

程酌开门、大卫关门、老程临死拉住她的手、她和老程的新婚之夜……一幕幕，在施雅脑海盘旋……

小白听得入迷，泪流满面。

弦乐声戛然而止，施雅眼中掉下一滴泪……

小白抹抹眼泪，上前拿去小提琴，找来毛巾给施雅和自己擦泪水。

“姐，我推你下楼散散心吧。”

推着轮椅，两个女人的剪影出现在河堤上。河堤蜿蜒，一侧伸向居民区，那里有几个大妈在跳广场舞，乐曲是降央卓玛演唱的《草原之夜》。大妈的舞姿并不十分优美，但她们认真地游走。低沉的曲调隐约飘散，和渐渐亮起的万家灯火和谐共处。河堤的另一侧伸向荒野，苍茫的玄草色混入天际，像岁月一样层层叠叠，辨认不清深浅。前两天的暴雨使河水上涨，水势汹涌湍急。动荡之处，闪动“落日熔金”的影子。

施雅想到后面两句词：暮云合璧，人在何处。

李清照最后何尝不是：不如向，帘儿底下，听人笑语。

施雅的手机铃声刺耳响起，施雅惶惑，谁会给她打电话？

养老院院长打来的。

“施雅女士，感觉小白的服务满意不？”

“我们挺好，小白推着我出来散步呢！”

“嗯，麻烦让小白接电话。”

“小白呀！施雅可是小提琴艺术家，你是我们院最出色的护理员，你一定要好好工作。”

“是，请院长放心。”

大日完全落下去，云朵之上的红晕慢慢变得暗淡。

“小白，你说我调弄得了小提琴的四根弦，却调弄不齐身边的四个人。”

“姐，我不懂乐理。琴弦是死的，有规律，但人是活的呀。”

“回去吧，小白。”

8

“小白，你就住程酌卧室吧。”

“那哪行。”

“没事儿，你不是说他的房间好看吗，让你住你就住。给我涨涨人气儿！”

“遵命！”小白笑逐颜开。

施雅独自坐在客厅，开着窗，熄了灯。

小白过来给她披上一块薄毛毯。“姐，夜深了，早点儿休息吧。”

“你不用管我，让我静静坐会儿，累了困了我自然休息。”

小白轻轻走开。“姐，桌上凉着白开水，有事情喊我。”

世界恢复万籁俱静。

星星在夜空中越来越闪烁。人只有在黑暗里专心看天，才能体会到夜晚星空的美丽，它浩大无边，千古流传，不会因为谁的存在和消亡而轻易改变。

夜空之下，人会显得渺小，人生会显得短暂。

若不追求理想，而是安分守己，大卫或许会像他亲爸一样聪明伶俐，这会儿她说不准在看护可爱的孙女睡觉，不，也许是孙子呢，不叫囡囡，叫什么来着?

施雅莞尔一笑——那样就不会有小提琴艺术家施雅了，施雅会成为傍晚跳广场舞的大妈。

程思浩是多么优秀的人才，她拼了命奔向他，无怨无悔。

程酌多么可爱，那小子耗尽了施雅全部的母爱。

泪水占据眼眶，她双手狠狠掐住轮椅把手，挺直上半身，不让泪水流下。她想要快点好起来，有力气承担落寞。她的风光和热爱已经在前半生用尽。

剩下的时光只能靠自己了。

子夜将近，暮色幽暗、深不可见。秋蝉起呢喃，它们能活多久?

施雅担忧起比她弱小的生灵，他们都是人间过客。

小白和她身边的人，没什么不好的，他们知足常乐，因循本分。

不像她，离经叛道，从死亡里开出最妖冶的花，不按常理地收鞘凄凉。

这么想，住在家里和住在养老院，也没什么区别。

发表于 2024 年 2 期《小说林》

莉璎中篇小说

泾渭分明

1

北京这所老牌大学依傍后海，不上课的时候，他们最爱徜徉水边，望烟波绕堤，柳枝随风飘拂，白玉石栏杆精美古雅、逶迤环绕。湖面很开阔，夹杂诗情画意。不嫌劳累，走着去牧轩在南锣鼓巷入口处的家，小院不大，花前藤下摆张桌子，任由他们聚餐闲聊。牧轩的妹妹牧芸像假小子，她短寸头，怀抱吉他，时而去后海新兴的酒吧客串唱歌，他们跟过去捧场、鼓掌，疯够了才回学校。

快毕业了，空气热得慵懒。上午没课，苏博雅拉着牧轩来“国子监”游玩。刚上大学的时候，他们很多人结伴来国子监拜见过孔夫子，如今，苏博雅和牧轩两人安静地行走在碑亭和辟雍大殿之间。地上的砖矶硌着脚心，古木参天，需两人合抱。园子里人不多，有一刻牧轩走远了，背影隐没在林荫道上，苏博雅空荡的声音喊过去：“牧轩……”牧轩似乎没听见，继续往前走继续消失，苏博雅站住，双手虎口托住下颚搭成喇叭，大声喊。牧轩回来了，越走越近，他深邃有神的眼眸含满笑意和柔情，直到走回苏博雅身边，拉住苏博雅的手：“我在呢，丢不了！”

苏博雅竟然小心酸：“永远不要离开我，一生一世，答应我！”

牧轩无声地把苏博雅揽进怀中，紧紧拥抱。苏博雅听到牧轩熟悉的心跳。

苏博雅从牧轩的怀抱钻出来，扬一扬长发，瀑布般的凛冽和凄清划过牧轩嘴角。

他们第一次来国子监的时候，是俞木组织的，他叫上西安老乡苏博雅，叫上同寝的牧轩和其他男生，牧轩带着牧芸。北京秋天的银杏树比西安的早熟，金黄的叶片满树弥漫，在荡漾且透明的空气中铺陈开来，煞是爽醉。街巷两侧的红门灰瓦灰墙建筑古朴地落在声音里，他们的笑声滚过石门墩、石狮子。苏博雅新奇地打量这座城，它不像西安，只剩雄伟的护城墙，宫殿已经消失，许多民间古坊不在，北京到处存留老胡同老建筑，高檐飞翘栖走兽，龙、凤、狮子、天马、海马、狻猊、押鱼、獬豸、斗牛、行什，最多的有十个走兽。

它们也叫“小跑”，牧轩介绍说。

牧轩学习历史专业，他给大家讲解乾隆皇帝讲学的辟雍殿建筑玄机：“看见没有，这座大殿方方正正，外延围以通达四门的圆桥，这既符合声音从中间龙椅向周围传播的物理特性，又包含了中华民族古老的‘外圆内方’处世哲学。古人讲究，一个人入世，一定要内心中正，但与外人交往，又一定要谦和、圆滑，这叫圆通。辟雍殿作为皇家讲学场所，无声表达了为人处事的原则和技巧，是国人入世的精明、高深之法。你想啊，如果一个人不把刚正藏于内心，对外表现得过于棱角分明，锱铢必较，不知谦让，势必到处不受欢迎，碰得头破血流、遭遇阻碍不说，很容易成为被打压的对象，甚至丢了性命。再有学问，不知圆通，宏图大志难以舒展。但是太过圆滑，内心不正，也必然会被人处处提防，直至众叛亲离。外圆内方有利于我们明理达意。圆里面存方，既保证了内心纯洁的本质不变，又保证了外在可以滚动起来。据史料记载，辟雍殿建成的第二年春天，乾隆皇帝‘临雍讲学’，听讲的学生和官员跪满了圆桥和院内院外，仅圆桥之上就有三千人。离得远没关系，那时候皇帝讲话不用喇叭，没有麦克风，是由传胪官高声传颂，逐级传到殿外去的。传胪官相当于播音员、录放机，一个传一个，把皇帝的论述传播出去，场景堪称肃穆、庄严、宏大。”

“Very beautiful！”学习英语专业的苏博雅大声称赞，凑上前去。

牧轩转头看她，嘴角含着笑，神形俊逸。一眼千年的回眸遏制住苏博雅的忘形，苏博雅眼中已经全是牧轩的文采飞扬。

牧芸像浑身长刺儿的铃铛，绕着大家转来转去，“扑哧扑哧”的。转到俞木身边，见俞木呆立不动，他眼睛瞅着牧轩和苏博雅呢。“喂，兵马俑，兵马俑。”牧芸用手在俞木眼前晃了两圈，俞木略微松弛，牧芸的大眼睛率真、迷惑，好奇地歪头看他，俞木仍然没看见牧芸似的。

苏博雅见牧芸歪着头研究俞木，木偶一样断断续续围着俞木转，笑弯了腰，长发遮了脸，旋即被甩到身后，一张冷傲的美人脸无比灿烂地欢笑，牧轩看到，表情瞬间凝固。

苏博雅想起七岁的俞木，也是这种呆呆的样子，立在她身后，看着从西安城里来的父女俩，不敢上前，不肯离开。

“要上小学了，上小学不比幼儿园随便，有事儿请假也没关系。上小学呢，得有时间观念，要努力学习！今天爸领你去城北高陵县的船张村，让你看一处奇观，叫‘泾渭分明’。泾水和渭水夹山汇合，由于两股水流含泥沙量不同，一清一浊，奇怪的是，即使两水交汇，也一边清，一边浊，分界清楚，互不相融，浩浩荡荡流去。”

七岁的苏博雅穿着蓝底儿白花连衣裙，爸爸夸奖：“我的小公主，裙子好看，人更好看，比门前的牡丹花好看。”正巧俞木走出家门，爸爸问：“小朋友，‘泾渭分明’怎么走？”俞木被苏博雅吸引，主动带路。

“看到了，看到了，这边绿，那边黄呀，爸爸，它太有个性了！”苏博雅喊叫。

“你还知道什么叫个性？”爸爸笑呵呵解释，“清的这条叫泾水，从宁夏来；浊的这条叫渭水，从甘肃来。听说在古代，渭水比泾水清亮，现在到了雨季，泾水含泥沙量增多，也会显得渭水清亮。但不论怎样，它们相汇，清和浊永远分明，是很像有个性的人，明明白白，清清楚楚……”爸爸讲，苏博雅听，俞木躲在他们身后。

上了大学的俞木一身藏青色中山装，中规中矩的，怪不得牧芸叫他“兵马俑”。牧芸穿着前卫，水墨蓝牛仔裤，黑色紧身薄毛衫，脖子上挂着夸张的项链，上面有狼牙、玛瑙什么的，跟她的短寸头型搭配，像刺猬猬。牧轩深灰色喇叭裤，红格子衬衣，留着半长的头发。苏博雅黑色长裙，墨绿色小衫，飘飘逸逸的。牧轩和俞木差不多高，一米七五多，苏博雅和牧芸差不多高，一米六五那样。他们四个人在人群里很养眼。那天他们玩够了，回到牧轩家的小院，牧芸给他们弄吃的，他们高谈阔论、瞎吹牛，就差把星星拽下来按水里，弄出些什么化学反应了。

苏博雅和牧轩从那天起，奇妙地相互吸引，度过了大学四年光阴。

2

中午返回学校，苏博雅的同学喊她赶紧给家里回电话："好像你妈出事儿了。"

苏博雅没吃午饭，收拾了必需品装拎包里。牧轩给她买了面包，送她到火车站，看着她上了火车。爸爸说"妈妈过世了"。

火车"咣当咣当"前行，身边没有熟人，苏博雅孤单无助。她躺在中铺，脸冲里，身体抖动，泪水无声流淌。没人看得见她的悲伤。

她和爸爸从船张村看"泾渭分明"回来那天晚上，妈妈给学生批改作文到很晚，她和爸爸甜甜睡去，她清晰记得妈妈伏案工作起身的剪影，平静温和，她知道妈妈工作结束后，还会给她和爸爸清洗衣物，妈妈经常忙到深夜。

早晨醒来，饭熟了，白米粥冒着热气。"趁着凉一凉，来，妈妈先给博雅梳头，博雅今天上小学，妈妈需要早点走，七点钟给学生上早自习，一会儿爸爸送你去学校，妈妈抽空去看你。博雅是妈妈的骄傲，一定在学校表现很好，妈妈爱博雅，亲一个。"妈妈给苏博雅努努嘴，发出亲吻的声响。

"照照镜子，今天的红皮筋好看吗？"

"当然好看，妈妈为我上学昨晚新绕的！"

苏博雅正吃着饭菜，妈妈匆忙吃好，收拾妥当上班走了。

妈妈的脸很白，尤其熬了夜之后更白，有时苏博雅担心，妈妈会不会脆弱得像一张纸，弄折了。后来习惯了，放学时一眼发现人群中白净无比的妈妈，苏博雅欢呼雀跃地飞奔过去。

小学二年级的第一篇作文，老师准许任意发挥，可以写人，写小动物、植物，写一件小事儿。苏博雅放学回家在屋子里搜寻，卧室里的灯笼花开了，粉红色，一大团支棱、垂挂着，朵朵像小喇叭，可是它怎么来的不记得，浇水她也没参与过。装过水果罐头的玻璃瓶养着一条泥鳅鱼，是苏博雅和爸爸去郊区钓鱼的战利品，它命大，一直活着，苏博雅每周给它换水。就写《我的小泥鳅鱼》吧。

吃晚饭的时候，妈妈阅看苏博雅的第一篇作文，妈妈没有马上说什么。妈妈给苏博雅搛菜："多吃点炒萝卜丝，它有营养，'十月萝卜小人参'嘛，知道人参吗？古代的时候传说它可以救人性命，它倒没那么神奇，但有大补功能，萝卜的滋补功能也不小。什么东西别挑剔它好吃不好吃，得看它有没有营养。"妈妈总能不失时机地给苏博雅上一课。

"老苏，你单位缺人手，课题下来了，不能给领导撂挑子，你晚间下班可以多工作一会儿，我来带博雅。"爸爸听了妈妈的话，吃过饭理所当然看书去了。妈妈麻利地捡去碗筷，噼里啪啦洗刷干净，招呼苏博雅，重新坐到餐桌前。

"博雅，看你作文的第一句，'我养了一条小泥鳅'，回忆一下，展开想象，它是从哪儿来的？"

"我和爸爸在郊区钓鱼得来的。"

"那天，你心情怎样？天空什么颜色，有云朵吗？河水长什么样子？你捞到小泥鳅时什么想法？你听到了什么声音？"

"爸爸带我去钓鱼，我很开心。天空蓝蓝，飘着几朵白云，河水不急，慢慢地流。爸爸找到回水弯甩鱼竿，我拿着网兜捞小鱼。一条小泥鳅很好动，很狡猾，还是被我捞上来了。它在网兜里扭动身体，翻白肚皮，啪啪乱跳，我赶紧把它放罐头瓶里，用手捧了河水给它。"

"对，就这么写，有观察，有想象，有颜色，有声音，还要有动作，想想回家养小泥鳅，你观察到了什么，对它产生了怎样微妙的感情……”

“它像一条蛇，在水里游，我拍打柜子，它受了震动很害怕，四处乱窜，我可怜起它来，多孤单啊，回不了家，陪我玩儿，我不能再欺负它。妈妈，哪天我和爸爸去钓鱼，把它放了吧！”

妈妈提问，苏博雅回答，抒写着，苏博雅人生的第一篇作文获得了学校二年级作文一等奖。那年冬天，爸爸成功搞定课题，第二年被提升为科长。从此，妈妈经常“苏科长，你忙去吧，家里有我呢，放心”，苏博雅的视线里，妈妈从来没在白天休息过，哪怕片刻。

院子里的晾衣绳上挂着苏博雅的裙子、爸爸的汗衫、家里的被单，它们还滴答着水珠，妈妈擦干手里的水，已经外出买菜回来。每个周日，家里改善伙食。“今天不吃鱼，吃红烧肉。”苏博雅听见了，兴奋地围着妈妈，看糖如何在油锅里烧至红色，小铲子一圈一圈地扒拉它们，妈妈把肉块放进去翻炒、挂色，再添水放调料，文火慢炖。屋子里顿时香气四溢。“一斤五花肉，只能做出这些，博雅多吃几块，增强体质。”妈妈如是说，爸爸笑吟吟地吃了两块，妈妈只尝了一块。妈妈收拾了碗筷，开始擦拭柜面、家什，柜子上的摆设永远温润如玉，看不见灰尘。

“妈妈，我的白袜子哪里去了？”苏博雅问。

“我的单鞋给我找出来。”爸爸要求。

妈妈一样一样照办，家里的每件东西都长在妈妈心里。

“走，博雅，我们该去洗澡了。”这是每周最惬意的劳顿，苏博雅在澡堂子里由妈妈帮助搓掉泥卷儿，身体里的细胞似乎又拔节长了一毫米。苏博雅其实很怕妈妈累着。

“妈妈，妈妈。”苏博雅吓坏了，妈妈差点晕倒在澡堂子里，她扶着墙壁慢慢蹲下，脸色煞白，过了好久脸上才缓过来气色。

母女俩头发未干，成绺贴服耳边，妈妈领着苏博雅走在暮色中，天边一轮红月，硕大浑圆，温暖地装进去妈妈的话语：“晚饭我们吃点什么呢……”

“妈妈，既然你已经当上年部主任，别再带班儿了吧。”苏博雅心疼地提出要求。

“不行啊，就我们几个师范本科毕业的老师，我们不冲在第一线，怎么提高教学质量。妈妈热爱自己的工作，每个学生都是我的孩子。”

苏博雅的小手紧紧握住妈妈的手，她觉得有一股力量从母亲那里倔强地传递给她。

爸爸除了工作和休闲，不会干家务活，天长日久，家里的格局固定下来，妈妈忙了单位忙家里，她心中装着学生，装着苏博雅和爸爸，唯独没有安放她自己的位置。

有天晚上，全家人围着桌子吃饭。苏博雅突然感觉不到自己怦怦的心跳，她惊呆了，端着碗，恐惧地问爸妈：“我的心脏怎么不跳了？”

爸爸马上给苏博雅把脉，很微弱，他骑自行车送苏博雅去医院。妈妈坐后车座紧紧搂住苏博雅，瘦弱的双肩努力向怀抱里佝偻着，牢牢地护住女儿。医生诊断：“心律不齐，没大事儿，回去注意休息就好了。对了，哪位家长有心脏病史？”

“我。”妈妈说道。

3

爸爸在电话里讲：“上午她做了面条，给我先盛了一碗，她去盛自己的，扑通一声倒地。我听见过去看，叫了救护车，我拉着你妈妈的手。救护车来了，说人已经没了。”

“咣当咣当”，整个晚上苏博雅在火车轮轴和铁轨的撞击声中似睡非睡。天亮了，她第一个下了卧铺，抓紧洗漱。没人来接站，要是妈妈在，家里至少有人给她打电话，问她到哪儿了，遇上周日，爸爸也许会来接她，妈妈则在家忙碌。

古城墙黑灰色的轮廓渐渐清晰，天空透出青白的明亮，像人没睡醒睁开的眼睛，挂几缕红血丝。苏博雅的心里愈发酸楚，泪水流了一夜，收敛些。公交车过了南稍门，苏博雅下车，她家住小雁塔附近，妈妈接她放学的情景历历在目。

妈妈穿着平时最喜欢的灰色西装，安静躺在小卧室单人床上，睡着了一样。苏博雅扔了拎包跑过去，跪在妈妈身旁，一只手搂住妈妈的胸，一只手狠狠抓住床沿，呜呜哭。

爸爸和妈妈单位的人陆续赶来，他们都在等苏博雅回来看看妈妈，然后他们帮着把妈妈抬上车送往殡仪馆。

苏博雅知道了更多细节。妈妈被评为区模范教师，头天下午，校领导安排妈妈下学期重新带高一班级，晚上高三毕业班晚会，回家后，妈妈赶写模范教师发言稿至下半夜。早上起来有点晕，但还是坚持做了面条，因为爸爸不会做饭，妈妈不做他吃不上。那个上午成了妈妈最后的时刻。

校领导带来最新消息，妈妈被评为市模范教师，材料已经上报。妈妈教过的学生来了不少，其中一位年纪轻轻，市政府要员，他朗读了妈妈最后一篇模范教师讲话稿。现场鸦雀无声，突然谁哭出了声，哭声越来越多，人们唏嘘。

苏博雅内心知道，妈妈何止是一名模范教师，她更是一位忘我的母亲、主妇。爸爸显得苍老，头发稀疏地粘在额头上，他没有眼泪，只有沉默。

一瞬间，苏博雅意识到，她不该留在北京上班，她得回到家乡，去母亲的单位上班，照顾父亲。

一个月之后的早上，户外传来敲门声。苏博雅穿着睡衣，隔着门问："找谁呀？"

"是我！"牧轩的声音，苏博雅开门。晨光清晰地照耀牧轩的面庞，不刺眼，欣欣然。苏博雅一下子扑过去，撞进牧轩怀里。苏博雅笑着笑着哭了。牧轩抚摸苏博雅的长发，仰起头，坚定地说："我把你的行李和我一起邮寄过来了，我不走了，我要和你留在西安教书。"

苏博雅把牧轩推出去一尺远，不敢相信地看他好半天，然后重新撞进他的怀里。"我妈妈还不知道她的女儿有这么好的男朋友呢，她还不知道。"说着说着她又哭了。

4

牧轩和苏博雅来到学校，李校长热烈欢迎两位北京回来的高材生，尤其看到苏博雅，他提起苏博雅的妈妈："你妈妈是学校的骄傲，她桃李满天下呀！感谢你给我带回来这么优秀的牧轩老师！"

门外走进来一位女子，身材娇小，脸孔精致漂亮，大眼睛涩涩的，嘴角抿着，憋着一股劲儿。她走进来叫"爸爸"。李校长反而板起脸严肃地发号施令："把这两位新老师的工资表做进去，月底不得耽误开支。"

"是！"女子严谨起来。

"这是我女儿李晓杜，财务室工作人员。晓杜，这是从北京回来的高材生，苏博雅，你苏家阿姨的女儿，这位是苏博雅的同学牧轩。"

李晓杜和苏博雅握手，和牧轩握手。李晓杜看着牧轩的时候，眼神儿直了，手一抖。牧轩笑脸温雅，眼眸深邃。

牧轩上公开课，李晓杜跟进来，坐后面，像认真听老师讲课入迷的学生。牧轩的公开课受到上级领导一致好评，李校长拍拍牧轩的肩膀，笑容十分和蔼："小牧老师！未来靠你了。"牧轩诚恳地回答："谢谢校长！"他谦谨地让李校长先行。

苏博雅的公开课，李晓杜没来。

晚上下班，苏博雅和牧轩一起回家，他们走在操场上。苏博雅无意间回头，发现二楼财务室窗口站着李晓杜，人影一闪，缩回去。

李校长下班从身边经过，他和苏博雅、牧轩打招呼。校门外"突突"开进来一辆摩托车，"嘎"地停在李校长面前，年轻人"呼"地下了车，个儿挺高，身材魁梧，年轻人满脸堆笑，热情道："李叔，晓杜没走吧！""没走，在楼上呢。"李校长答了话，独自一人往前走去。李晓杜猛然从一楼大厅冲了出来："我来了，我来了。"

"嗨！牧轩，回家呀！"

李晓杜先和牧轩打招呼，然后冲着骑摩托车的年轻人喊："傻大个，不叫你来接我，你偏要来。”

苏博雅和牧轩怔愣，李晓杜连忙解释：“我高中同学，高恩平，富裕药厂副经理，他爸是总经理。”

高恩平乐呵呵点头示意，说：“周日我们出去玩，我开车，你们也来吧。”李晓杜感兴趣了：“对，牧轩你们也来吧！”

“不了，我帮我爸打扫房间。”苏博雅推辞。牧轩连连说：“我帮伯父干活。”

李晓杜有点不开心，坐上摩托车，高恩平一脚油门开走了。李晓杜的短发被风吹拂，她用手去抚弄，趁机回头看一眼牧轩。

学校秋季运动会开幕，学生们站成方队走在操场上，苏博雅和牧轩坐守班级桌椅，四周空荡荡的。李晓杜拿着两瓶汽水跑过来，挨在牧轩身边坐下，旁若无人地用桌角磕开一瓶汽水，“噗”，汽水泡沫喷射，洒向李晓杜的红裙子，她尖叫一声站起来，把汽水递给牧轩：“给你的！”然后她才不断拍打洇湿的裙摆。幸亏裙子是红颜色的，看不太出来，李晓杜欢快地复又坐回牧轩身边，从桌上拿起另一瓶汽水打开，独自仰头喝。

牧轩并没有马上喝汽水，他看了李晓杜一眼，把汽水递给身边的苏博雅：“你喝吧，我不渴。”苏博雅觉得李晓杜有点过分，把汽水放回桌子上说：“我也不渴。”

李晓杜喝完一瓶汽水，拿起桌子上的汽水再次递给牧轩：“说了是给你喝的，不渴也尝尝，西安的味道，和北京的不一样。”

他们三个人在那里的一系列举动，整个操场的学生和老师都看着呢。牧轩长得帅，师生们看见他陷在两位美女中间，左右不是，操场上传来哄笑声。牧轩察觉不对劲，站起身走了。苏博雅脸色很难看，李晓杜露出无所谓的笑容。

晚上下班，苏博雅和牧轩在四楼办公室默默坐着，不说话。牧轩过去拉苏博雅的手，温柔地说：“回家吧，伯父该等着急了。”他们经过二楼校长办公室门口，听见里面传出拍桌子的声音，李校长训斥：“你今天真是丢尽了人，全校师生背后议论，你李晓杜要抢人家苏博雅的男朋友。苏博雅是谁？她妈妈在我校名声显赫。”李晓杜哭着说：“我就是要让全学校知道，我李晓杜喜欢牧轩。”“收拾东西给我滚，明天别来上班了，丢人现眼！”李校长嘶吼，声音颤抖。

“不嘛，不嘛，爸爸。”李晓杜开始耍娇。

苏博雅拉着牧轩赶紧离开。

5

九月份的最后一天，学生只上半天课，下午放假，照顾家远的学生回家过“十一”。学校组织教职工去野外“拉练”，晚上准备聚餐。牧轩上大学时各项体能测试很优秀，这次不论是障碍跳跃，还是短距离奔跑，表现都不错。轮到步枪射击项目，他在大学没训练过，一发没打中。李晓杜一身迷彩服，显得英俊，只见她接手枪支，瞄准，扣动扳机，“啪啪啪……”十发子弹居然中了七发。李晓杜骄傲地从牧轩身边走过。

苏博雅看着她没吱声，牧轩有些气不过。

往城里开拔的时候，牧轩说什么也不和李晓杜坐一车。他留下来在路边打车。

牧轩乘坐的出租车跟在大家乘坐的敞篷大车后面，前方冲过来一辆摩托车，急速拐弯，欲从敞篷大车身后拐进侧路，可是大车后面跟着一辆出租车，碰撞似乎在所难免。出租车司机反应快，迅速向路边避让，猛烈撞到路边大树上，摩托车从出租车身后擦边而去。

敞篷大车停车，老师们跳下车厢查看牧轩的生死。出租车前档中间碎裂，司机没事儿，牧轩没有外伤，昏迷。大家马上把牧轩送往医院抢救。

“肝、胆、脾内脏破裂，幸好没有伤到肺和心脏，需要马上抢救，否则很容易大出血死亡！”医生的诊断危机万分，救治需要大量资金，那年月，谁家也没有太多钱，即使大家捐款也远远不够。李晓杜咬咬牙，狠狠跺脚，离开了。她很快拿回来二十万元医疗费用，请求医生用最好的手段救牧轩一命。

李校长质问李晓杜："你哪来那么多钱？"

"跟高恩平借的。"在场的人听见了，李校长不再追问。

李晓杜成了公众人物，关键时刻挥巨资救了牧轩的性命。苏博雅不好对她如何，李晓杜来医院看望牧轩，并主动护理牧轩，苏博雅没有太多异议，她也得腾时间回家照顾父亲。

第三天牧轩清醒过来，医生告诉他："是这位姑娘拿出钱来救了你的命。"李晓杜坐旁边，用羹匙盛桃罐头汤送给牧轩："喝点！嘴里没味，吃点糖汁，补力气。"

牧轩先是沉默，面对人家的好意和救命之恩，他张开嘴巴，喝下李晓杜送过来的罐头汤。"谢谢你！"他终于跟李晓杜好好说话了，带着真诚和温和。

李晓杜喜形于色，黏黏的像一只讨巧时的猫。刚好苏博雅进病房，看到这一幕，她突然觉得李晓杜是个狐狸精，不达目的不罢休的"聊斋"狐狸精。

苏博雅把医院做的晚饭拿来，她一口一口喂牧轩吃饭，两人的默契像白墙壁上的钟表指针，和谐、没有丝毫差池。李晓杜不走，在旁边候着，时而递送点东西。苏博雅不能开口下逐客令，也不能表现出反感她。于是病房里渐渐形成一道风景，虚弱的牧轩任由两位美女抢着或者轮流伺候着，护士把两位美女全部当成家属，有事情说给谁均可，因为她俩绝对都对牧轩好。

苏博雅围着住院的牧轩忙，家里被撂荒，这天上午，她突然想起回家取点用品。开了房门，爸爸并不在客厅看书，大卧室里传来男女说笑声。苏博雅脑筋绷紧，轻轻走进卧室，看到清洁女工面露红润，体态不错，足足比爸爸小十几岁的样子，站在窗台那儿擦拭呢，爸爸则仰头躺床上，用双手枕着头，脸上露出比妈妈在时还欢快无比的笑容。

苏博雅心里吃惊，刺痛的感觉。爸爸很随和地站起来介绍说："博雅，这是边阿姨，钟点工，忙不过来时，都是你边阿姨来帮助打扫卫生，你边阿姨她人很好，干活也好。"

妈妈在家当牛做马干了一辈子家务，从来没听爸爸说过"妈妈干活好，人很好"，这什么情况？苏博雅突然想起整理遗物时，看到过妈妈的记账本，最后一笔打扫卫生费用支出恰恰是妈妈离世那天记录下的，那天上午，眼前这位钟点工来到家里，妈妈看到了什么没有？会不会像自己一样受到某种刺激？

苏博雅不说话，盯着看，边阿姨讪讪的，很快打扫完卫生，走了。

晚间睡不着觉，苏博雅默默流泪想妈妈。医院和家里，什么跟什么呀，两个妖精。

6

牧轩出院了，李晓杜似乎有了底气，时不时到四楼办公室看牧轩，问这问那的，全没把苏博雅放眼里。牧轩夹在中间，不好受。

元旦刚过，上级来审计调研，全校震惊——教职工集资盖家属楼的款项少了二十万元。李校长主动认错，说为了抢救牧轩老师，他私自做主动用了该款项。牧轩是在学校集体活动中受伤，学校理应承担一定责任，因为事发突然，救命要紧，没来得及召开会议商讨。

牧轩听到风声坐不住，他独自前往李校长办公室。

审计组已撤走，对李校长的处理决定，需要等待上级指示。

李校长无精打采，脸色灰白。他见牧轩进来，告诉他："把门反锁上，我有话对你说。"牧轩规规矩矩照办，轻轻坐下，满眼焦灼。

"牧轩，从你来，我看你就是好青年。你讲公开课那天，我仿佛看到了学校的未来，我们太稀缺像你这样博学多才的栋梁。晓杜她喜欢你，是有缘由的，你优秀，不仅外貌打动人心，内里也吸引人。二十万元是晓杜监守自盗，她是我唯一的宝贝女儿，我和你杜阿姨想了一晚上，还是由我这个半老头子帮她把罪名顶下来吧。李校长今天夺人之美了，我把晓杜托付给你，我放心，你杜阿姨也放心。你能做到吗？你先不用回答我，回去仔细想想。这盗用公款的罪名就由我这个不合格的校长担着吧，年轻人，好好干，将来学校靠你了！"

牧轩傻了，他不知说什么好。

"回去吧！年轻人，替我向苏博雅道歉！我跟她妈妈做解释去！"

牧轩没反应过劲儿，也没往深处想，他悄无声息退出李校长办公室。

下班了，李校长并没有走出办公室，李晓杜来找爸爸，敲不开门，她喊门卫上楼，把门砸开，李晓杜发出凄厉的尖叫和哀号。李校长用皮带把自己吊在高处的暖气管道上，自杀了。

回家的职工纷纷赶回学校，李晓杜哭得抽搐，她妈妈杜阿姨淤住，不会说话了。

牧轩接到讣告通知，把下午李校长单独讲给他的话告诉给苏博雅，苏博雅仿佛掉进冰窖，惊恐地看着牧轩。牧轩忍住泪水，赶往学校。

牧轩一直没有离开过李校长，像儿子一样给李校长守灵，帮李家给客人鞠躬还礼。苏博雅孤单如薄纸，远远看着他。苏博雅无限想念妈妈，她没少在李校长的灵堂上流泪。妈妈会原谅李校长的自私吗？李校长用死保全了女儿，帮女儿抢苏博雅的男朋友，妈妈还不知道苏博雅有男朋友了呢。为什么要强的妈妈走得那么早？为什么李校长这样的好爸爸走得那么早？苏博雅想起一阵哭一阵。牧轩也不过来安慰她。李晓杜做贼一样，躲着苏博雅，杜阿姨始终一言不发。

送别了李校长，牧轩回了一趟苏博雅家，取行李。

牧轩狠狠抱住苏博雅："对不起，对不起……"牧轩的眼泪跟断了线的珍珠一样，打湿苏博雅的脸，击痛苏博雅的心。

牧轩走了。

苏博雅没有挽留和哀求，她躺在妈妈躺过的单人床上，泪水哗哗流出来。

"妈妈，妈妈……"苏博雅咬着嘴唇低声呼唤，五脏六腑酸涩翻腾，孤独无援。

7

过了一周，见女儿情绪安稳，苏博雅的爸爸苏科长说："博雅，今天穿好看点，你边阿姨要来咱家。"

“爸，我能干活，边阿姨不用来。”

“她是过来看看我，不是来打扫卫生的。你边阿姨她想跟我过日子。”

苏博雅本想着过些时日，一定帮爸爸物色个好老伴，像妈妈一样朴实、善良的女人才行，没想到爸爸早有打算，如此之快。这不是在和自己商量，而是在告诉自己，宣布一下。

从来不进厨房的爸爸出去买菜，回家亲自下厨房。苏博雅原以为爸爸真的不会做饭，但见爸爸照着菜谱，拾掇出六道菜肴装盘，不太熟悉的地方问问苏博雅，竟然在中午之前把饭菜做好了。

有人敲门，爸爸一边喊着“来了，来了”，一边褪下围裙，换上一件得体的羊毛衫，临开门前还照照镜子，弄弄发型。

边阿姨领着一个七八岁的男孩子进屋。男孩儿并不拘谨，围着茶几翻找好吃的糖果，嚷着妈妈把电视打开，腿在沙发上不停弹动，边吃边淘气玩耍。

“你看这孩子多可爱，我喜欢男孩儿，这不就有了。”爸爸只顾逢迎边阿姨，顾不上苏博雅。苏博雅从小可是爸妈的心肝宝贝呀，谁敢在苏博雅面前提不喜欢女孩儿？苏博雅心里折个儿，但见边阿姨也不似以前哈腰干活的勤快样儿，她始终不出手，姿态闲适地这瞅瞅那逛逛，爸爸忙得屁颠屁颠。苏博雅顾不上暗自伤心，她可怜爸爸，她帮着爸爸干活，边阿姨变成“大爷”。

边阿姨和她儿子小宝吃好玩好，走了。

苏博雅叮嘱爸爸说：“爸，你别抢着干那么多活，至少两个人一起分担家务才合理。”

“哎，不对，你爸我爱干活，要不心里闲着不得劲儿。只要你爸高兴，你就不要管了。”

“爸，边阿姨哪里人，你了解她吗？”

“她高陵县船张村人，就是你小时候，我领你去看‘泾渭分明’的地方。她很要强，虽然离婚了，但带着儿子来城里打工，自食其力。”

“哦，正好我同学家是船张村老住户，就是给我们带路的那个，他和我高中同学，大学我们一个学校，他学中文，留校读研究生了，改学哲学。等我问问他。”

第二天晚间下班，苏博雅想着回家把了解到的情况告诉给爸爸，提个醒，让爸爸再考虑考虑。进门发现，边阿姨正在指挥爸爸改造苏博雅的家，小卧室单人床上的被子，拿出来放客厅沙发上，边阿姨的行李搬进爸爸的大卧室。苏博雅走进小卧室，看见小宝在新铺好的床上蹦跶。

爸爸解释："小宝快上小学了，让他安静地养成一个人睡觉的习惯，博雅你住客厅沙发吧。家里两个孩子，大的要让着小的。"

苏博雅忍着没发作，她放下手里的青菜，重新背上拎包，告诉爸爸说："爸，今晚我同事请客，我就不在家吃了。"苏博雅临走出家门，叫上爸爸也走出门外，她关上房门，小声告诉爸爸："边阿姨在老家还有一个大儿子大宝，跟着她前夫过，她前夫跟她根本没领结婚证，也就是说他俩根本不用离婚。她前夫不务正业，爸你可别被骗了。"

"不会的，你就放心你爸，你边阿姨绝对是个好人。就算她还有个大儿子也无妨。"

苏博雅几乎哆嗦起来，她说不出话来，转身离开。爸爸马上转身敲门。边阿姨笑呵呵开门，爸爸乐呵呵进屋，门被关上。光和温暖被关在门里，门外一片漆黑，寒冷加重。苏博雅的鼻子一酸，眼泪"唰"地川流不息。

8

天空飘起雪花，晶亮的凄清，夹杂着雨水，打落脸上，生疼。苏博雅没带雨伞，头发和外衣淋湿了，她不想找地方避雨，心灵孤苦，躲哪里都是冷的。她没地方去，漫无目的往学校方向走，脸渐渐白了，嘴唇白了，身体没有力量，眼前的事物飘忽起来，脚下不断打滑，晃晃悠悠似乎随时可能摔倒。

伯母打着大黑伞走来，走得急匆匆，一团火热的气息，谁家的母亲呀？有母亲多幸福。苏博雅刮歪了伯母的雨伞。"呦，这不是博雅嘛！"伯母及时把苏博雅扶住，拽进大黑伞下。"怎么了？孩子，没魂儿了似的，快跟伯母回家。”伯母是妈妈的老同事，已经退休，住学校附近的家属楼，她有力地揽住苏博雅，把她领回自己家。

伯母家书房有张小床，她给苏博雅换了棉睡衣，用毛巾把苏博雅的头发擦干，端来一盆热水，让苏博雅泡泡脚。她再去给苏博雅冲热糖水。苏博雅突然感受到妈妈的关怀和温暖，僵住的脸上有了表情，眼睛里再次蓄满泪花，泪水忍不住噗噜噜掉下。

伯母送来糖水，问苏博雅："还没吃饭吧？"苏博雅不回答，就是哭。

房门开了，高恩平回家，原来"傻大个"是伯母的儿子。

高恩平看见苏博雅的样子，不敢说话。苏博雅坐床上哭，高恩平惺惺相惜，站在旁边"吭哧吭哧"哭。伯母见此情形，退出房间做饭去了。

吃晚饭的时候，伯父回来了，一团和气，没架子。苏博雅和这一家三口人坐在明亮的灯光下共进晚餐，伯母和高恩平不住地给苏博雅搛菜吃。伯父和伯母不问她怎么了，尽挑些有趣的事情讲。高恩平随着苏博雅的情绪，小心说话。苏博雅知道高恩平也好受不到哪儿去。

吃过饭，伯父去厨房刷碗，伯母陪着苏博雅坐沙发看电视，高恩平洗了水果端过来。苏博雅观察这个家，伯母很受重视，不像自己的妈妈，一个人任劳任怨伺候爸爸，爸爸心安理得地享用，到头来不记得妈妈的好。

苏博雅说："没想到伯父当总经理，回家照样干家务。"

伯母乐哈哈："谁都得会干家务活，恩平和他爸体格比我好，干点活累不着。家庭的每一位成员，不管男女、老少，只要身体力行，都得承担一定的家务劳动，谁也不许欺负谁，谁离开谁都得能活，且活出质量。"

苏博雅见伯母说话干脆利落，蛮有道理，心生感触："我妈太惯着我爸了，她一个人干了全家的活。"

"白瞎你妈那要强的人了，累着了……苏科长有没有再找一个？"

"找了，下午已经搬进我家。"

"怪不得，苏科长真是的，你妈才走了不到半年……看把姑娘憋屈的！"

"关键我可怜、心疼我爸，我妈伺候他一辈子了，老了老了，我爸开始伺候别人，那女的本来是我家的钟点工，打扫卫生的，进了我家门，就不干活了。我爸变成我妈了。”

“命呀！也许你爸欠你妈的，将来都得偿还到这女人身上。”

苏博雅沉默，有苦说不出。

“博雅，你脸色这么差，脸蛋儿怎么红了？”伯母上前摸摸苏博雅的头。

“恩平，拿温度计来。”

高恩平过来，等着苏博雅测体温。“39 度，都 39 度了，不行，恩平，赶紧带博雅去医院打针。”

苏博雅怕爸爸担心她太晚回家，忙给爸爸打电话：“爸，我女同事一个人住寝室，我多陪她一会儿。”

“知道了……”电话那边传来小宝“咚咚”的奔跑声，和另外一个女人管教孩子的训斥声。

苏博雅缓慢挂了电话。

“博雅，打完针回来住吧，让你爸好好反省反省。”伯母关心苏博雅。

点滴液冰凉，苏博雅半条胳膊木了，手背针头周围刺刺地痛，整个身体，肉和骨头都疼。中途，苏博雅要求去护士办公室，借用电话打给爸爸：“爸，我女同事一个人害怕，我陪她住，今晚不回去了。”“啊，那正好，爸还担心你住客厅不习惯呢。”那边电话挂了。

高恩平帮助举着点滴瓶，陪苏博雅返回注射室。他们两个人彼此没有什么话可说。悲伤和绝望从苏博雅的胸膛向外扩散，吞没了空气。窗外的雪更大了，雨全变成了雪，车灯照亮前路，白茫茫一片。

回到高恩平家，伯母等在客厅，她安慰苏博雅：“好孩子，安心住伯母家里，不是放寒假了嘛，好好在伯母家疗伤。”

苏博雅像个听话的孩子，沉沉地睡去。

半个月后，苏博雅回家，边阿姨搂着小宝在沙发上玩，爸爸在厨房刷碗。苏博雅去问爸爸：“爸，谁做的晚饭？”“我做的，小宝说好吃，你边阿姨也说好吃。她说她正好不太会做饭，做了也不好吃，我就多做点。”苏博雅的心再次被刺痛。她没说什么，进小卧室收拾自己的衣物，临走跟爸爸说："我以后住单位寝室，家里让给小宝住。"

"啊，常回来呀！"爸爸居然像对待客人一样说话。边阿姨跟着说："常来玩啊！"

苏博雅礼貌地告别，内心里落荒而逃。

走出家门的一刻，望着天空孤零的玄月，疏星寒远，苏博雅的泪水无声落下。这个家已经不再属于自己。爸爸、妈妈带给她的童年回忆，生生被断掉，断了骨头，舍了肉，连筋都没给她留下。

高恩平等在暗处亮起摩托车灯。"我妈不放心，怕你想不开，让我来接你。"

"伯母怎么像我妈一样好！"苏博雅想到伯母，心中涌起一股暖流。

"上车吧，你觉得好，就做我妈的女儿吧。我妈可喜欢女孩了，她没事儿就叨叨我，说我'傻大个'，没女孩子贴心贴肺。"

摩托车往前冲，苏博雅被往后甩，出于安全，苏博雅搂住高恩平的腰，不知不觉地把脸贴近高恩平的后背。夜风刺骨，高恩平宽阔的脊梁给她避风。

9

李晓杜的妈妈杜阿姨得了自闭症，李晓杜急着要求牧轩和她结婚。

牧轩结婚那天，苏博雅和高恩平到场，整个过程，只有李晓杜露出浅浅的笑意，牧轩不笑。

苏博雅回到高家，拉着高恩平的手呜呜痛哭，高恩平长吁短叹。

"我想调转到离我爸家近的高中教书。"

"好！我支持你。"

苏博雅离开原单位，待到暑假，她和高恩平举办了婚礼。

俞木尚在假期，从船张村赶来。牧轩结婚的时候，没告诉北京的家里人，俞木也不知道。苏博雅不开心，俞木注意她脸色，无人的时候俞木勇敢向苏博雅表白："跟我回北京吧，我娶你，我研究生毕业准备留校任教。"

苏博雅空空地说："我走不了，我不放心我爸爸。"

苏博雅建议高恩平开车送俞木回船张村，她要去看看边阿姨老家的状况。

边阿姨家住得离俞木家不远，破落的木门，围墙栅栏东倒西歪没修缮。别人家的平房比较气派，她家的落井里了似的，矮趴趴的。一个显得邋遢的男人站院子里抽烟，身上穿的衬衫竟然是爸爸穿过的一件。不多会儿，大宝放学回家，初中男生，个头不矮，身上的半袖是爸爸的，苏博雅给爸爸新买了没穿几次。

苏博雅远远看看，假装经过。"边阿姨到我家享福来了，她身后等着要账的呢。爸爸真是被妈妈惯坏了。"苏博雅幽幽地说。返程的车厢里，苏博雅和高恩平两人，长时间陷入无语的状态。

"我爸爸家的平房要拆迁了，恩平，我们和我爸爸买一个小区的新楼吧，我真的放心不下他。他们不像你爸妈，少小夫妻，不掖着藏着，我对边阿姨得多长一双眼睛，我爸体力上、钱财上吃点亏，没啥，我得关注他的身体，别出了什么状况被耽误了。"

"行，我支持你！"

"谢谢恩平！"

10

转眼，苏博雅的女儿高圆和牧轩的儿子牧青青，一起考回北京后海附近的大学。苏博雅和高恩平进京送女儿，牧轩和李晓杜进京送儿子。两家人在火车站相遇。

"你怎么瘦了？"苏博雅心疼地问牧轩。

"啊，他当上校长了，工作狂，累的。"李晓杜不无骄傲地抢白。

"你还好吗？"牧轩问苏博雅。

火车长叫着进站，他们和所有人一起排队上车，两家人居然同一节车厢，左右坐着，中间隔着过道。

大人们不知道，这是两个孩子私下沟通，特地一起买的火车票。

高圆和牧青青是高中同学。

苏博雅对女儿高圆说："别和叫牧青青的小子来往，记住了！"

李晓杜告诉儿子："离高圆那丫头远点，听话啊，宝贝儿子。"

俩小孩表面答应着，私底下开始探究原因。

高圆继承了爸爸的高个儿特征，套用了妈妈的美人坯子，有一米七高，丹凤眼，顽皮的样子，穿上高跟鞋，像模特风姿卓越，一派天下无敌。苏博雅怕高圆在校园里招风，哄着她剪了"小子"头。

牧青青几乎和他爸一个模子刻出来，一米七五多，眼眸深邃，气质温雅，女生见了他无不回头、侧目，被誉为全校"第一帅"。牧青青坐高圆后桌，和高圆同桌男生是好朋友。高圆聪明，学习好，牧青青总爱向高圆请教习题。高圆同桌像块夹心儿饼，经常带好吃的来上学，先分给高圆一些，剩下的和后桌牧青青分享。高圆稀里糊涂吃了同桌一年的"特供"。高二分文理科，高圆和牧青青念文科班，高圆同桌学理科班。高圆和牧青青同桌，他们可不敢将此种"不幸"告诉家长。

高圆回家缠着奶奶，她让奶奶趴床上，她给奶奶按摩、捶背。

"这哪儿学来的新花样，圆圆懂事了，知道孝敬老人了。"

"切，我们学校在开展尊老爱幼学习活动，我跟兴趣小组学的，有绘画小组、古筝小组、歌唱小组……我专门选了家政小组，贯彻奶奶的思想，人必须得先学会打理自己的生活，懂生存技能。"

"鬼机灵，奶奶我老了可放心了，我孙女什么都会干，走哪儿不愁吃和穿。"

"奶奶，你说牧轩他是不是很不招人待见？"

"那是，李晓杜更不招人待见。"

"李阿姨她长得怎么看怎么像狐狸精。"

奶奶一个翻身坐起来："你算说对了，我的大孙女呀，当年你爸追李晓杜追得那叫一个苦，我们老高家不缺钱来不愁吃穿，她李晓杜哪儿样好？把你爸迷住了。你妈和牧轩北京同一所大学毕业，你妈多好，性格好，模样好，她李晓杜使了计策，动用公款救了牧轩一命，当时牧轩被车撞坏了。李晓杜是老李校长的女儿，李校长自杀，把挪用公款的事情拦下，临死把女儿托付给牧轩。牧轩迫于道义，被李晓杜生生“绑架”了去。这不你爸才有机会，娶了你妈。你妈多好！我大孙女多好！”奶奶把高圆拽过来说，“继续给我按腰。”

高圆小嘴甜甜的，小手柔柔的，把奶奶拍打得直哼哼“舒服”。

获得了第一手资料，高圆马上和牧青青分享，牧青青像听天方夜谭，听傻眼了。“这么残酷！要是我，可不受道德绑架，一定领着心爱的女生远走高飞。”

“这就对了，”高圆说，“我也不支持道德绑架，你说上一代人跟我们真不一样。要多理解和体贴他们。唉！你回家偷偷问问你爸怎么想的。”

牧青青过几天透露给高圆：“我爸说了，他要完成李校长的遗愿，好好工作，好好照顾家庭。他说他对不起你妈，也不能不管我妈和我姥姥。真的苦闷。”

“我妈和你爸在北京后海边上读大学，要不我俩也往那儿考吧，一个学校，逛故宫，游颐和园。”

“我爸说，他和你妈是在国子监认识的，到时候我领你去国子监。”

“一言为定！”“一言为定！”俩小孩歃血同盟一般。

放学了，牧青青在校门口等高圆出来，高圆走得有点晚，操场里几乎没别人了，高圆走向校门口，值班老大爷见了漂亮孩子脾气变好：“这小子，你哥在校门口等你呢。”

高圆跑出校门，逮着牧青青说：“老大爷说我是你弟弟，咱俩长得一样帅吗？”

“牧青青你给我站住！”一声大喝传来，高圆高一同桌男生领一帮人围上牧青青。

“怎么办？单挑还是群殴？”那男生问。

“喂喂，什么情况。”高圆冲上前去。

前同桌示意牧青青：“有本事，撸起袖子给她看。”

两男生先后露出手臂，上面用刀子在皮肉上刻了字——高圆，半结痂，泛着红血丝。

高圆凤眼圆瞪：“这哪儿跟哪儿呀，喜欢我明说，让我选，别没本事找打架。打了也白打，喜欢谁得我说了算。”

“行，你来选，愿赌服输。”前同桌说。

高圆拉起牧青青的手跑了起来：“我爱牧青青！”甜美的声音在长街飘荡。

以上经历双方父母当然不知道。

11

火车上，高圆和牧青青坐过道两旁，时不时互相传递眼神。

俞木来车站接苏博雅一家，牧芸来接牧轩一家，俞木回身，和牧芸相见。牧芸一身黑衣服，身形苗条，玲珑有致，短寸头型没变，烟熏妆显得她无比时尚另类。

“嗨！你好呀，兵马俑。”

俞木听了，眼睛里露出睿智和光芒：“可爱的野蛮公主，我们又见面了。”

“原来我在你心里是这副模样啊！”牧芸“咯咯”笑起来，“你干吗呢？”他们不见外。

“我在原来的大学教书，你呢？”

“我加入了舞蹈团队，偶尔还在后海酒吧客串唱歌，我比较自由，想干什么就干什么，一个人随心所欲，不像你们成家的成家，生孩子的生孩子。”

苏博雅他们下了火车出站，俞木和牧芸迎上去。

俞木说：“晚饭一起吃吧，我在东四南街儿北口那儿预定了‘东来顺’，不预定吃不上桌，那地儿离美术馆挺近，牧轩，我们在东四西街儿出租过小人书呢！”

“想起来了，想起来了。”牧轩有了笑容。

宴席上，大家都注意到了牧轩的消瘦，提醒他多注重身体保养。李晓杜气不过地说：“劝不听，一门心思全奔工作，带出六届毕业班，每届都有考上北大、清华的，在西安他快成传奇校长了，外号‘狂人’。”牧芸挨着牧轩坐，她有几年没见哥哥了，贴在哥哥身旁，心疼地搂住哥哥，对着李晓杜说话：“嫂子辛苦了！”

“不辛苦，命苦。”

苏博雅和高恩平蓦然相觑，苏博雅心中明白，牧轩拿工作当借口，冷落着李晓杜了。

饭后，俞木要求：“都住我家吧，在后海附近，我女儿也考上了我们年轻时的大学，孩子们，你们有校友在家等着呢。”

牧芸说：“离我家不远，我还住南锣鼓巷老宅子，住惯了，不想上楼，明天领你们小屁孩来参观。”

俞木家房子很大，中式装修，尽显学者风范，很配合俞木如今的模样。

“嫂夫人怎么没在家？”牧芸问。

“她去法国了，走两年了，我一个人带婷婷上学。俞婷婷，你校友来了，还不出来见客。”

里屋“呼啦”跑出一个微胖的中等个女孩，面孔浑圆细腻，身材丰满。她撞牧青青身上，后退两步，看清楚帅气的牧青青，脸孔笑成一朵花儿。

上午去学校报道，下午牧芸领着孩子们回家看看。

南锣鼓巷进去不远，卖小饰品那家还在。二十世纪九十年代，大家不算富裕，牧轩花两元钱给苏博雅买了“心情戒指”——彩色小指环，里面的物质会随着身体和外界温度不断变换颜色，变成绿色代表浪漫，蓝色代表放松，紫色代表愉悦，深绿代表激情，红色代表紧张。当时俞木也买了一只，苏博雅问他：“你要送给谁？”俞木回答：“送给想送的人。”苏博雅和牧轩笑笑，心满意足走到前面去，牧芸跟俞木要戒指，俞木神秘地不给，牧芸哼了一声，噘嘴走了。如今这小东西涨价到二十元钱一只，牧青青买了一只，俞婷婷要，他不给，揣兜里往前走。

牧芸家的庭院已经盖成门市房出租，这年月，南锣鼓巷临街门市价值不菲。苏博雅他们上学时的游乐场不复存在，很令人惆怅。牧芸领着孩子们逛热闹的小巷，挨家逛。走到后海一家酒吧，牧芸登台，弹着吉他，演唱正火的歌《匆匆那年》，噼噼啪啪的琴弦声，打湿了牧轩和苏博雅的眼眶，俞木进入一种禅定状态。牧芸在舞台上唱完歌对着麦克说："把这首歌送给'兵马俑'，送给怀旧的人。"

第二天不上课，俞木建议大家领着孩子去看看"国子监"。牧轩触景生情，给孩子们绘声绘色讲解辟雍殿"外圆内方"暗藏的为人处世之道。孩子们颇感深奥，赞叹不止。高恩平酸溜溜地说："跟你们文化人在一起，不一样。把这套理论用我经商交友上，肯定前途无量。"李晓杜现在阳光下，崇拜地看着牧轩，像眯起眼睛的猫。苏博雅神情不太自然，风吹动她的头发，额角的一缕发丝飘了起来，她索性拿去头后面束缚的皮套，一头长发凄清地划过空中。牧青青凑到高圆身边小声说话："你妈妈的性格暗藏凛冽。""你怎么看得出来呢？"高圆小声问。"你妈的模样就挺清高，不融于世俗。"

苏博雅借着机会，给孩子们讲了俞木老家西安船张村"泾渭分明"的典故。"人生面临多种境况和选择时，保有自己的本心，明白清楚，不融于外物，也不失为一种坚持的个性。"苏博雅的讲话，有一语双关的含义。说给自己听，也说给牧轩听。孩子们略微表示认同。牧芸提出异议："黑白分明之外，有没有正视灰色地带，这才是最大的学问。"俞木表态："我也很喜欢分明，做自己。"牧青青小声跟高圆说："我就说你妈很凛冽吧，领教了。"俞婷婷见牧青青和高圆咬耳朵，呼地闯过去，用她胖胖的脸伸到两颗脑袋中间问："你们说什么呢？"大人们瞅着孩子们搞怪，话锋一转，无不感慨岁月匆匆，恍然如昨。

12

从北京回到西安，牧青青不在家，李晓杜生活料理负担减轻，她瞧着牧轩越来越瘦，担心地问：“你真的没有什么不舒服吗？”李晓杜睁着大眼睛很坚持，牧轩不在意的眼神，躲闪到一边，不看李晓杜。“看着我，我命令你！”李晓杜用最柔软的语调讲最硬气的话，麻麻的。牧轩苦笑，看了李晓杜一眼，眼里似乎有泪花：“真的，没问题。”

李晓杜继续问：“你是不是去北京见着苏博雅，不关心我了？”李晓杜说这话的时候语气狠狠的，牧轩生硬地回答：“随你怎么想吧。”

李晓杜“哇啦哇啦”装哭。

“挺大个人，孩子都上大学了，该干吗干吗去，我还有工作，晚间加班，晚点回来。”说完，牧轩穿上外衣，下楼走了。

晚间儿子不在家，牧轩暂时不回来，李晓杜守着空荡荡的房子，坐卧不安。妈妈已然安详离世，去另外的世界陪爸爸去了。在北京的几天，苏博雅没和她对着闹，两家互相留了电话号码。为了说服牧轩，李晓杜鼓起勇气给苏博雅拨打了电话。

苏博雅出现在牧轩的校长办公室，还是当年李校长用过的办公室，当年她和牧轩青春朝气地双双走进来，如今那个位置坐着消瘦略显颓废苍老的牧轩。她的牧轩怎么会变成这个样子呢？如果牧轩在自己身边，她一定会好好照顾他，时时刻刻看护他。

牧轩站了起来，盯着苏博雅。他们默默互看了足足两三分钟。牧轩从办公桌后面走出来，给苏博雅沏茶。“要是知道你来，我事先会给你买你最爱吃的无花果。”苏博雅痴住，他还记得她的小味口。苏博雅过去接住牧轩递过来的茶水杯，她感觉到牧轩的手抖。

“牧轩，我办理了两张体检卡，费用交了，你陪我去吧。”

牧轩看着苏博雅的眼睛，苏博雅的眼中有了泪光，牧轩的眼神温柔而深邃。

“好！”

在医院各科室等待检查的过程中，牧轩挨苏博雅坐着，他们没有更多的互相打探性问话，像多年默契的老友，用最简单的语言和安静的状态受用每一寸时光。

当天，医生告诉苏博雅，牧轩的肝、胆、脾、肾都不在健康状态。三天之后，苏博雅去取检查报告单，牧轩被宣判：“内脏衰竭，随时有死亡的危险。他是不是很劳累，对家属报喜不报忧？这样的病人他自己应该很痛苦。”

“是吗？”苏博雅最怕的结果还是被李晓杜猜出来了，不论李晓杜怎么要求，牧轩都不肯进医院，他是要死扛到底呀。

“还有多久？”苏博雅声音酸楚。

“大概半年吧，不会维持太久，病人应该不要上班了。”医生痛惜地说。

李晓杜到了苏博雅家，猫一样趴苏博雅腿上哭了，苏博雅坐沙发上，手没处放。

高恩平开着车，带着苏博雅和李晓杜去学校接牧轩，他正在开新学期提高教学质量研讨会，他们静静等。老师散去，三个人进了校长办公室，牧轩额头冒出汗珠，他拿手指缓缓擦拭。

“回家吧。”苏博雅开口了，“你的身体状态并不理想，你不能把自己熬到油枯灯灭，你应该给自己留点时间。这所学校在你的管理下，升学率翻番，你已经完成了李校长的期望，你该回家休息了。”

苏博雅说话，牧轩没有反驳，他拿起检查报告单细看，没露出惊讶，仿佛他早已预知这样的结果，预料到这一刻的到来。“晓杜，去帮我把书记和副校长叫来。”

牧轩简单明了地安排好工作，拿起自己的公文包，里面的东西事先装好了，他说：“走吧，我回家。”他像一只南方飞来的候鸟，知道秋天到了，说走就走，多余的东西不惦念，不带走。

牧轩直接住进医院。

老师、学生纷纷过来看望他。他的病房最热闹。他清楚记得班上两个贫困生的状况，鼓励他们一定要考上大学。“有困难就来找你们李老师，她会替我继续帮助你们。”李晓杜在旁边应诺着。最后十天，牧轩要求不用治疗了，他想回家，回到自己家床上躺着。他瘦成一片枯叶。李晓杜忙来忙去准备药品、换洗的衣物。牧轩不太吃饭了。苏博雅没事儿就过来陪他。他们依然没有太多的话语，默默待着。牧轩见到苏博雅，脸上会洋溢幸福的笑容。

“我知道你把‘圆’留给了世界，你的内心一直是‘方’的，硌坏了自己。我的心里也一直是泾水和渭水的模样，清楚着呢。”

牧轩用一只手捂住苏博雅的手，眼角滚出泪水。

李晓杜进来，牧轩示意他出去。他静静地在只有苏博雅的空间里闭上了眼睛。

牧轩的手垂落下去，苏博雅哭腔小声喊：“李晓杜，你快来。”

李晓杜握住牧轩的手，还是软的、温暖的呢。

13

牧轩的死对苏博雅打击很大，她变得不爱说话，表情冷漠。高恩平不去惹她。好多天没有回家看爸爸了，边阿姨打来电话：“博雅，你爸他犯病了，你快回来看看。”

处在脆弱期的苏博雅一机灵，赶紧和高恩平回家。但见爸爸瘫沙发上，一只胳膊抬不起来，一条腿木了，口淌涎水，吐字不清。“我们别动他……”高恩平赶紧给 120 打电话。

苏博雅的爸爸苏科长脑梗，总算抢救过来。治疗了半个月，医院催促家属缴纳第一次医疗费用两万元，苏博雅知道爸爸还剩四万元，存在卡里。苏博雅找医生询问爸爸的身体恢复情况，边阿姨跟着听。“老人出院后，恐怕也得有人伺候，你们得做好思想准备，半身不遂的可能性很大。”

过了两天，边阿姨跟苏博雅说：“我儿子小宝家生小孩儿了，我得过去看看。”“去吧，这里有我呢。”边阿姨回家收拾了东西，从此没见回来，再缴纳医疗费用时，爸爸卡里剩下的钱不见了。

晚间，高恩平来医院看望岳父，苏博雅坐走廊长椅上，疲倦忧伤地对高恩平讲：“十几年前，爸爸说他自己有十四万元，小宝结婚后，爸爸说他自己有四万元，前几天交医疗费花了两万元，边阿姨走了，剩下的两万元不见了，看来我爸不好，边阿姨不会回来了。”

“边阿姨走了，你爸知道不？”

“哪敢告诉他呀，只说小宝家生孩子，她过去照看一下。恩平，晚间我不能回家了，过几天雇个男保姆，我再回去。”

“嗯，我爸年岁也大了，他把富裕药厂交给我，我现在是总经理，工作挺忙，有时顾不得回家，我们各自忙各自的吧。”

“妈那里怎么样？”

“我妈好着呢。”苏博雅听了得到些许安慰，幸亏她还有个知冷知热、头脑清醒的婆婆。

苏博雅的爸爸出院了，男保姆和苏博雅轮班伺候着。有时苏博雅回自己家，不见高恩平，她没心思多想，她认为高恩平最近很忙。

又到春暖花开时，苏博雅推着爸爸在院子里遛弯儿。爸爸念叨起边阿姨：“她怎么还不回来？”苏博雅说：“快了吧，等小宝家的孩子一周岁，她就会回来。”“啊，那我放心了。”爸爸说着说着，睡着了。苏博雅打电话叫男保姆来，他们把爸爸抬回楼上去。苏博雅一侧身，看见楼角闪过人影，像边阿姨。

牡丹花开放的时候，爸爸奇迹般站了起来，苏博雅怕爸爸累着，推一程，让爸爸自己走一段，她陪着爸爸去“小雁塔”看风景。小时候的家离小雁塔很近，爸爸、妈妈经常领苏博雅进去玩儿，走累了，不是妈妈背，就是爸爸抱，如今，苏博雅看护着老爸爸，看着他变成老小孩儿。园林里的牡丹花争奇斗艳，大如美人脸，粉的，红的，粉白相间的。爸爸突然看见边阿姨带着小孩儿在园子里玩耍，爸爸快步走上前去，仿佛全部好利落了。边阿姨挺吃惊：“哎呀，老苏，我以为你再也站不起来了呢。”边阿姨抱着小孩儿走了，爸爸站在原地出神，不想再游玩，让苏博雅推着他回家。

爸爸最近不爱吃饭，经常和男保姆要脾气。苏博雅只得背后安慰男保姆，给他加薪。这天男保姆给苏博雅打来电话："姐，我不用干了，你给我结账吧，你爸后老伴回来了。"

苏博雅心里咯噔一下，边阿姨又回来骗老爸来了。记得小宝小的时候从老家回来说："我妈妈给我爸爸钱。"苏博雅爸爸听了问边阿姨怎么回事儿，边阿姨解释："小孩子懂什么，一定是看花眼了。"爸爸拿这事儿问苏博雅，是相信小孩子的话，还是相信大人的话。苏博雅能说什么呢，她深知"童言无忌"，小孩子是最不善于说谎的，爸爸怎么会不知道呢？苏博雅曾说过要跟船张村的同学打听一下边阿姨的底细，一定是爸爸及时把消息卖给了边阿姨，所以边阿姨才会迅速入住她家。爸爸和边阿姨，一个愿打一个愿挨，说了有用吗？如今爸爸年纪大了，随他吧。

边阿姨回来不久，爸爸过生日，苏博雅和高恩平以及亲家都来了。大家进门发现，爸爸家成了小宝家的保育院，小宝夫妻全部在家吃住，爸爸帮助照看小孩，负责给一大家子人变着花样做饭。苏博雅接替爸爸，让爸爸歇着，大家热热闹闹给苏科长庆生。爸爸满面红光，高兴得眉飞色舞，他给边阿姨献上一首歌《在那遥远的地方》："……我愿做一只小羊，跟在她身旁，我愿每天她拿着皮鞭，不断轻轻打在我身上。"

苏博雅说："鸡肉凉了，我回锅热热去。"她端起大盘子进了厨房，婆婆跟过来，看见苏博雅在厨房无声地掉眼泪，她抱抱苏博雅："好孩子，有妈妈在呢。"

14

苏博雅回归自己的家庭，她发现高恩平三天两头不回来。苏博雅去跟婆婆聊天。"博雅，最近恩平出了点状况，没敢告诉你。"

"什么事儿？妈，告诉我，我帮他渡过难关。"

"他为了追求利润，弄了一批假药上市，被查了。虽说挣了些钱，但还不够罚款的呢。"

"哦，这是我的失职，光顾着照顾我爸去了，疏忽了对恩平的照顾，妈妈我改正，我回家多帮助他。”

“这我们就放心了，我们都老了，你们一定要好好过日子。”

苏博雅请假没上班，她去了高恩平的公司，她以前从没去过高恩平单位。苏博雅亮出身份，门卫保安直接把她送到总经理办公室，苏博雅叫保安别声张。

苏博雅的到来令高恩平很惊讶，高恩平一时没反应过来怎么招待苏博雅，门外闯进来一位娇小精致的年轻女子，没敲门进来的，直奔高恩平办公桌，趴桌子上，撅着屁股，给高恩平看报表。只见她低矮的前衣襟耷拉下来，露出胸脯，胸罩绷不全的乳沟冲着高恩平。

苏博雅觉得此种诱惑太刺眼，她从沙发站起身来，走到高恩平办公桌后面。“请让个地方。”

高恩平立马让开。苏博雅坐办公椅子上。

年轻女子不服气地说：“你谁呀？”

高恩平上前拉扯女子往外推。

苏博雅开口问话：“高恩平，你给我说说，她是谁？”

“我们财务室出纳员小绍。”

“小绍同志，请你出去，敲门，重新进来。”

小绍听了翻脸：“高恩平，她谁呀？”

高恩平比比画画说不出口。

“我是高夫人，有什么不妥的吗？”

小绍听了，手里的报表掉地上，她弯腰捡起，趁势走了。

“你给我解释解释。”苏博雅关上房门，斩钉截铁地说道。

高恩平实话实说：“她是我新雇的出纳员，她不长得很像李晓杜嘛。”

苏博雅二话没说，迈开步子走人。

晚上苏博雅回婆婆家，婆婆和公公想让苏博雅把高恩平领回正途。

苏博雅说：“爸，我有个办法，就是得辛苦您老一下……”

高恩平老爸重新接手“富裕药厂”，高恩平的账目被冻结。

小绍追着跟高恩平继续索要一百万元：“不给，我就到医院把你儿子打掉。”

“别别别，我想办法呢，再者说了，我爸就我这么一个儿子，他老了，钱还不都是我的！”

过了一个月，富裕药厂宣布破产转让，高恩平回去看爸妈，两位老人唉声叹气的。爸爸说：“看来我真的老了，你这不争气的东西，给我滚。”

高恩平没了职务，也没了钱，小邵却不走，她说：“离开你老爸你也能活，而且要活出个样子来。”

“你有什么办法？”

“你把你个人的存款拿出来，我们投资‘期货’交易，我表哥在期货贸易公司上班，他懂行，就是没现钱，你要是能弄五十万，我们年底准能挣回一百万。”

“真的假的？”没钱的日子高恩平一天都不想过。

小邵叫着高恩平去参观期货交易市场，晚间她表哥弄了一屋子人陪高恩平喝酒吃饭，个个都是做期货发财的主儿。

高恩平从家里偷着拿出三十万元存款，把自己的轿车抵押了二十万元，他把钱交给小邵，交易在高恩平眼皮底下进行的。

小邵得逞，人没影了。他去期货交易大厅查问，根本没有小邵表哥这个人。

在外熬了两个月，高恩平很没脸面地回了家。

“你这个傻大个呀！”妈妈拿手指头点他脑门，“你的小狐狸精呢？儿子呢？钱呢？”

“走了，没钱她就走了。哪来的儿子呀，她骗我的，钱也飞了。”

“知道错了吗？”爸爸问。

“知道了。”

“如果再给你一次机会，你会怎么做？”爸爸再问。

“擦亮眼睛，干正事儿，绝不长歪心眼。”

“你呀，得感谢人家苏博雅，舍了小钱，救了你。你爸破产是假的。”妈妈拿话点怼他。

高恩平知道真相后，回家当着苏博雅的面，“啪啪”扇自己嘴巴子，“扑通”跪下。

苏博雅把他拉起来：“你知道错了就好，以后要学会做人。尤其商场如战场，投资和赚钱，一定要稳、准、狠，但不能在药品质量上耍心眼，那是救人命的东西，千万别做亏良心的事儿，一切结果积攒着等着你呢。善缘结善报，恶缘积咒怨，咒怨多了，人还有好吗？我真的累了，以后想一个人安静地生活……”

高恩平把妈妈请来，苏博雅抱着伯母哭。“妈，我俩离了，我还是您闺女，永远是。”

伯母那个哭啊，她舍不得苏博雅。

苏博雅只有一个要求，把房子留给她，高圆回家得有住处，关键这房子离苏博雅爸爸家近，苏博雅不放心爸爸。

“孩子，以后有什么想不开的，妈这里永远是你的家，啊！”

15

安静下来，苏博雅开始想念妈妈，想念牧轩，过去的日子如电影般、潮水样涌现。苏博雅像小时候一样，有了写作的冲动和欲念。她从记录身边小事儿开始：今天开了什么花儿，青草再次翠绿，学生们闹出些小插曲……下雨了，回忆如连天水线，清凉入梦，入了心怀。听说“大唐不夜城”安排了新的表演项目，哪天去看看，人们在后现代虚拟的空间里穿梭回古代，时空在心念里是可以同时再现的吧！伤痛有时像一把钢刀，雕刻得人日趋圆润，终究涅槃。凡此种种，苏博雅把文字诉诸网络博客空间，阅览量成千上万地激增。她每天流连博客“园林”，听风、割草、播种，和护城墙一样晨钟暮鼓，仪式感满满，没有忧愁。

苏博雅整理了她的散文，出了一本回忆录，在西安成为小有名气的女作家。

苏博雅开始写小说，历时一年，《荒城》面世，俞木帮助苏博雅在北京的大学母校召开了新书签售会。

高圆、牧青青、俞婷婷三个孩子来了，牧芸也来了。很多留在北京的老校友和在校师生到场。那天的北京晴空万里，几片白云薄如纱帐，笼罩室外舞台、会场。牧芸所在舞蹈团队前来助阵，身穿黑衣和白衣的男女舞者，静如处子动若脱兔，时而临风飘摇，时而迅疾奔跑，时而坠入谷底艰难抗争，时而迎接阳光通体舒畅，他们就像划过岁月无声的语言，在音乐的表情里，恣意表达心灵的绪感。现场唯余空寂，弦外之音在舞台上翻滚、奔腾。大家还没有完全回过神来，牧芸登台，她对在场的人诉说："小说里有我哥哥的影子，我为哥哥和他的同龄人献唱一曲罗大佑的《恋曲 1990》。"牧芸独自坐在台上，拨动吉他琴弦，噼噼啵啵的琴弦声动荡摇曳，歌声反反复复渲染，把苏博雅、俞木，以及在场所有的同龄人带回过去的年代。他们在现今社会正充当中流砥柱，他们的大学生涯刻入了罗大佑的抒情，既保留着二十世纪六十年代孩子的纯真，又增添了七十年代孩子的迷茫和勇敢，他们被牧芸怀旧的歌曲弄得心潮澎湃，有人甚至泪眼婆娑。

高圆、牧青青、俞婷婷作为学生代表，上台朗读了部分章节。

苏博雅静静坐在台下，秋日的阳光染了她一身金黄。她的大学从秋天开始，她和牧轩在秋天相识，他们从秋天走向工作岗位，如今的孩子像他们当年一样年轻，只不过孩子们的思想更加活跃，思维更加富有弹性，面临的社会生存压力更加巨大。他们这些师者，用时代的纯粹给孩子们留下一道光，照亮前路。虽然有些人已经不在了，但怀念依旧在，老的风骨犹存。

俞婷婷身边跟着一位高个男生，一米八多，干净而简单的样子，俞婷婷越不理睬他，他越忍耐，黏着不走。

"我喜欢一眼看过去有故事的人，你太单纯，我没感觉。"俞婷婷把这话挂嘴边上说。男生叫聂如风，家住上海，他受了打击，把自己裹在黑色半长风衣里面，手里拿着《荒城》书本，蹩进人群。苏博雅有点可怜那小子，她仔细观察，俞婷婷这小胖丫的心思全在牧青青身上呢，牧青青长得像牧轩，千年深邃的目光，会对他心仪的女孩露出温柔的笑脸。牧青青的温柔总是对着高圆。苏博雅发现了小孩子的秘密。

苏博雅找女儿高圆谈话，高圆承认："是，我和牧青青谈恋爱呢，而且从高中我们就好上了，挺瓷实。妈你们那年代的老旧思想真害人，我和牧青青早研究过了，要是我们遇上当年你们的情况，牧青青绝对不被道德绑架，他会带着我远走高飞，挣了钱首先偿还人情债。"

"你们想得太简单，妈逃走了，你姥爷谁管？虽然你姥爷再婚，但他活着一天，你妈妈小时候的精神家园就神圣地存在一天，不可泯灭。家是什么？是一个人的来处和归所。"

"妈，家对我们这一代未必最重要，心才最重要，活着不累，'吾心安处是吾乡'。随时给自己的心灵减负，迎接美好，努力活在当下。你们那一代人太念旧，太重情义。我们这一代人，可能会有许多不婚主义者。牧芸姑姑虽然只比你小几岁，但她比较前卫，她敢于独活。"

"你妈我正在尝试独活。但是你还是要懂得珍惜，一个人在年轻时遇见一位钟情的人不容易，如果双方情投意合，请珍惜。你牧轩叔叔走后，妈想开了。如果你愿意，妈不再阻拦你和牧青青，相反，妈会鼎力支持、祝福你们。"

"我姥爷的命运是他自己走的，他一大把年纪，应该清楚自己的行为，他要为自己的命运买单。"

"话是这么说，'孝道'是我们中华民族的传统美德，你妈我必须管他，这种精神会一代传承一代。你姥爷老了只顾自己快乐，但他毕竟在我少小的时候养育和教导了我，要不然哪里会有你妈的优秀，你的优秀呢。"

"嗯，懂了，妈妈我会慢慢学习。"高圆懂事地点头。

16

俞木邀请苏博雅和牧芸结伴去他家住："我家的大房子太久没有人气啦，劳驾两位大美女光临！"苏博雅和牧芸相视而笑，同意了。

三个人吃过晚饭回家去，牧芸跟俞木要扑克牌。"这挺意外，好多年没玩小时候的游戏了，嗯，牧芸，这里真有扑克牌。"俞木说着把扑克牌拿出来，"它们已经尘封二十年了吧，上大学，我们室友一起玩来着。"

"老古董呀！兵马俑就是有底料。"牧芸打趣道，三个人嘻嘻哈哈笑闹，像三个小孩子，纷纷拿了坐垫，席地而坐，打"金钩钓鱼""抽老鳖"。

俞木做大学问行，玩小儿科游戏不在套路，他不会要尖打滑，脸上、额头上、下巴上，很快被苏博雅和牧芸贴满了白纸条。这尊有板有眼的兵马俑笑得花枝招展，笑出青春的热血和神情，眼神雪亮。牧芸咋咋呼呼，假小子似的疯劲儿，把三个人的空间搅和得如同夜晚的烟火盛会，一会儿一炸响，满室花火不断。苏博雅行云流水般的舒畅性子，如一束幽兰，照耀得俞木家"云日相辉映，空水共澄明"。

俞木看着苏博雅，痴痴的。

牧芸问："嫂夫人是个什么样的女人？"

俞木斟酌了片刻说："好女人，有独立的人格，追求自由。当初我把爸妈从西安老家接来北京享福，我老妈催促我找个北京媳妇，我们同校教书，她爸当官的，她很大气。我们都是为了结婚而结婚，生了女儿婷婷。我妈骨子里喜欢孙子，人家北京大妞不吃农村老太太那一套，找我评理，我懒得理睬，人家越来越独立，婷婷上了高中，她找了个研究课题，去法国了。"

"你还是不够爱她，要不然人家不会远走他乡。"牧芸说。

俞木这会儿像小和尚，仰着头打坐："没办法的事情，感情这东西强求不得。"

晚间休息，俞木住主卧，苏博雅住次卧，牧芸住老人房。寂静中，俞木拿着"心情戒指"悄悄来到苏博雅房间，他单膝跪下，把戒指呈献给苏博雅。

苏博雅顿时明白了俞木的用意。那种“心情戒指”代表了他们的青春岁月，牧轩曾经送给她一只，俞木的这一只一直留着给他的心上人呢。

苏博雅被俞木的真情所震撼，她一时手足无措：“你等等，我得去洗漱。”苏博雅心脏“怦怦”乱跳，既幸福又哀伤，当她退出房间，立刻冷静下来，牧轩的影子带着温柔的笑意站在她面前。

苏博雅去了牧芸的房间，她对牧芸说：“俞木他向我求婚，他占据了我的卧室，今晚我睡这里了。”苏博雅神经兮兮地钻入牧芸被子里，蜷缩着，头朝床外，睡着了。牧芸起身，蹑手蹑脚开门关门。

第二天早上，俞木醒来，房间里空荡荡的，两位美女消失不见。

毕业季来临，牧青青和俞婷婷考研留校，高圆差一分没考上，她回到西安。

高圆抱着妈妈哭。

苏博雅想了又想，她觉得有必要给俞木打个电话。

“俞木，是我……高圆和牧青青在我们双方家长的高压下，已经偷偷相恋七年，若当年牧轩不出车祸，他们两个应该是一个小孩儿。俞婷婷喜欢牧青青只是单方面的，就像当初李晓杜喜欢牧轩。我不想悲剧重演。”

“我知道了，请放心。我来做婷婷的工作。”

俞木把苏博雅、牧轩和李晓杜的故事讲给俞婷婷。“婷婷，不是两情相悦会误人一生的。”

俞婷婷被震惊到。

“那我该怎么办？”俞婷婷含着泪水问爸爸。

“我帮你办理去法国留学的手续，你去找你妈妈，开启自己新的生活吧。”

俞婷婷留学法国，高圆补缺，和牧青青留校读研。

聂如风追到飞机场送俞婷婷。俞婷婷的小胖脸露出平静的笑容。

“我将尝试着让自己有故事起来，可能我会去报考军校，磨炼自己。”

“祝你成功！”俞婷婷最后给了聂如风一个大大的拥抱。

相爱的和不想爱的人融入茫茫人海。

17

高恩平的黑色轿车从身边驶过，车窗半开着，李晓杜坐副驾驶座位。苏博雅看得真切。她突然有了一个想法，她马上给高恩平打手机，让他停车，她有话要跟李晓杜讲。

高恩平的车绕回来。苏博雅上车坐后车座上，李晓杜有点惶恐。苏博雅说：“我不是来说什么的，我跟晓杜提个要求。”

“你说，博雅姐，你说什么我都答应你。”

“到你家去，请把牧轩的物品还给我，好吗？”

李晓杜完全没有料到会是这样的要求，她捣蒜似地点头：“完全可以。开车。”

高恩平不敢多说话。

苏博雅看到牧轩用过的字典，大学时苏博雅买了送给牧轩的，还有他们都爱阅读的《普希金诗集》《资治通鉴》……它们曾经摆放在苏博雅爸妈老宅的书架上。牧轩用过的钢笔还在，他说那是他初中生日爸爸送他的第一支钢笔，他要留到老。这些话，李晓杜可能并不知情。苏博雅把牧轩的老物件收拢起来，装满大大的行囊，兜着下楼，仿佛兜住无往的岁月和恩情。牧轩留给她的回忆，每一片都是恩，够她回味。

高恩平和李晓杜帮着把东西送到苏博雅楼房里面，苏博雅轻轻关门，不多时楼下传来车子发动离开的声音。苏博雅坐在牧轩的遗物中间，再也按捺不住，放声大哭。“牧轩，听到了吗？我们回家了，回家了……”

苏博雅把家重新装修，大卧室自己住，小卧室留给高圆，客厅被改造成书房，整面书柜排满了小说《荒城》。书背反射微光，苏博雅仿佛觉得自己和牧轩会永远活在书里面，没有开始，没有分离，岁月浸满无声的欢喜，停留在灵魂深处，反复纠结、缠绵。

俞木有心事，他利用暑假回到西安，他和苏博雅站在书柜面前，厚重的历史感觉扑面而来。“牧轩是学习历史的，我学了中文改学哲学，我们这一生的知识，都留给了学生。我们留给自己的只有老去的岁月和无法回头的青春。”

“是呀，谁又能想到我这个英语老师，最后成为用母语写小说的人呢？每一个字词像牡丹的花香，馥郁芬芳，排列成满园的春风浩荡。我写的不完全是我们，而是我们的时代，我们没有五〇后的自豪感，没经历过上山下乡的艰辛和火热，也没经历过六〇后的清贫和纯真，但我们七〇后抓住了纯真时代的尾巴，青春始于九十年代，一切都在更新，日新月异，我们的青春感受到了科技爆发式发展所带来的便利和惊叹，感受到了新旧观念的强烈冲撞和日趋平和、美好。九十年代起是科技飞跃进步的时代，是思想保守和跨越分解的时代，是过去与未来的衔接点。我们的青春我们的爱，背负着祖辈的条条框框，我们不仅把美德传递给下一代，还要跟上新潮流，跟上时代的步伐，努力保有自我的坚强和勇敢。”

“跟我回北京吧，你的创作会更有前景。”

“西安，已经是我的家了，这里有过我的妈妈，她要强，自我牺牲。这里还有我的爸爸，他的晚年需要我守候，就像我小时候一样，爸妈用尽岁月守候过我。这里有牧轩，他的事业，他的痛苦，需要我给他添加快乐。我一定会坚持，留住心灵深处的家园，不让他们流逝。”

“知道吗，我看你还像是泾渭水边上的小女孩，嚷着问爸爸，泾水渭水什么时候才能融合呢？你说它们不融合很有个性，你保留了一生你内心的界限，清楚、明白，不相融。可是有一天，泾水渭水都得流进湖海，那里是生命的尽头，就让我在那里等你吧。”

苏博雅会心地微笑，没有答应也没有反对。她似乎再次看见泾渭之水清浊分明，浩浩荡荡流向远方。远方会是梦开始的地方还是梦落幕的地方？

18

俞木返京，乘坐地铁回家。呼啸的声音载着人们穿越隧道，车外的黑冥，被腹中明亮的“龙蛇”冲决，满车的生命冲开虚无的所在，拥挤和疏离，短暂相聚又不断擦肩而去，途经许久以前不曾出现人类的地下世界。

俞木凄然坐着，双手放腿上，给邻座的人多让出空隙。窗外无尽的黑暗笼罩车窗像黑色的镜子，隧道里没有霓虹的地段，黑车窗把俞木的脸庞突兀闪现。

地铁上的乘客，不断出现又不断消失。没有人注意到俞木的伤感，他泪流满面。

牧芸拥簇着一个三岁小男孩走进来，小男孩小麦肤色，大眼睛亮如星子。牧芸看见俞木的泪水。

牧芸的齐颈短发烫成小细卷，湿漉漉打了发用摩丝，脸上的妆容浓重、精秀，脖颈雪白，一看像从舞台上下来。“俞木！”牧芸叫道。俞木诧异地缓过神，赶紧起身把座位让给牧芸领着的小男孩。

“你怎么哭了？”牧芸问话，伸出右手握住高处的吊栏，小指根部戴着一枚小小的“心情戒指”。俞木看见那枚戒指。

“你一个人过？”俞木问。

“我独身主义。”牧芸答。

“这小男孩是……”

“他叫小木，你看看他长得像谁？”

俞木盯着小男孩看，惊得够呛，他差点站不稳，抬手握住吊栏。

“还记得苏博雅小说《荒城》签售会吗？那天晚上住你家，苏博雅从房间出来进了我的卧室，她无法面对你的爱，她的灵魂追随着我哥，她在我房间里睡着了。我独自到客厅静坐，我一直喜欢你，我打定主意，收养一个长得像你的男孩，守着爸妈，做自己的女王。”

俞木傻掉：“那……我能帮你们点什么？”

“什么也不用帮，我的资产足够养活我们母子俩。说说你为什么独自忧伤？”牧芸的声音充满包容的张力。

俞木突然有了倾诉的强烈欲望，他随着牧芸下车。

19

西餐厅一角，小木吃着薯条和蛋挞，俞木先对牧芸展开诉说。

我真的喜欢苏博雅，从七岁开始追随着她。

那天，西安城来的小苏博雅，穿着蓝底儿白花连衣裙，弯腰采集野花，她比蓝天上的云朵好看，比牡丹花芳香。她跟爸爸来我们船张村观看“泾渭分明”，她爸爸向我问路。我被小苏博雅的气息惊到，我是农村小孩，穿着深色肥腿四季裤，军绿窄小上衣，害羞而好奇的脸孔不白，但我眼睛大，亮如星子，像小木一样。我不由自主地前行带路，只为偷偷观看小苏博雅，听她甜而脆的声音，寻觅她花骨朵般的笑脸、小鸟一样的雀跃身姿。从小苏博雅那里顺过来的风，带着复杂的讯息。小苏博雅指着泾渭水交汇处说，这边绿，那边黄，很有个性。“有个性”这个词汇，我从来未曾想见，它令我熟悉的家乡风景顿时不一样，我透过小苏博雅的视觉看周围，坡上的青草片片含露，闪亮无数的小太阳，青草下的土地和人一样呼吸，无尽的泾渭河水仿若飘带，颜色不一的两条带子飘向远方，声势浩大。以前从没注意到这么多不寻常，所有的微妙在觉醒。

小苏博雅的出现，使我开始想象外面的世界，我对她的来处神往，我想我上学一定好好学习，将来到西安城读书，兴许能遇见她。没有什么困难能摧毁一个少年的初心，西安北郊的船张村和高陵县之间，每到干燥季节，黄土路暴土扬长，羊群“咩咩”温驯踏过，风吹来难闻的气味。我在路边喝白水吃干馍，全不在意，我把脸转向无际的田野，眯缝着双眼面向阳光，开心地笑。

我考上西安重点高中，带着执念，打量班里的同学，我的运气真不错，喜欢把马尾发甩来甩去的前桌女生蛮有个性，她回头，白云朵的空灵和牡丹花的香气，弄晕了我。

“你就是看‘泾渭分明’的女孩？你说泾渭水有个性！”这是我上高中和苏博雅的第一次对话，我们高中一共说过四次话。

苏博雅清亮的眸子泛起惊奇，她仔细打量我：“你是泾渭水边的男孩？”

“是我，是我。”

苏博雅转回头去，我在心里一千声一万遍地狂叫，我找到她了，我的女神，她从云端而来，出现在我的眼前。我不知道该怎样讨好她，毕竟我从农村来，腼腆，不善于表达，我把所有的欢呼闷在心里，我的脚趾头甚至在几元钱一双的胶鞋里收缩，心里却澎湃流淌成诗行：你踏着微凉的露珠而来，水边的白鹭为你飞舞，你月色般凄清的吟唱，占据我无数的梦境。我竟然可以写诗了，我买了笔记本，像作速写画一样，每天想到什么写下什么，都是短短的诗行，大多由苏博雅引发感想。苏博雅甩动马尾发，我便能看见无尽的草原，骑在马背上的女子飞奔驰骋；苏博雅静静看书，我便能感受到星辰大海，我愿意摘一颗小星星，照耀苏博雅宁静的面庞。我每天小心翼翼地关注苏博雅，这份心思不曾对任何人讲。

语文老师非常欣赏我的文才，鼓励我学习文科，将来考取中文系。

我学不学文科，取决于苏博雅，我必须再次开口：“你想学文科还是理科？”苏博雅回头答话：“文科。”那我就学文科了。

高二高三，我和苏博雅一班，而且同桌。我回家去泾水和渭水边取了水样，装在两个小玻璃瓶里，送给苏博雅。“这礼物挺特别，有创意。”苏博雅说着把玻璃瓶放课桌里，她不想让别人看见。下课了，我跑出去和男同学打篮球，听见上课铃声返回教室，发现苏博雅独自坐着，低头摆弄手里的玻璃瓶，同学陆续进来，她马上把瓶子藏起，我看到她的举动，慢慢入座，脸上带着不易察觉的笑。那节课，我似乎感觉得到，我和苏博雅之间有秘密的亲切在流动。

苏博雅递过来一张纸条：你绕行了很远才弄到泾水和渭水吧！我在纸条背面回复：我觉得挺有个性。

真奇怪，不就是水嘛，放一起肯定立刻混合，怎么在山野，河流汇合的时候，那么讲究各自的轨迹。惯性吗？它们以惯性沿着各自的方向前行！苏博雅从桌面推移过来更大的纸条。我从小看惯了泾水渭水，我喜欢苏博雅的发现和猜想。我在纸条背面点了六个点。苏博雅诡秘地笑，我憋着笑，笑声在我的肚子和气管里呼呼窜动。

填报高考志愿的时候，我们再一次开口交流。“你报哪所大学？”趁着班级里声音嘈杂，我问苏博雅。志愿单被推过来，我照着填写了自己的志愿。苏博雅把自己的志愿单拿回去，不转头，轻声发起邀请：“一起看天安门，逛故宫！”

“一言为定！”我狂喜。

知道吗，就这样我们一起考入北京后海附近的大学，我们寝室八个人，有你哥牧轩，你哥说：“天安门和故宫我们不急着去，我不妨带你们去国子监看看，它始建于元朝，是皇帝祭祀孔子的地方，也是古代最高学府。”

你哥比我长得白，喇叭裤、长头发，新潮、有趣，而我中山装，害羞、局促。你哥的出现惊掉了我的魂魄，他在国子监的风采，抢走了我默默追寻和守候的苏博雅。苏博雅长发披肩的样子很迷人，一头长发凄清地甩到脑后，她的个性早已传染给我，我的性情里也生长了苏博雅的固有情怀。我还没有来得及向苏博雅表白呢，即使表白了，苏博雅遇见她的真神，一样会走。我只能把自己的心折叠了再折叠，压低了欲望，注视着她，继续默默守护，陪着她笑，看着他们幸福。

牧轩出了车祸，娶了李晓杜，我似乎看到了希望，但是苏博雅不肯离开西安，离开她所捍卫的家园。此后，我陷入一场婚姻，可是我的内心，昼夜流淌着故乡“泾渭分明”的水流。我和妻子逛街，走着走着竟忘记自己，“等等我！”妻子经常在后面喊我。

我母亲跟我抱怨：“你媳妇也不给我生个孙子，对你也不关心。”

我无力调节，我对妻子不上心。

“你的心根本没在这个家里面，我们好像生活在两个世界，我该走了，去法国。”妻子的话我不表示反对：“好啊，要保重。”

“想离婚随时通知我。”妻子留给我明确意见，我僵在那里，不进也不退缩：“我一个人带孩子没问题，婷婷已经大了，你放心，谢谢你，照顾好自己。”我非常友好，我一直无法给予她应有的热烈，她自立而出逃。

我妻子最后说：“我穷尽半生无法征服你。”

我释然。

苏博雅和高恩平离婚后，我再次燃起了希望，我追到西安，咫尺之间，苏博雅依然和我不相融。老家高陵县已经变成西安的高陵区，船张村的爸妈已经不在人世，我无须牵挂老家，我的故乡变成苏博雅。我必须返回北京，这里有我的事业，我的学生，但我的心已经收不回来了，它留在走不回去的泾水渭水之滨。

俞木说完这些，大眼睛雕塑般深沉，泛着空洞和炙热。

20

牧芸开口了，声音带着嘶哑。

还记得我第一次叫你兵马俑吗？在国子监，你呆呆地看着苏博雅和牧轩，我围着你转，逗你开心，可你眼前根本没有我。那时候我突然觉得，这个男人古董、沉稳，不多得。

我们回了家，小院子里搭着葡萄架，葡萄成熟了，你摘下一串吃，“微酸”，你说。一张圆桌放在藤下，我们打扑克、吃饭。墙根一排石竹花，花朵不是很大，各个平面展开，从花心到外延，颜色层层变换，有粉色系、白色系、紫色系，你蹲过去看，你说你喜欢紫色系，那种孤芳自赏的颜色，我在旁边揣摩你。

大家都不会喝白酒，我们还是就着烤鸭和甜面酱喝了一瓶二锅头。那天你不是十分开心，神情恍惚，最兴奋的人是我哥，他的历史故事从秦皇汉武讲到曾国藩。你给我们背诵张若虚的《春江花月夜》，你背诵到“江畔何人初见月？江月何年初照人？”你停顿了一刻，似有哽咽，我托腮仔细看你，你却仰头望月。天上一弯上弦月。

我不知道你们文人理解的圆满是何种境界，我单记得戏文里的唱词“问世间情为何物”，我跟你索要“心情戒指”，你不给我，我自己买了一只，很小，戴小拇指上，我一直在等你给我一只。

人生还需要什么呢？苏博雅和牧轩那么相爱的两个人，没能逃脱命运的翻云覆雨手。我真够幸运，有小木陪伴。

还记得那时我最爱唱的歌吗？《恋曲1990》，罗大佑的。我在后海酒吧的台上弹吉他演唱，你们坐下面喝咖啡听，我曾经以为我们就是最时髦的时代弄潮儿了。旧时光啊，“人生难得再次寻觅相知的伴侣，生命终究难舍蓝蓝的白云天。”你的白云天是苏博雅，我的白云天是你，苏博雅和牧轩才是真正相知的一对儿。

牧芸的眼泪无声流下，打花了妆容。

我爱喝咖啡，却不敢多喝，怕睡不着觉。演出之前会喝点，高兴的时候喝猫屎咖啡，不太苦，有点甜；不开心的时候喝海盐咖啡，想象大海的味道，海涛淹没了你我。

还记得你和牧轩勤工俭学的事情吗？你们把我家里的小人书装纸盒箱里，你俩抬着去美术馆门前的东四西街儿，在人行道上摆地摊，五毛钱看一本，你们把小板凳让给顾客，你俩站着。我和苏博雅去找你俩的时候，远远看见秋天的黄叶飘落地面，你像一尊彩色的兵马俑，有个性地独立世间，你不知道我有多么迷恋你。也许你永远觉得我是没心没肺的小古怪，不走寻常路，凌驾于生活之上。我是在默默等你呀。

你们挣了二十几元钱，我们四个人去什刹海吃炒肝儿和茴香馅包子。炒肝儿泥染了牧轩嘴角，苏博雅清清凉凉地给他擦拭，你吃牧轩的醋，我也故意把炒肝儿泥弄脸上，你不管我，我去拉你的手，叫你帮我擦，你甩开我的手，看着苏博雅发呆，我吃苏博雅的醋。

你其实和苏博雅太像了，你们永远像泾水渭水两条河，各自保有个性，相汇不相融。你们什么时候能正视黑白之外的灰色地带，才会有未来。牧轩很勇敢，他贯彻了“外圆内方”的处事原则，唯独内伤了自己。

牧芸把手伸过去，握了握俞木的手。

“我该走了。每个执着的灵魂都需要独自守候。每个人都有可能是另一个人的翻版，独自前行，相逢不相融。”

牧芸牵着小木的手离去，小木回头看了几眼呆坐的俞木，向他眨眼睛。

俞木依然坐着，他看着牧芸和小木的背影消失不见。

发表于2023年12期《北方文学》

荒 城

“我像玫瑰，只深情地开放一次；我像冰雪，你等着我融化的声音。”

我把母亲张晓娟的这段话手写了，装镶进小镜框，郑重摆放在小卧室我父亲的书桌上。母亲和养父多臻即将成婚，立城市这所楼房是他们的小寝宫，多臻已经在立城县老家准备了带庭院的别墅婚房，还有一场隆重奢华的婚礼。

过了暑假我回北京，继续硕士学位学习。程程在国外的大学毕业，她会很快归国，他们全家正好能参加母亲的婚礼。我和程程的感情日见深入，我希望我们的故事不要像父母，历尽艰难不舍的生死情劫。

听说“书呆子”和“小仙女”也来参加婚礼，我问他们是谁，多臻不开口，张晓娟告诉给我：“不过是遇见爱情了吗，有什么不好说的。”

父亲和母亲的日记静静躺在抽屉里。我知道了一切。

一

从多臻出狱开始吧。

每天下午三四点钟，诊室的门敞开着，不再有患者排队往里挤。走廊清静，小助理离开座位。张晓娟站起来活动活动身躯，倒杯热水放温了喝。她白净的脸上带着冷静的温柔，一头齐颈短发，年轻时的保留发型，头帘收拢起来，露出光洁的额，脸孔显得长些，下巴有点尖削。此刻她眼神明澈，不藏心思。

手机铃声响起，陌生的号码，她接了起来。

“是我，多臻，我出来了，在你单位楼下……”

张晓娟定在那里。如果说有一道闪电划过，炸雷刚好穿过胸膛，剩下的不复完整。

咖啡厅里人不多，老歌《何日君再来》生涩地缠绕着，历尽岁月的歌曲总有些怪，把发生过的事情前后打结穿成串，让人寻味自己的忧伤在哪个点上。及膝黑色裹裙，纯白色领口镂花衬衣，挎着坤包，张晓娟走了进来。她穿过前厅，微笑致意服务员的问候。她依然苗条，两条白皙的小腿裸露着，双手纤嫩，脸孔高贵典雅，大眼睛灵秀，眼波笃定。她稳稳当当走进正厅，高跟鞋一步一步敲打地面。多臻对着张晓娟走来的方向靠里候坐，他脸孔有些浮肿，茂密的黑发变得稀疏，现出几绺青灰，永远睡不醒的细眼睛渗出泪花。多臻惊呆了的表情，他向前欠了欠身子，站起来一些，复又颓然坐下，拥抱的姿势亦收住，脸上挂满自责和歉意。

多臻略显苍老。

张晓娟安静地在多臻对面坐下，她腰身挺直，多年养成的职业习惯，双手自然放桌面上，面前少了一台工作电脑和一支笔而已。多臻含泪默默看着张晓娟，张晓娟微微仰起脸，手指尖在眼角那儿压迫了一下，缓了一会儿，打手势让多臻把桌上的纸巾筒递过来，眼泪不争气地顺着鼻孔流下，止也止不住。张晓娟握着纸巾“呜呜”哭出声来。

八年了，她的痛没有人敢碰，她也不会跟别人说，亦没有人可以倾诉。

多臻从程思哲那里得知，阿城的死，张晓娟与程思哲决裂。程思哲条件好，不缺女孩子追求。张晓娟在落寞中和医院的男医生组成家庭。程思哲说：“也许家可以缓慢地安放她的无措和伤痛吧。她的爱已经在阿城那里死亡。”

张晓娟的哭声打破了多臻的拘谨，他突然恢复到从前的灵活，忙着递纸巾，忙着叫咖啡。

“给我的咖啡多加点糖。”多臻对服务员说。“我的不放糖。”张晓娟提示。

“生活对我来说太苦了，能重返人间，我一定记得给咖啡加糖。”

“生活就那样，我学会了品尝它原有的滋味。”

他们的对话如此开场。

多臻掏出阿城的小录放机，张晓娟送给的那个，掏出木本色封皮的笔记本：“这是阿城留下的，他入狱前嘱咐我出去后，把这些拿给你。”

时光好像从来没有开始，张晓娟翻开笔记本，阿城的字迹，龙飞凤舞，像他本人一样俊逸多姿。

月色恬静，满天空的星星眨眼睛，孔蓝色的天幕，深邃不可见底。校园尽头的护院树浓密疏斜、影影绰绰，夜虫的叫声针尖一样潜伏在黑暗里，细听，阿城能感受到万物的呼吸。无人的境刻，阿城把灵魂交给校园，他的分身在沙粒上起舞，草叶抚弄皮肤，风中的影子身姿矫健、伶俐跳跃。阿城指节在动，眼神流转，周身散发活力，一种敏锐的快乐神秘地闯进心扉。

“阿城……”胖子多臻的喊声从校门口传来，像吃饱的填鸭，处在变声期。

阿城打了个响指：“快点！”多臻已经略带喘息追上来。

阿城一米八，高挑、直溜，顶着满头短寸，他一拳打向多臻肩头，多臻“噢”的一声，阿城的大手已经从肉堆里弹回来。“真够劲！”多臻以颈椎骨为轴心做了个头部回旋，正正微胖的身体。他显得比阿城壮实，但比阿城矮半头。阿城拿半张脸对着多臻，躲避多臻热烈的目光。阿城的漂亮脸孔，高鼻梁男性化十足，下巴中心有条美人窝，垂下眼睑两排长长的睫毛，心不在焉睁开眼睛，两颗明亮的黑眸子能把人迷幻般摄住。多臻仰着花痴笑脸看阿城，他的单眼皮这辈子怕是睡不醒了。

“今晚有什么秘密武器？”多臻问，阿城不告诉他：“一会儿见。”

阿城随手把多臻浓厚的头发揉乱，“这样有型。”阿城拥着亲弟弟一样，他们有说有笑奔向教学楼亮着灯光的教室，高考已经结束，今晚他们班开毕业晚会。

同学们的课桌椅沿墙四周摆设。阿城把磁带放进录音机，手指泛着灯光，很有艺术范儿地按下播放键。他鹤立挺拔，沉默地站在教室中间，黑衬衣，衬衣下摆掖进黑筒裤，脚下黑皮鞋。阿城微微颔首，双臂胸前交叉，像块磁石。“哇！”女生发出惊呼。

音乐似邈远的外太空飞船，带着魔幻以金属质穿梭，猛然划进大气层，剧烈震荡，冲撞燃烧。阿城随着激烈的鼓点，步子越走越玄妙，越精彩。男生蓦地拍打桌椅，各个情绪激昂。多臻惊得鼓圆了腮帮子，然后缩回原貌连喊带叫：“加油！加油！再来一个！再来一个！”阿城的大眼睛收敛光芒，平静投入到外太空遨游、攀爬。他的关节轮轴般灵活，回转、舞动、飞翔。眼前流连同学们欣喜的脸，老师赞许的微笑，阿城浑身的细胞都跳动了起来，太空步——霹雳——闪电。

毕业晚会推向高潮，所有人拥进场中，没形没状地跳跃，彩色的拉花被扯下，复又扔回半空。糖果落了一地。阿城出尽风头，眼光闪亮，洋溢着青春的色泽。

“棒极了！”多臻说着，越山过海地挤过去，和阿城击掌和鸣。

闹到半夜，晚会尽兴而散。男生从情绪上受到感染，争着标榜豪情万丈，三两一伙儿护送女同学回家。阿城家离学校最远，只有文艺委员张晓娟同路。张晓娟平时爱说爱笑，长着一双沉静、机灵的大眼睛，她的一头短发茂密、柔顺，前额一排齐刘海。张晓娟有阿城嘴角那么高。阿城上课坐最后一排，张晓娟坐中排，他无数次试想过，如果他用修长的大手摩挲摩挲张晓娟茂密、柔顺的短发，会是什么效果，像小猫咪袅袅的？还是像小奶狗凶巴巴的？现在张晓娟的头挨得很近，阿城除了大谈特讲，放肆的心乖乖地收拢起来。阿城时而偷眼看去，光影在张晓娟头发上随时跳耀。月光混合了路灯光，柔和清晰地逆行，勾勒着张晓娟小巧的鼻翼和轻盈的侧影。好美的画面：青蓝色调，一个生机勃勃的女孩子，甜甜地朗笑。

阿城看呆了，语塞。张晓娟的话多起来。

“你知道方季惟吗？”张晓娟眼波清亮。

“知道，《怨苍天变了心》很凄美。”阿城带了叹息。

“你喜欢谁的歌？”语音儿脆脆的。

“齐秦——我是一匹来自北方的狼……”阿诚说着唱了起来，磁性的男声滑翔进夜空。

张晓娟“咯咯”地笑。“齐秦还有一首歌……”

“《外面的世界》。”两人的话语撞击到一起，火星惊讶地撞击了地球。

“你唱我听！”

“你唱我听呗！”

调皮的嘴仗没完没了。阿城感觉不错，先歇了嘴，双手插裤兜里，听张晓娟娓娓而谈。谈舞蹈，谈艺术，谈新潮流。

阿城抬头，满天空的星星，一颗颗挺可爱，像人的眼睛，撩动心情。不知不觉张晓娟已到家门口，阿城说了句“明天见”，拐进自家胡同。

阿城的小屋开着窗，过了午夜好清凉，如水的月光洒在吉他弦上，泛起一排青光。阿城随意拨弄了几下，便仰身躺在床上。窗外的星星依然闪烁，悸动着，远近疏密地洒播。阿城总觉得那星星是人的缩影，他自奉自己的星象学，每天读来，有同学、有家人、有前途和理想。也许是凉爽袭人，或是别的什么，一股莫名的怅惘油然滋生，阿城关上窗。

恍惚间，同学们姗姗而来，又姗姗而去，阿城和多臻参加了立交桥建设。大桥竣工了，成为全县著名的风景。大家一起跳舞庆贺，电视台的记者忙着找角度拍摄。冷不防从迎面高楼掉下一块儿东西，砸在阿城身上，阿城一机灵——醒了。多臻站在床前：“哥们，别睡了，太阳快当头了，说好了到程思哲家过周日，快起来！”

程思哲是家里的独生子，程爸爸当医生，妈妈就职文化馆，家里艺术气息浓厚。屋子里已经聚集了几个人，张晓娟临窗在弹奏钢琴曲《维也纳森林的故事》，小约翰·施特劳斯的杰出作品，描绘了维也纳郊外森林早晨的自然风光，曲调欢快、亲和。奥黛丽·赫本在电影里提着裙角跳过这曲舞，精灵、高贵。阿城和张晓娟在文艺小组学习时，合作过这曲双人舞。那时年少，两小无猜。现在听到老曲目，勾起阿城的怀旧心绪。

阿城一进来，他们都显出特别高兴，昨天晚会的激动表情重现。

张晓娟建议再来个小型舞会，多臻却说不如到郊外划船野餐一顿，一时间争执不下。多臻的双手举成丁字形喊话："暂停。"

"我主张投选票，给我们的聚会选出王子和公主，一切活动由王子和公主决定。"多臻的提议当即被采用。王子——阿城，公主——张晓娟。所有的人一片欢腾。

阿城左手背向身后，右手伸出，彬彬有礼地略微弯腰做出姿势："请公主指示！"

张晓娟稍稍有点害羞，转而镇定，像她平时指挥同学文艺演出时那样，镇定大方："今天上午小型舞会，下午野外会餐，不过明天得去打扫教室。"

程思哲家有圆舞曲磁带，阿城邀请张晓娟跳第一支舞《维也纳森林的故事》。

他们的舞步并不陌生，阿城高大帅气，张晓娟轻盈灵动，两个人翩翩旋转，时而像林中的两只小鸟，时而像水面上的两只天鹅。阿城专注地看着舞伴，正值青春芳华。张晓娟在阿城的带动下，几个原地转身，白底碎花的裙裾开成花朵，纯白色娃娃领半袖上衣似花心，两人停止在半倾之间。张晓娟灿烂的笑脸对着阿城，黑发如瀑。多臻和程思哲看呆了，程思哲抢前一步，邀请张晓娟跳第二支舞。

下午阳光明媚，他们在凤庭湖边安营扎寨。程思哲从家里带出来的吃食、啤酒足可以满足大家的需求。

阿城和张晓娟散步到远离人群的地方席地而坐。

阿城说："我和多臻报考的都是建筑工程学院，我梦想着山川、河流、城市被人类修整得合理且完美。"

张晓娟说："我报考的是医科大学，我喜欢冷静地治病救人。"

"能拯救灵魂吗？"阿城问。

"那得看情况，心理医生或许行。灵魂，得靠自救吧……"

阿城双手向身后撑地，拄着上半身，嘴角的草茎上下抖动，他望着远处的蓝天白云、幽静的湖水，满眼陷入沉思。阿城转头看一眼张晓娟，张晓娟也转头看他，两个人的目光无所畏惧地探向彼此，像清澈的湖水蕴含深意。张晓娟甜美地笑，阿城抓住一颗小石子弹跳起来，斜着身子把小石子扔了出去，击碎平静的湖面。

阿城一大早来到学校，先和多臻几个男同学"嘭嘭"打篮球。快八点钟时，女同学五颜六色的裙子盈盈闪入校园，张晓娟还是那身素雅的白衣裙，在众多颜色里反而显得亮丽。她远远地喊阿城他们："进班级劳动了！"旁边的多臻眨巴眨巴眼，讪讪地推了阿城一把："喂，蛮不错的女孩，抓紧追呀，别飞了！"阿城猛地把手中的篮球砸过去，多臻咧着嘴想说什么，忍住了。

教室里保留着毕业晚会现场的凌乱状态，大家把杂物清理出去，桌椅还围在墙壁四周。空旷的教室中央，人可以随意走动，阿城画的晚会黑板画充满梦幻：身着蓝色长斗篷的少年像阿城一样英俊，仰手满天星光，星光下百花齐放，花丛间拥簇着无数个长翅膀的小天使，天使的每张脸孔代表一个同学。

大家站着看了一会儿，眼底无不露出留恋的酸涩，都抢着以黑板画为背景照相留念。

阿城、多臻、程思哲、张晓娟四人合影的时候，阿城一把拽过来多臻，张晓娟把程思哲塞到阿城另一边，程思哲比多臻高，但比阿城矮，张晓娟挨着比她高一点的多臻，四个人规规矩矩地站立着，表情不温不火，像每天上课的样子，相片"咔"地定格。第二张相片大家提议他们活跃点，阿城双臂搂住多臻和程思哲，三个人跳了起来，张晓娟仰头看着高处的阿城，阿城的眼神留意着张晓娟，多臻和程思哲瞅着镜头，四个人张开嘴巴开怀大笑。

二

最早开往省城的火车六点多钟，阿城五点钟起来了，他约了多臻到火车站。阿城和多臻都没有考上省城的建筑工程学院，张晓娟却考上了医科大学，程思哲考上了政法大学。未来张晓娟和程思哲将在省城继续读书。

程思哲穿浅灰色风衣，戴黑框近视镜，脸很白，显得睿智。张晓娟着黄咖色小西服上衣，黑色西裤，显得苗条、优雅，经过了暑期，她似乎成熟了些。阿城和多臻始终站在广告牌那儿默默等候，远远看着检票口，阿城并不急着过去话别。多臻忍不住走过去帮张晓娟拿行李。张晓娟空下双手赶忙跑到阿城跟前，阿城带点倦怠的烟火气息，外罩一件黑夹克衫，人显得瘦了，脸上挂着淡淡的颓废。张晓娟不放心地叮嘱他要振作起来。过检票口时，张妈妈嘱咐程思哲一路多照顾张晓娟。多臻把张晓娟的行李一股脑地推给了程思哲。

火车卷着秋风“轰隆隆”远去，剩下一地秋天的落叶。阿城追到站台滞留一阵，站台上除了乘警少有人迹。多臻劝说：“莫不如我们沿着铁路走回家去吧！”多臻的父亲时任城建局长，多臻告诉阿城，城建局要通过考试招收应届高中毕业生，他们虽然考不上建筑工程学院，可以通过地方招工，早点投入城市建设中去。阿城说：“你考吧，我改主意了，我子承父业，去我爸的汽车修配厂打工。”

阿城以前最讨厌他爸爸的修车工种，天天趴地下，这拧拧，那看看，虽然挣得多，但衣服总造得很脏，“没出息样儿”，阿城厌厌地说过。

多臻欲言又止，阿城已独自走向铁轨。

“十一”之后的第二个周六，早饭刚过，同寝的告诉张晓娟楼下有人找她，很高很好看的男生，开车来的。张晓娟脸一红，飞快地下楼，像飞向天空的小燕子，麻利而轻快。

楼下主甬道那儿，阿城戴着墨镜，穿了件米黄色外衣，内里一身黑，倚在吉普车旁，四处瞭望呢。张晓娟恰巧穿了件绿色毛衣、深灰色萝卜裤，和阿城的行头挺登对。张晓娟笑了，飞也似的跑过去。“别急，别急，我的小公主，看我给你带什么来了！”几日不见，阿城学得会说话了。有家乡的苹果、板栗，还有张晓娟爱吃的栗子羹，外带一个半人高的布娃娃。“哈哈……”张晓娟兴奋地叫着抱起布娃娃，原地转圈，一张白净的笑脸比先前白靓，头发甩得飞起来。阿城心里暗笑，果然小女生过不了这一关，喜欢洋娃娃！

“说，你想去哪儿玩？我开车带你去。”

张晓娟仔细想了想：“我想家了，我们回家爬凤庭山吧，你别嫌远。”

“得令！公主请上车。”

天气好得出奇，秋风尚且不冷，漫山红染。谁也不知道张晓娟坐着阿城的车回到了家乡，两人找了熟悉的餐馆吃了中午饭，驱车直奔凤庭山。“上高中的时候光顾着学习了，真想登顶凤庭山！”张晓娟瞧着开车的阿城热切地说。“有我护驾，一切没问题！”阿城望着前方，语气豪迈，一脸欢笑。

上山途中，遇到陡峭，阿城伸出他有力的大手，稳稳抓住张晓娟的小嫩手，把她把持住，牵引张晓娟一小步一小步地走出险境。山上的大石头很奇怪，有的像人，有的像动物，张晓娟到了平坦的地方学作大石头的长相搞怪，阿城看小兔子似的，满眼温驯、爱慕。张晓娟的笑声清脆，阿城兴奋地攀上一面陡坡，蹲在上面不下来。张晓娟急了：“快下来！下来！”阿城好胜地在坡顶待了一会儿，摆出各种造型，什么“向前进”“沉思者”……张晓娟笑得开心，打手势召唤阿城。阿城过足了好玩儿的瘾，才从陡坡下来。张晓娟不断地问：“你累不累，累了就歇歇。”“你别累着就行！”阿城的话语温柔。

越往高处危险的地方越多，阿城保护着张晓娟，他们顺利登顶。

“一览众山小！张晓娟、阿城到此一游！”到了山顶，张晓娟张开双臂，大声呼喊。他们大口呼吸清新的空气，并肩坐在山顶一处僻静的角落，静静坐了很久。山风如诉，空气似水，阿城觉得他俩像山巅的两条鱼，畅快淋漓。山巅之上，虚怀若谷，语言变得多余，对新生活的驾驭能力考验着他们。绿意中涌现出太多的明黄、火红、烟紫、亚麻焦糖色，山里的小动物在他们看不见的某个地方生息，他们就那样静静地坐着，偶尔阿城俊俏的脸朝向张晓娟，含笑看她，生怕她跑了似的。张晓娟的发丝吹拂到阿城颈项，痒痒的。

天擦黑，他们动身下山，阿城不自觉地拉着张晓娟的手，张晓娟欣然接受。半途，张晓娟的脚崴了，阿城让张晓娟坐下，阿城蹲着，他捧着张晓娟的脚踝细细地揉，张晓娟小声“哎哟”。

阿城问："天黑了，你怕不？"

张晓娟说："有你我不怕。"

阿城转过身背对着张晓娟蹲下："来，我背你下山。"

张晓娟站起来试着走了几步："疼。"她乖乖地趴阿城后背上。

阿城顿时感觉到张晓娟胸口的温度和心跳，他的心脏剧烈地跳动，怦怦有力量，那一刻他觉得这一生都不要放下"公主"才好，"王子"要努力修车，多挣钱，弥补他们之间的文化差距，他要像个真正的男子汉，给"公主"撑起一片天地。

到达山脚，张晓娟不情愿地从阿城后背下来。

"舍不得了？"

"嗯，怕你累着。"

满天繁星拱月，太晚了，张晓娟提议："不能回家去了，妈妈会不放心的，我们原路返回学校。"校门口小饭馆里灯光昏黄，笼罩着尽兴而归的人儿，气氛甜滋滋的。学校过了晚十点关闭大门，为了不找麻烦，他俩回到车上，张晓娟坐后座上睡着了，她太累了。阿城悄悄打开后车门上车，坐在张晓娟身旁。他把自己的外衣给张晓娟盖上，他凝神看了好一会儿，嘴角浮着笑，看不够，他的唇轻轻沿着张晓娟茂密、柔顺的短发吻下去，张晓娟皮肤里渗出的奶香迷醉了他。张晓娟身子一歪，睡在阿城肩头，阿城小心地扶住她，不敢合上眼睛。

天亮了。"下个月的第二个周六我还来看你。"阿城说着亲了一下张晓娟的额头。

"不见不散！"张晓娟调皮地要求着。阿城看着张晓娟三步一回头地进了校园。

约好的时间到了，阿城兴致勃勃地开车前来赴约，张晓娟室友告诉他，张晓娟母亲昨晚病了，她回家去了。

病房里，张妈妈睁开眼睛，手术很成功。

张晓娟跪在母亲床前，看到母亲苏醒，她擦干眼泪，笑着叫了声“妈”。昨天晚上，张妈妈急性阑尾炎，已经穿孔，必须马上手术，手术存在一定难度和风险。张晓娟接到通知，吓坏了。已近深夜，张晓娟立即给程思哲打电话，程爸爸是外科主任，技术娴熟。“麻烦你给你爸打电话，救救我妈，我只有她一位亲人……”张晓娟说着哭了，程思哲劝她：“我这就给我爸打电话，我们火车站见。”

绿皮火车“咣当咣当”，张晓娟一夜未眠，程思哲陪着她，天亮到家。

程爸爸昨晚加了夜班，没咋休息，下午过来查房。张妈妈嘱咐张晓娟：“一定要好好谢谢程爸爸，谢谢程同学。”程爸爸说：“你要好好休息，有医生在你就放心，你的女儿很优秀呀，医院的好苗子！”张妈妈说：“晓娟，和程同学好好交往，程同学将来前途无量！”张晓娟听话地“嗯嗯”着。阿城正好赶来，他预定了鸽子汤，买了一大束鲜花，捧在手里走到门口，从门缝儿耳闻目睹了一切。张晓娟有难事儿，出现在她面前的男主角不是他阿城，而是程思哲，阿城的心里陷入灰暗。他没有走进病房，而是把礼物放在病房门外的椅子上，垂着头下楼去了。

多臻气喘吁吁地跑上来，跟阿城撞个正着，多臻见阿城脸色不好，反问：“张妈妈没事儿吧？”

“没事儿。”阿城有气无力地应着，独自往外走。

多臻进了病房，告诉张晓娟阿城来过，张晓娟追出门口，看到鲜花和装在瓦罐里的鸽子汤，汤水奶白奶白的。

张晓娟护理了妈妈九天，返校。情况经过多臻传话，阿城清楚。阿城责怪张晓娟遇到困难时为什么不第一个通知他，她张晓娟根本没拿他阿城当回事儿！生气归生气，张晓娟才走一个星期，阿城就开车去省城看望张晓娟去了。

到达校门口，阿城坐在车里等学校六点钟开大门。他猛地看见程思哲扶着张晓娟的手从外面走向学校，张晓娟身上还披着程思哲的军大衣。阿城马上下车，张晓娟看见了阿城。张晓娟很惊讶，她问阿城：“你怎么在这里？”阿城笑了笑，话说出口变成了谎言：“没什么，我等一个朋友。”

“没什么？那我可进去了！上午班级有活动。”

阿城讷讷地说：“真没什么。”

程思哲一脸迷惑，说了声：“那我也回去了！”

三个人在校门口莫名其妙地分开。

阿城不知道，张晓娟在家护理母亲时，没休息好，也没吃好，着凉了，回学校后肠胃不适，昨晚发烧，下半夜高烧39℃多，她只能就近给程思哲打电话，程思哲接她去的医院，怕她冷，给她带了军大衣。打完针，张晓娟有针眼的手被点滴液冰木了，不舒服，她在半空中伸着那只打针的手，身上没力气，程思哲轻轻搀扶她一下。

阿城流着泪开车回家。之后他又去过几次张晓娟学校门口，看见一大早，程思哲捧着个背包进校园，隔了一会儿，张晓娟送他。阿城起了疑心，从此再没来找过张晓娟。

张晓娟的肠胃炎不爱好，到医院确诊，肠易激，需要长期调养。张晓娟学校早上不卖小米粥，程思哲学校有。程思哲有心，每天早起，到食堂打了小米粥，给张晓娟送去，来回要走一个多小时。张晓娟表示：“太过意不去了。”程思哲说：“没关系，正好锻炼身体，你快养好了，别让你妈知道了着急。”

张晓娟肠胃不好没敢告诉妈妈，多臻有时奉阿城的命令去看望张妈妈，没探到风声。多臻问程思哲：“你是不和张晓娟谈恋爱了？”程思哲反驳：“没有，没影的事儿。”

程思哲大学四年毕业，分配到立城市法院上班。他央求爸妈在省城租了房子，他在省城和立城市之间跑通勤。他每天早上熬小米粥，继续给张晓娟送粥。休息日，程思哲下厨房，请张晓娟来家里吃饭。张晓娟的肠胃渐渐康复，张晓娟敢吃冰点了，敢吃辣椒了，程思哲露出开心且放心的神情。他自己弄点小酒，喝一口，对着张晓娟表白：“庆祝我们共同度过了人生中的一个个里程碑……”

过了一年，张晓娟也毕业了，她到立城市的医院上班。

程思哲和张晓娟一起回来，他们请了一些高中同学聚会，程思哲当着大家的面宣布："下个月，我和张晓娟结婚，请大家来捧场！"

阿城看到张晓娟和程思哲站在一起，就有种不祥的预感，当他的猜测成真，他趁别人不注意悄悄溜走。他默默回到汽车修配厂，没有泪水，没有表情，他拿起一瓶分解螺丝铁锈的稀硫酸，仰头喝了下去，他要体会"肝肠寸断"的感觉。

阿城被及时抢救过来，他的肠胃却彻底完蛋了，吃不下饭，吃了也不消化。他暴瘦，疼痛、诸多不舒服。多臻经常来看他，他跟多臻讲他和张晓娟的过往，讲到高兴处，他痛哭流涕。多臻实在看不下去了，给张晓娟打电话。

张晓娟回来，阿城瘦得干枯，仅剩一双大眼睛水汪汪地可怜。

"你为什么不来找我？"张晓娟小心地问。

"你根本不需要我，我以为你像我爱你一样爱我，你颠覆了我……"说完，阿城满眼泪水，长久的积压如注而下。张晓娟温暖的身体过去紧紧抱住阿城的头。

"我是拿生命爱你的人呀！"阿城哭着说，张晓娟哽咽得说不出话来，两个人抱在一起痛哭。

三

张晓娟和程思哲的婚期一拖再拖。"你不是不知道张晓娟那人，重情重义的，阿城那样，她不会和我再提结婚。"程思哲找多臻喝闷酒，程思哲满腹伤心事。

多臻把程思哲的话原原本本学给阿城，阿城的眼泪唰啦啦落下。"一碗小米粥，送了五年，我阿城没他有心机……不怪他，人人有追求爱情的权利……怪我没考上大学，不能随时了解张晓娟的难处。张晓娟肠胃生病，她既然不肯让母亲担忧，也不会让我知道的，她怕我飞到她身边耽误工作，她太在意我了……"

张晓娟经常回来看望阿城，阿城觉得自己半个废人，躲着她，但只要见面，他就像个听话的孩子，享受每一寸时光。张晓娟给阿城买了个小型录放机，阿城反反复复听齐秦的歌，有《外面的世界》《大约在冬季》《张三的歌》《花季》《玻璃心》，齐秦纯净的磁音略带颤抖、忧伤，含了男性细腻的浪漫，句句穿透阿城内心。张晓娟成为阿城活下去的支柱，阿城既不想耽误她，又离不开她，心里纠结且搏击，他一个人喝闷酒，被发现了送进医院，再次被抢救过来。

张晓娟来了，阿城淡淡地笑，承诺以后不做傻事儿。他是不敢再作死，他发现他连死亡的权利都给张晓娟收了去，他的死会令张晓娟痛不欲生。但是他真的难受，吃不下饭，不能获取营养，艰难地维持生存和意识的清明，还要无日无夜地抗击疼痛，他经常难以入眠。他终是没有把自己的感受和处境向张晓娟全盘倾吐，他怕他的真实状况带给张晓娟心灵上的不幸和伤痛，他得给"公主"留一片无忧无虑的天空，哪怕只是假象，至少让张晓娟没有太多压力和心理负担。

"多臻，来一下。"他哑着嗓音召唤，他在多臻面前不用伪装。多臻来了。"兄弟，如果你还认我这个哥，请你去为我弄些'药粉'。不许第三人知道。"张晓娟再回来，阿城的情绪和精神好转起来，张晓娟的脸上绽放笑容。阿城甚至能开着车带张晓娟去凤庭湖边坐坐。风萦绕耳边，阿城陶醉般地躺在张晓娟怀里。"灵魂，得靠自救吧……"张晓娟说过的话徘徊脑海，阿城用了他最大的决心和毅力，给予张晓娟一种放松的状态。

这样的时光不到一年，阿城在张晓娟的爱里面顽强地活着。阿城觉得他对不起张晓娟，张晓娟对他的爱越真切，他的内心越沉重，越扭曲。他不能再给予"公主"更多，他恨自己是"废物和累赘"。

"多臻，晚上来我家楼下附近陪陪我。"多臻随叫随到。

夏日白天长，室外天光不会很快黑暗，小饭店在室外撑了两顶帐篷，饭桌摆在帐篷里，四下透亮，比屋内舒坦。阿城来得早，占据了一个帐篷桌，等多臻下班。多臻在城建局发展得不错，当上了科长。他夹着黑色公文皮包，嘴里叼着烟卷，微胖的脸上泛油光，对比得阿城似乎没以前高大了。阿城瘦瘦的，眼光蒙着迷雾，但看上去还能觉出先前的俊朗。多臻在别人面前挺能装，见到阿城立马变小弟。他给阿城要了温水壶摆桌上，他自己要了几瓶啤酒放脚下。饭菜尽着阿城，软、清淡、有营养。鸡蛋羹和面条送阿城面前，肉菜、米饭在多臻这边。多臻不讲他工作中的乐事，他随着阿城回忆。“你说我是不是太自信！又太自尊了！我相信张晓娟的爱，就应该早点出手，把事情弄清楚，而不是在等待里自我毁灭。多臻，记着，要想拥有爱，就要放下架子……”阿城苦笑，陷入美好。

这时，一个高大威猛的男孩走过来，他有阿城那么高，比多臻壮，他见阿城和多臻就两个人：“让个地儿！进屋吃吧，我的人一会儿到。”阿城姿态沉稳，睨了他一眼：“不方便，我们还要谈事情。”多臻跟从：“说了不能让就不能让。”男孩瞬间变脸，冲着阿城出言不逊：“瞅你那没出息样儿！”这句具有侮辱性的话语放别人身上也许忍了，没人跟小屁孩计较，放阿城这儿，捅了心窝子。阿城“啪”地动手拍响桌面，劲儿挺大，震得多臻一哆嗦。男孩火气更大，弯腰操起多臻脚下的整瓶啤酒，隔着桌子砸向阿城。多臻腾地跳起来从中拦截，啤酒瓶在多臻肩膀上炸裂，酒水染了一桌子。男孩扔了啤酒瓶，还想扑过去打阿城，多臻呼地用右手也从脚下摸起一瓶啤酒往上挥，啤酒瓶碰到桌子碎裂了，啤酒洒了一地，碎裂的啤酒瓶露出桌面停留桌边，没撒手。男孩脚下失衡，一个趔趄倒下，脖子正好卡在桌边的碎裂啤酒瓶子玻璃碴口上，倒地死了。多臻怔愣。阿城立马站了起来，看到男孩伤了颈动脉，鲜血汩汩外涌。他迅速抢过多臻手里的半截破啤酒瓶，伸手放温水壶里，把瓶口多臻的手纹洗掉，然后自己右手握住破啤酒瓶子，左手把一壶水从自己头上浇了下去。旁边的客人没看清怎么回事，全吓跑了。阿城告诉多臻：“一会儿警察来了，你一定说我拿起一瓶啤酒，啤酒瓶碰桌子碎了，他自己摔倒，脖子意外卡在碎瓶子上，记住！有事儿哥顶着，”说着阿城左手从兜里掏出诊断书给多臻看，“我去立城市确诊的——胃癌晚期，最多活过秋天，我今天来就为告诉你。让哥最后保全你一次吧。听哥的，按哥说的去做……”阿城把诊断书窝了窝，送进嘴里吃了。阿城艰难地下咽，多臻已哭红了眼，阿城每咽一口纸屑，多臻身体情不自禁抖动。阿城和多臻的手都在流血。

警察赶到，阿城手里握着凶器，帐篷下发生的事情没有监控录像，周围没人看清楚整个过程，一切发生得太突然。

死者身份特别，家里两代单传，舅舅任法院副院长，男孩从小被大人惯坏了，嚣张跋扈。阿城家和多臻家不缺钱，但死者家属不同意补偿性私了，嚷着偿命，催促结案。

阿城镇定地说："他骂我没出息样儿，我就拍了桌子，他拿起整瓶啤酒要打我，多臻拦了一下，啤酒瓶在多臻肩膀上炸裂，我跳起来，右手拿起一瓶啤酒，啤酒瓶碰到桌子碎了，他意外摔倒，脖子正好卡在桌边的碎瓶子上，我当时蒙了，仰起水壶把自己浇了个透。"阿城的口供条理清晰，始终没变过。

多臻的口供反反复复，先是说阿城手拿的破啤酒瓶卡了男孩的脖子，过几天又哭着说是自己握着的破啤酒瓶卡了男孩脖子，越说越糊涂，前言不搭后语。

死者家属不断地通过各种渠道施加压力，虽然存在死者挑衅在先、意外死亡的可能性，但是他们坚持阿城凶器在手，嫌疑重大，必须严惩。

张晓娟疯了似的赶回来，托了关系见到阿城。她给阿城买了上秋穿的纯白加厚棉衬衣，阿城穿上白衣服显得胖些、精神点。阿城低着头："对不起，不能陪你了！"张晓娟急了："我们还没上诉呢，程思哲在市法院，你等着我！"

张晓娟把阿城和多臻的上诉状递送到程思哲手里。张晓娟对卷宗已经熟烂于心，她甚至跑去法医那里，问出阿城的血衣上检测出三个人的血型，有阿城的、多臻的、死者的。张晓娟觉察出命案审判存在疑点，可是无人理睬。

程思哲回到家乡，动用手中的权力，分别秘密会见了阿城和多臻。

阿城跟程思哲道出事情的全部原委，他幽忧地说："人总要为自己的失误付出代价的，死者生前娇生惯养，早晚出事儿，他爸妈要承受教育不当带来的丧子之痛；我年少冲动喝了稀硫酸，给大家添了不少麻烦，脆弱到经不住一个毛孩子的辱骂，连带了多臻跟我获罪，保全多臻是我这个当哥的职责；你比我健康，比我有前途，更能护张晓娟周全……让我去死吧，反正我也活不过冬天了，我熬着活下去挺难受的，请给我选择死亡的权利和尊严……我这样戴罪死去，张晓娟心里还好过些……多臻活着比我活着有价值，有意义，况且多臻真的没杀人，死亡纯属意外。既然死者家属势力强大，就让他们来惩罚我吧。越快结案越好，我怕我熬不住了……一定要保护多臻，别让他翻供。”

多臻向程思哲证实了阿城的话没掺假。

程思哲一个人登上凤庭山顶，迎着山风号啕大哭，他的悲哀旋即被山风吞没。

审判结果出来了，维持原判。

张晓娟的脸孔比判决书的底色惨白，没说一句话，狠狠地摔门而去。判决书无声掉落程思哲脚边，门里门外两重天。

死刑公开执行，囚车晃晃悠悠驶向郊外。深秋的早晨，天冷得很，阿城站在囚车上，他身体虚弱，极端消瘦，穿着张晓娟给他的棉白衬衣，这是他临死最后的心愿，他不想换上其他的厚衣服。阿城在人群里搜寻着，他应该很想看见张晓娟最后一面，又怕她来看到自己的狼狈模样，他面如死灰。

阿城在囚车上冷得筛糠，程思哲求了关系，跳上车，贴在阿城耳边说了句话，阿城乖乖地让程思哲把军大衣给他披上。程思哲说：“这件军大衣张晓娟穿过。”阿城的双眼红了，他已经枯干到没有泪花，程思哲的泪水说着话流了下来。阿城笑了，笑得比哭难看。

张晓娟远远地看到这一切，“嗷”的一声背过身去，心窝子刀扎了似疼痛，手捂不住泪水奔流。她挤出人群，悲伤地往外走，不敢回头，她知道她的阿城一直在上面追随着她的身影，一直迷茫、不舍地看着她呢。

泪水蒙住了双眼，张晓娟闭着眼睛流泪。

阿城的最后一篇日记：

“我感觉身体徘徊在了悬崖的边缘，随时可能……但这些日子是我一生中最幸福的时光，我留恋又不敢眷恋。判决的日子快到了，我在立城市偷偷做了诊断——胃癌晚期，我可能看不到冬天的雪花了……就让我在深秋里飘落吧……”

阿城来立城市看望张晓娟，张晓娟同寝的女生回家探亲去了。张晓娟周一上班，阿城偷偷到医院做检查。过了三天，医生给出诊断结果，阿城默默转身离开。夏天的风啊，说凉就凉了。

天空怎么变成蓝色，或者更像绿色，阿城不坐车，他一路走回张晓娟寝室，他走了一个小时，一个小时的时光多么美好，所有的车嚣和行人都像在送别，他们静默，行走着人世间的泪滴，他们不曾停歇，更大的一场雨让他们不敢留在室外，他们与他无关，他只与张晓娟有关，她以后的日子该怎样延续，她的色彩和他的黑白连接不到一起，他们就要掐片断映，幻彩的视觉从虚空里迸发出来，已经不属于人间。他的半个魂魄越过他的身体飞去，他看到不一样的人间，他为爱流下的鲜血。鲜血染红了蓝和绿。

阿城乖乖地在张晓娟寝室住了一周，他哪儿也不想去，他只想用最短的时间记住张晓娟所有的美好。

阿城的日记，加上多臻的回忆，以及程思哲告诉给多臻的内容，张晓娟弄清楚了悲剧的来龙去脉。

阿城的眼泪曾经打湿日记扉页，此时，张晓娟的泪水覆上去。

平息下来，张晓娟问多臻：“你以后怎么办？”

“家里在搞房地产开发，很挣钱，我准备加入进去，将来挣了大钱，我一定要建一所养老院、一所孤儿院，把阿城留给我的命还给更多的人……”

四

张晓娟、程思哲、多臻相约来到阿城墓前。多臻跪着哭，张晓娟转过脸去捂住悲腔，程思哲仰天长叹，泪流无声。

张晓娟按下小录放机的开关，齐秦的歌《外面的世界》，张晓娟和阿城都喜欢的歌。

张晓娟任由歌声在山谷飘荡。

在很久很久以前，你拥有我，我拥有你，在很久很久以前，你离开我去远空翱翔。外面的世界很精彩，外面的世界很无奈，当你觉得外面的世界很精彩，我会在这里衷心地祝福你。每当夕阳西沉的时候，我总是在这里盼望你，天空中虽然飘着雨，我依然等待你的归期。

……当你觉得外面的世界很无奈，我还在这里耐心地等着你。每当夕阳西沉的时候，我总是在这里盼望你，天空中虽然飘着雨，我依然等待你的归期……

张晓娟站着哭成了泪人，程思哲和多臻紧紧地拥抱过去。

张晓娟的手机铃声响起，她看了一下屏幕没接："我家那位。"

"要不，见个面吧！"程思哲问。

"他对你好吗？"多臻不放心。

"挺好的，他和我一样，冷静、理性，我俩的世界只有手术刀、药品计量、生或者死，没有别的，没必要见面了。"

山谷里的风扫荡哀思，把人世间的岁月猛地抛向远方，剥离梦幻，洒落空旷。墓地尽头到山脚下荒草蔓生，拥簇着亡灵，茫茫无尽。

张晓娟伸出手去，把三个人的手紧紧叠握在一起。"我们的世界，就剩下我们三个了。"三个人伫立着，如同冰冷的墓碑和荒野长风，只能相慰。

从这一天起，张晓娟开始记日记。

没有尽头的暗路，脚下是软的，不知深浅，随时可能跌倒，或坠入深渊。小婴儿在怀中不哭不闹，他怎么那么懂事，不惊扰任何人，身体暖暖的，紧贴心窝。一阵旋风吹来，赶紧把小被子拉下，盖住婴儿睡梦中的小皱巴脸，那小嘴巴、小鼻子像谁？下巴上有条美人窝，这么小即那么美，长大了还不得倾国倾城呀？这样想来竟然一丝安慰，寒冷的无望里的一丝希望。旋风突然变成一条蛟龙，裹挟着、转动着要夺取孩子，巨龙鳞须是黑颜色的，在虚空里忍耐得太久，它无处释放的活力把天地搅成一片混沌，当龙的眼神遇见女人的眼神，一切安静下来，龙的眼神像一个人，倦怠而热烈，它要取走孩子。“阿仔——”女人一声长嘶。

张晓娟从噩梦惊醒，黑暗中猛坐起来。丈夫苏梓桐跟着迷迷糊糊醒来，他把被子给张晓娟披上，用手抹一把自己的脸，眼微睁，面对喘息未定的张晓娟。

“没事儿吧？”

“没事儿，没事儿！我口渴，想喝点水。”

张晓娟支走书呆子，她平时喜欢这样称呼丈夫苏梓桐。他挺单纯，医学硕士毕业，在医院是业务骨干。书呆子端着水回来了，一米七五的标准个头隐在暗淡里，不胖，脸孔诚信而自如，百毒不侵、六畜无害的样子。张晓娟小口呷水，书呆子坐床上和她说话。

“要不明天我们都去检查一下身体，找找原因，要个小孩儿，有事情做，你会摆脱梦魇。”

张晓娟把水亮的眼神递给他，质疑着迟疑：“还是别去了吧，同事知道了不好，不如再等等。”

书呆子沉默，他太喜欢小孩子，上次同事家小孩儿周岁宴请，他抱着小孩童不撒手，举高高，闹猫猫，好不欢乐，临了，被浇湿一裤腿童子尿，他连称“不得了，不得了”，惊喜得念叨了好几日。

张晓娟心里凌乱，犹如刀割，她真的没想好面对一个小孩儿，作为医生，她有办法逃避怀孕。书呆子太可怜了。“哎，敷衍一回是一回吧。”这话藏在了心里。

多臻坐咖啡色真皮老板转椅，面前咖啡色办公桌，左手边，电脑桌和办公桌连体，可以抽拉。办公室宽阔，南窗下和北墙下摆满木质宽扶手真皮沙发，也是配套咖啡色调，西墙下两盆半高科植物，分别是“米兰”和“一帆风顺”，摆在古董状花架子上。房门在北墙尽头，双扇，大气。艾叶不敲门闯了进来，她扎着马尾发，在脑后飘呀荡的，古灵精怪的脸上，大眼睛透着俏皮。“多总，你的西装熨烫好了，我给你挂起来。”说着她已经越过办公桌走进多臻身后的休息室，多臻正通过电脑查看财务报告，他转正身体坐着，用左手掌扶住额头，半遮阳光，表情自得且严肃，脸上和身上重新胖得结实。“那个艾叶，看看两盆花是不是该浇水了？”说着他站起身，朝花盆走过去，艾叶跟出来，站在多臻身边，她高挑个儿，体态玲珑，看不出哪里还能挑出毛病的女孩儿，这女孩儿崇拜地看着多臻。

“你知道我为什么养这两盆花儿吗？米兰的花语是，有爱，生命就会开花；一帆风顺也叫白掌，你看它白色的花苞片，比我手掌长，常年开花，像一面风帆，提醒我乘风破浪，商海搏击。今年的业绩没谁了，开门大吉呀！对了，你负责的养老院安置工作进展如何？”

“报告多总！一切尽在你的掌控之中，圆满而顺利，下周，我们就可以开业了。”

多臻在故乡立城县，成为家族投资房地产公司老总，运营两年，已经赚得盆满钵满。建第一批楼房时，他在郊区圈了一小块儿地皮，建成花园式建筑群，里面主旨办养老院，兼做小型宾馆和餐饮服务，环境幽静雅致，住宿和餐饮收入无偿补贴养老院用度。老人们来了，视家庭经济状况象征性收取费用，倾向收留极端困苦老人。艾叶从医护中专学校毕业，应聘时一眼被多臻相中，她专业对口，适合日常观察、看护老人；学历不高，不要大腕儿；人很阳光、快乐，是老人们需要的，也恰恰是多臻需要的。多臻任命她负责养老院工作。养老院装修、准备器材阶段，艾叶和多臻熟络起来。多臻平时话不多，艾叶自觉地给予多臻生活照顾，多臻开始有点捏着，不习惯，艾叶说：“我这是在实习照顾老人！”多臻绷不住“扑哧”笑了，由着艾叶。于是外人看来，艾叶总是黏黏糊糊跟在多臻身边，多臻乐得屁颠屁颠的，家里人唏嘘：这小子出来后艳福不浅呢！

第二年春天，东城征地项目批复成功，多臻拿下这块地，东城面临拆迁。

阿城家住东城，多臻趁搬迁动员，特意去阿城家看看。上次来看望阿城爸妈，是刚出狱的时候，多臻扑通给二老跪下：“以后您们就是我的爸爸和妈妈！”两位老人忍不住流眼泪。这次来看，阿城妈躺在床上，阿城爸一个人忙碌，多臻心里不好受。一个十岁左右小男孩儿放学回家，上次来没见着这么个小孩儿。多臻透过窗户看到小男孩儿进院儿，他整个人呆住，小男孩儿长得太像小时候的阿城了！多臻马上迎出去，和男孩儿撞个满怀。多臻蹲下身体，胖胖的手掌握住男孩儿的双手，男孩儿居然没有挣脱，男孩儿抽出一只手，好奇地在多臻头发上抚弄，把多臻稀疏的头发鼓捣成鸟窝，然后他无邪地“咯咯”笑。

“你叫什么？”男孩儿先发问。

多臻眼睛里聚集了泪光：“叫多臻叔叔就好。”

“不嘛，叫臻臻，我俩的秘密！”男孩露出成人的约定渴望。

“好，好，叫什么都行，你叫什么，告诉叔叔。”

“我叫阿仔。”

阿仔？多臻若有所思，站起来的同时，用力地抱起来阿仔，两人在院子里旋转了好几圈。

阿仔从多臻怀里下来，围着多臻转悠。多臻进屋，阿仔方才放下书包，他趴桌子上写作业，还时不时地拿眼睛观察多臻。多臻回头看他，小家伙亮出黑眸子，莞尔一笑。

“这是谁的孩子？”多臻忍不住问阿城爸妈。阿城妈剧烈咳嗽起来，示意阿城爸去把药汤端来，阿城爸窸窸窣窣把阿城妈搀扶坐起来，弯腰喂老伴喝药。阿城妈嘟囔：“药汤很苦。”阿城爸转身又去多加点糖。多臻上前帮忙搀扶，递纸巾，他的问话被打岔。

第二天，多臻自己开着银灰色奔驰轿车守在学校门口，见阿仔放学出来，他大踏步迎上去，他胖胖的身躯含满慈祥而敦实的气息，阿仔露出惊奇，继而幸福地扑向“臻臻”。

多臻把车开到新建成的儿童游乐园，大胖手，拉着阿仔的小手腕，他们走到门前观看。

“哇，好好玩啊！”

“叔叔周日领你来玩怎么样，不过你得周六写完所有作业，做好功课复习和预习。”

“一言为定！不许反悔。”

“叔叔说话算话！”

大胖手和小手腕紧紧握住，多臻俯身扛起阿仔，把他安放到车上。路上，阿仔毫不掩饰地和多臻近便起来。

“你认识我爸爸吗？”

“应该认识吧！”

“我从来没见过他，他长得什么样？”

“他嘛，高高的个子，比叔叔高半头，非常好看，喏，下巴那儿有条美人窝，你也有，不是吗？”多臻快要哭出来了，但还是努力和小孩子保持笑容。

“喔，他怎么从来不回家看我？”

“他很忙，这不派叔叔先来看你了吗！”

“那你就是天使大叔了……”咯咯的笑声从轿车里飞出。

多臻来找阿仔玩，这次不是逛游乐园，也不是看动画电影：“去野游爬山搭帐篷露营怎么样？”

“耶！”阿仔抓了小书包，装上喝水瓶、洗漱用品，上了多臻的车。

“我们晚间住山上，别担心我们，有我呢，阿仔大了，得锻炼锻炼他。”多臻把出游情况跟阿城爸妈说明白了。

多臻和阿仔换上亲子套装，银灰色和天蓝色防水布拼接的运动服，他俩坐凤庭湖边钓鱼，像两朵浮云停歇在水边。

多臻说：“早晨呢，鱼儿饿了，应该好上钩。”

“臻臻，看我钓上来了！两条呀！”

“噢！第一竿双棒，好运气！”多臻鼓励阿仔，“知道姜太公钓鱼的故事吗？”

“给我讲讲。”

“姜太公是一位博学有谋的老人，八十岁了，用直钩不挂鱼饵在水边钓鱼，钓了五十六年，当然一条鱼也钓不上来。砍柴人问太公，太公回答，他是为了钓到王侯。周文王知道了，亲自来请姜太公，封姜太公做大官，姜太公帮助周文王和他的儿子灭掉商朝，建立了周朝。”

“喔，什么意思呢？”阿仔问。

“臻臻要告诉阿仔，人首先要好好学习，让自己有学问，有了学问还要沉得住气，是金子总有发光的时候，将来遇到机遇会成就一番事业。”

“喔……”

“阿仔也给臻臻讲一个有人生意义的故事吧！”

“美术老师教我们画乌鸦，我们都说乌鸦丑，不爱画。老师告诉我们，老乌鸦把小乌鸦喂养大，小乌鸦会啄食回来，喂养年老的乌鸦。乌鸦虽然长得丑，但知道感恩。”

“对，我们要不断学习好的榜样，补充自己的不足。”

阿仔在天光水色的野外，很高兴，认真地听多臻讲故事。

中午，多臻领阿仔挖野菜，他教阿仔认识常见的几种野菜。他们在湖边把小鱼收拾干净了，添加野菜，放鱼汤喝。多臻叫阿仔去捡拾些小树枝，给小煤炉加把火。热馒头，多臻也让阿仔动手。下午，他们去爬凤庭山，多臻引逗阿仔摆出各种姿势，拍了很多照片。后来阿仔的鬼主意比多臻多，两人快玩疯了。傍晚野炊结束，多臻在湖边支起帐篷，领着阿仔住进去。

天渐渐黑了，阿仔打着手电筒钻出帐篷，坐在湖边看星空景色。多臻跟了出来。

“那颗最亮的星星活多久了？臻臻。”

“可能比我们的地球活得久。地球四十五亿年了，而我们每个人也许活不过一百年。在我们人类出现之前，地球上存活过恐龙、剑齿虎、猛犸象……”

阿仔倚靠多臻席地而坐，静静地听着，感受着。那个夜晚，无数的智慧从黑暗里如星光长出萤火虫的翅膀，闪烁不绝。

多臻给阿仔报了“跆拳道”“街舞”特长班，多臻开车来接阿仔的时候，同学们大喊：“阿仔，你爸爸来接你了。”阿仔从不做解释，自豪地飞奔向多臻。

阿仔参加学校仪仗队表演淋了雨，回家后发烧不退，爷爷奶奶给药吃也不见效，过了一天，手指和脚丫长出小红点和小水泡。多臻马上开车送阿仔去医院，医生说：“起水痘，护理一周，水痘千万别人为碰破了，会留疤痕。”多臻每天接送阿仔到医院打针，哄着阿仔：“千万别碰脸上的水痘。”阿仔调皮地向多臻勾勾手指头，多臻神秘地把脸凑过去，任由阿仔咬耳朵嘀咕一阵子，然后多臻假装恍然大悟：“肚子上的水痘弄破了？没关系，关键脸上的别碰着，将来影响娶漂亮媳妇！”阿仔吐舌头做鬼脸，“咯咯”笑。打完针，多臻开车拉着阿仔去买好吃的。所到之处，总有人忍不住夸奖：“这爷俩儿，真好！”

多臻再来阿城爸妈家，门开着，老两口聚在病榻那儿，阿城妈的声音：“我们的平房拆迁了，能偿还两个楼房，就分给老二、老三吧，我这身体，我们也不方便单独居住了，以后跟着老二、老三轮流过，只是多了阿仔，不知谁家愿意收留？”阿城爸叹口气道：“是该问问二儿子、三儿子了，看谁家能收养阿仔？我们就把拆迁补偿款分给他一半。”阿城妈说：“要不要问问张晓娟？”阿城爸说：“算了……”

多臻在门外听到了，还是吃惊，他的猜测没错。

正要进屋，阿城的二弟、三弟回来了，阿仔也放学归来。阿仔看到这么些大人聚在家里，他躲到多臻身后。

阿城爸招呼阿仔：“过来，阿仔，我们要搬家了，你的户口得重新落户，你是喜欢住在你二叔家呀，还是住三叔家？”

阿仔躲在多臻身后不说话。

阿城妈接着问：“好阿仔，奶奶也不能陪你一辈子，奶奶以后在你二叔、三叔家轮流住，你不能总跟着我们折腾，你喜欢固定住在谁家里呀？”

“谁家我都不喜欢，我就喜欢和爷爷、奶奶住！”

屋子里充满火药桶行将爆炸的紧张和无奈，多臻突然冒出想法并说了出来：“阿仔以后跟我住行不行？我想收养阿仔。”

大家愣住，沉默得一片死寂。阿仔从多臻身后慢慢转出来，说：“我同意臻臻的想法。”大家更不吱声了，箱盖上放置的老座钟“咔嗒咔嗒”，声音突兀。

“那得问问张晓娟！”阿城妈终于挑明。

阿城获罪以后知道张晓娟已经怀有身孕，他嘱咐爸妈将来代为抚养小孩，还张晓娟自由身。阿城爸妈当然同意，毕竟“阿仔”能够弥补他们的丧子之痛……

此刻多臻找上门来，跟张晓娟讲他找到阿仔的经过。张晓娟流着泪，什么也没说，在领养证书上签字同意。多臻的单眼皮里，暗涌两口深井，他说：“放心，上天给我的机会，我的孤儿院只为阿仔开办。”

五

张晓娟和书呆子回老家，多臻邀请他们到养老院小聚。多臻介绍说：“这是艾叶，养老院院长，有时我叫她‘小仙女’。”艾叶马上站起来奉陪。张晓娟笑了，介绍说：“我丈夫苏梓桐，心血管疾病中心主任医师，我叫他‘书呆子’。”苏梓桐欠欠身，很谦谨和煦。艾叶紧接着爆发惊喜：“久闻大名！”小仙女伸出手跟书呆子握手，“以后请多指教！”

饭后，四个人到院中散步，艾叶和苏梓桐坐在小圆桌旁，上面撑着遮阳棚，棚下两排休闲用小圆桌，白颜色的，小仙女一直向书呆子请教心脏病人护理和急救问题。多臻和张晓娟趁机走远了。林荫道上，多臻跟张晓娟汇报抚养阿仔的具体情况。多臻突然停住脚步，认真地看着张晓娟说道：“我在狱中遭受了磨难，已经没有生育能力，遇见阿仔，是上天赐给我的礼物，他是我今生唯一需要宠爱的小孩儿，让我觉得每天离阿城那么靠近，给我纯净的安心和前行的动力。”张晓娟心疼而担忧地看着多臻，这个阿城用性命保护下来的兄弟，阿城爱护他，张晓娟也爱护他，她无法想象多臻在狱中遭受到了什么，她不能多问，但她突然感觉到和阿城一样心疼他。多臻再次表示：“有阿仔，我不用开孤儿院了，阿仔即是我最大的心愿和未来。老天爷真是成全我呀！”多臻仰起头，泪花没有轻易滚落，张晓娟的声音嘶哑潮湿起来。两人沉默了许久。

他们回到小圆桌旁，小仙女和书呆子的谈话依然热烈。

张晓娟问：“说什么呢？”

“啊……”书呆子的脸孔有些羞涩，不好意思地转头看张晓娟，“她，她向我请教心脏病理学问题。”

小仙女异常兴奋，眼睛里掩饰不住亮光，好像有话还没表述完整，不尽兴似的。

多臻意味深长地看着小仙女笑，笑得小仙女不好意思起来。

张晓娟捋一捋耳畔的头发，抚弄到脑后，挑起明亮的眼神，遇见多臻奇怪的目光，她笑也不是，不笑也不是，僵了一下：“那，我们该回家了，书呆子。”

“是的，是的。”苏梓桐连连应许，站了起来，顺手做了一个请的姿势，小仙女也站了起来，小仙女发出满怀灿烂的笑，表示感谢。

办公室里，上午的阳光透射进来，惬意而明亮。多臻接到一个电话，立城县法院秦副院长打来的，他自报家门，说是当年死在阿城手里男孩的舅舅，想找多臻叙叙旧。艾叶正巧进来，看见多臻的眉头挤兑成“川”字。“没事儿吧！多总？”“啊，我出去一下。”

多臻尽量压低着脖颈走了进来，秦副院长的办公室比他的气派，红色木质地板铮亮，“血”的颜色跳动而深含。多臻选了个不远不近的座位，哈着腰笑眯眯地坐下，秦副院长放下手里的文件，在他的办公桌后面露出保养良好的脸，咧着嘴说笑：“多臻老弟，怎么样啊，出狱之后春风得意呀！”

“哪里，哪里，托秦院长的福气，混口饭吃而已。”

“最近听到什么风声没有？”

“有什么事情，请秦院长指示。”

“有人说，当年的阿城是冤枉的，他替他的兄弟死了……”

此话出口，多臻如鲠在喉，表情停顿。

“老弟！这些捕风捉影的话你信，我可不信呀！”

“那是，那是，秦院长英明。”多臻慢慢舒展开笑容。

秦副院长从办公桌上摸索，夹出一根烟抿嘴里，找打火机想点着。

多臻立马动身站起来，把自己的烟盒掏出，探出一根递上去：“尝尝我这个，进口的！”秦副院长替换掉嘴里那根烟，多臻靠近了，“啪”地按出打火机的火焰，青蓝色小火舌把秦副院长含在嘴里的烟头点燃，烧出红火星，秦副院长猛吸一口，烟圈吐了出来。多臻忙把自己的烟也点着，吐出烟圈和油滑的神色，眼睛眯缝得更小。多臻站在秦副院长的办公桌前，两个人像极了亲密的兄弟。

“你听说过提偶吗？”秦副院长非常近便地问。

“怎讲？”多臻满不在意地回应。

“就是发源自西安的皮影戏，用线儿吊在皮影身上，多吊几条线，人来操纵，皮影的胳膊腿就随着人的操控动弹，人再给它配上台词，想让它说啥，就安排它干啥。”

“嗯，知道，皮影听话，听人的话儿。”

两个人发出会心的呵呵笑声。

“兄弟，哥遇见点事儿，想从你那儿提点钱，先用着，可行？”

多臻一愣，但他继续放轻松：“小意思，啥时用，吱一声，多少？”

秦副院长伸出指头，不作声比画：“万字打头！老弟。”

多臻漫不经心地瞟了秦副院长一眼，嘴上说着“没问题”，转身走了。

“对了，死了男孩的妈妈，也就是我的妹妹，她离婚了，进了疯人院，所以你这八年牢狱不冤枉。”秦副院长追加对话。

多臻听到，站住了，没有回头，他抬起脸寻找着窗外射进来的阳光，离开阴暗。

多臻找来艾叶，把事情跟艾叶秘密说了，他默不吭声签署支票，让艾叶以养老院需要的理由，提取工程款。艾叶拿起支票脸色变差："多总，那楼房质量怎么保证？"多臻憋着气息，勒着嗓音说："里面不能偷工减料，外墙皮上找。"

秋末，第一批住户搬进新楼，纷纷反映外墙从窗口处往屋内漏雨水，反映的人越来越多，多臻先是用铁皮把楼外窗台包住，但是还有人反映继续漏雨水，并把多臻告上法院，要求赔偿，甚至退房。艾叶忍不住，给张晓娟打了电话。

张晓娟去拜访程思哲，他现在已经是立城市法院某部门负责人。

"哪阵风把张大美女给吹来了？"程思哲从他的办公桌后迎出来，欢迎张晓娟的到来。张晓娟不好意思地低头，随即仰起脸，短发瞬间甩过耳畔，似乎有野菊花香从她发丝至唇齿间流转，那些个从秋天启程外出念书的缱绻时日，在咫尺空气间浮现。程思哲无限留恋地看着她。"你还好吧！"张晓娟并不直接回答程思哲，她在程思哲的办公室里徜徉了一阵子，欣赏地看待这里的一切。程思哲在旁边默默陪伴着。"我给你沏茶喝，云南的苦荞茶，我刚带回来的，你尝尝，味道如何？"程思哲先打破沉默。张晓娟坐了下来，两条腿斜并，束腰黑色小西服收着小窄腰。她端起茶杯，用双手握着杯子，似乎能通过茶水汲取温暖的样子。程思哲隔着茶桌坐她旁边。

"多臻出事儿了……"

程思哲站了起来，缓慢地踱着步，他若有所思地说："我的岳父岳母在国外开餐馆，年纪大了，想让我们过去陪伴，还能解决我女儿程程上学的问题，原计划下个月我辞职，我们一家三口移民，大概过来接替我职务的那人就是立城县法院秦副院长……"

"问题就出在这儿……"张晓娟答，她喝了一口茶，香而微微苦涩。

程思哲继续踱步，忽然之间他停下来安稳地告诉张晓娟："我不走了，我要留下来，不能让坏人再次得逞，我要为阿城和多臻洗冤。"

张晓娟的手指尖变得冰凉，她怎会感觉不到这里面的凶险和生死暗斗。

正当大家都在为多臻的事情忙碌的时候，多臻打来电话，要张晓娟务必回来一次。

他没解释原因，张晓娟也没多问，她回到立城县。

多臻把张晓娟单独请进养老院餐厅，偌大的饭间关了房门，两人隔桌对面坐着，四道菜肴旋转着轮流送到张晓娟面前。多臻给张晓娟倒了一小盅白酒，他自己斟满大杯白酒。“纯粮白酒，养老院自酿的，不醉不归。”多臻这么说。

张晓娟知道一定出大事儿了。

“干杯！”

多臻一饮而尽，他把空杯子口对着张晓娟，张晓娟狠狠心，把小盅白酒一饮而尽。辣烈顿时烧遍胃肠，她差点咳嗽起来，多臻马上倒了白水，通过餐桌转盘给张晓娟送过去。

平息了一会儿，张晓娟安静地说：“你说吧！我听着。”

“小仙女怀孕了！”

“这有什么奇怪？恭喜你呀！”

“不是我的，我没有生育能力……”一片冷场。

“是书呆子的……”多臻说出来的表情似乎比张晓娟痛楚。

隔了能有十分钟。“小仙女爱上书呆子，书呆子也爱小仙女，不过如此嘛。”张晓娟居然笑了出来，她跟多臻继续邀酒喝。他们渐渐真的喝多了。

回到家里吃晚饭，一切情绪正常。吃过饭，书呆子给张晓娟端过来一杯温水，张晓娟要求他那样去做的。书呆子端着水杯递过来，张晓娟拿手拦住拒绝了。书呆子愣住。

“多久了？告诉我，你和小仙女。”

水杯掉地上，杯子没摔碎，水洒了一地，书呆子慌忙去拿抹布吸水。

“小仙女有了你的孩子！”

书呆子不说话，张晓娟替她说出来。

书呆子蹲地上不敢站起来，他慢慢擦地上的水。

张晓娟请书呆子站起来，请他坐到沙发上，他们面对面，书呆子眼神躲闪，张晓娟柔柔地看过去：“告诉我，你对小仙女是什么感觉？”

“我，我似乎谈恋爱了……”

书呆子终于鼓起勇气。

“也好，从此书呆子会有自己的小孩儿了，你不是一直喜欢小孩儿吗？”说完张晓娟流下泪滴，“我也可以解脱了！”

书呆子没听懂，但他马上明白张晓娟谦让他了。他复而站起来，拿走抹布，拿走地上的杯子，重新给张晓娟端过来一杯热水：“对不起，凉白开没有了，这杯只能是热水，凉了再喝。”

张晓娟依然坐沙发上，没有理会一切。

书呆子转身又去拿来一串钥匙，问张晓娟：“这是我新买的楼房，你以后是继续住在这里，还是要新房子，一切依你。”

张晓娟接过成串的钥匙：“我要新楼，一切重新开始。”

面对空荡荡的毛坯房，张晓娟反而如释重负，她会心地笑了，她很快弄来行军床，搬进来住下。到了第四天休息日，似乎有了装修灵感，她先去邻居家观摩，然后把休息时间全部交给装修材料市场，管线、开关、木门、沙石、地砖、卫浴、橱柜、家具、窗帘……哪一样，张晓娟都事必躬亲，劳累点没关系，能够精打细算节省开资，关键可以省略掉脑海中许多事情，没时间去考虑不想考虑的问题。地砖选清白色调的，干净敞亮；门白颜色的，素雅；橱柜橘黄色，热烈温暖；窗帘嘛，等买了沙发再定，颜色要搭配协调。元旦放假，张晓娟家的装修正式开工。一个月的时间，屋子里面地砖已经铺好，木门安装到位，卫浴齐全，橱柜也做好了。张晓娟比较讲究原生态，不追求奢华，墙面处理，她仅仅采用老式刮大白，客厅顶棚镶嵌了石膏线，整个房间见白见亮。阳光照射进来，简朴的一切。

快过年了，屋子里缺家具和窗帘。多臻过来看看，问张晓娟有什么需要帮忙的。张晓娟忙得有条不紊，多臻流露出小喜悦，表情轻缓了一些。

"你的案子有结果了吧！"张晓娟边做饭边问。

"罚了一百万，没假一罚十不错了，也没进局子。"多臻挺满足的样子。

"这次多亏了程思哲，他在你进监狱和罚款这件事情上，力主对你罚款施加教育，罚款数额尽量服众，费了一番苦心。我装着修，打听着你的案情，心里装得满满的，似乎找不到缝隙。新生活还算不错。"

多臻倚着门框问张晓娟："你有什么需要我帮忙的不，尽管开口，只要我能办到。"

张晓娟把炖好的白菜豆腐汤盛两大碗，她和多臻一人一碗，白米饭熟了。

多臻不见外地坐下来吃饭。

"不知阿城用过的单人床和书桌还在不在，你能帮我要过来吗？"

多臻睁大眼睛看着吃饭的张晓娟，回她："没问题。"

这顿便餐吃得很开心，比饭店的大鱼大肉吃着可口。他们的聊天也很惬意。

多臻吃好开车回家去了。

多臻买了面值两万元的家具购物卡，迎小年送给阿城爸妈，当然他有要求，把阿城住过的单人床和书桌要下来。阿城爸妈以为多臻喜欢老家具，把一对红松木枣红色箱子也送给了多臻。多臻雇了小货车拉了东西，他开轿车带路，直奔立城市。傍晚，张晓娟指挥多臻和工人，把旧家具全部搬进小卧室。木质单人床临窗靠墙顺着摆放，一对木箱子也临窗靠另一侧墙顺放，开门但见窗户和一对箱子，床头和门之间有空闲，正好放木质写字桌。

工人撤退，张晓娟和多臻两人站在小屋子里，全部不再说话。张晓娟神奇地置身阿城的世界，仿佛感受着阿城快乐地走进来，仰身躺到小床上，多臻过去敲敲他脑门，喊他起床。张晓娟的魂魄已经不在现实空间，她眼睛里吐露光芒，缓缓不敢承认地坐在小床上，看向眼前阿城爸妈的一对枣红色木箱，老式的白钢如意花型锁头扣，卡在底扣上。她两手拄床，两条腿前后摆动，沉浸在幻想和回忆中。

多臻悄悄转身走了。城市夜晚的斑斓能够掩盖一切忧伤和喜悦，它的庞大有时让人看不到细小的悲哀。那些被淹没的痛楚弥漫在张晓娟的小卧室里，今晚她是最伤痛和幸福的人。多臻的车子甩掉光亮，冲进黑暗的夜路，探照灯亮起来。对于张晓娟而言，他既是旁观者，也是参与者，更是“元凶”。

六

当天晚上，张晓娟正沉浸梦乡，程思哲的电话打进来，他的声音微弱、颤抖：“我快不行了……”说完没了声音。张晓娟忽地坐起来，马上给单位120急救中心打电话，她迅速起身穿衣，迅速下楼打车赶往程思哲家。张晓娟敲房门，程思哲打开房门瘫倒在地，张晓娟把手搭程思哲额头上，烫得跟火炭似的。张晓娟急忙趴下，把耳朵贴近程思哲嘴巴，问他：“你今天吃什么了，有什么特殊情况？”程思哲虚弱地说：“早上、中午一切正常，晚上立城县法院秦副院长请我吃饭，全是他的人，为了多臻我一直在跟他周旋，饭后回家不久感觉尿急、尿痛、身体打冷战、发烧虚脱……”张晓娟的脸唰地白了：“鸿门宴。”程思哲无力地闭上眼睛。120人员及时赶来用担架把程思哲抬上救护车，张晓娟坐在程思哲身边展开急诊救治。张晓娟的手紧紧握住程思哲的手，告诉他：“别怕，我在，一会儿就到医院。”

“肾脏彩超和心电图已经出来，马上进透析室，洗胃同时进行，血检、尿检加急，中毒分析报告要快，晚十分钟患者都有可能没有生命，加急、加快！”张晓娟的声音在肾病科诊室坚定、有力地飘荡，深夜加班，她这位肾病副主任医师表现出超乎寻常的伶俐思维和冷静判断。

第二天早晨，程思哲清醒过来，张晓娟守在病床前，张晓娟眼睛微红，脸色苍白。程思哲的脸色灰蒙，每一寸细胞仿佛都是空着的，想不起来前尘后事的样子。程思哲扯开被子，张晓娟及时上前给他把被子掖到脖颈处，盖上脖颈，虚弱的病人经不得一丝风寒。小护士过来，给程思哲测量体温，小护士的阳光笑脸，像春天里绽放的一朵花儿，没有经受过风霜的甜美，她的声音也是甜美的：“温度降下来了，你可是从鬼门关里逃生回来的，要不是我们张主任，你昨晚说不定去见马克思了！”程思哲的眼神锁定张晓娟，安然地躺着。

“不许乱说，一会儿我会跟主任汇报，告诉科室和病房之间，不得对外说出病人病因和病情，保护病人隐私和安全。”

“是！”小护士退出。

张晓娟看着输入程思哲体内的点滴液流速，调节一下控制器。

“你就安心养病，我保证你过了年可以出院，不过出院以后，会留有一定后遗症，需要严格按照我给你提供的药物和食材进行后期治疗和养护。”

“好！”程思哲拉开嘴巴说话，口里干瘪苦涩，“我跟单位请个假，就说我过年回老家去了。”

张晓娟给他喂点水。

“你不出国，空不出工作位置，秦副院长对你下黑手了，你以后要当心，除了中午饭在单位吃，早饭、晚饭我给你做。”

程思哲挣扎着动了一下，张晓娟按住他的手，温暖地说：“你为了阿城、多臻和我付出太多，该我为你做点什么了。”张晓娟的手温柔而有力量，声音和说辞句句真挚，程思哲的身体在张晓娟的手心里融化，眼睛里露出安心的神色。

过了正月十五，多臻进市里办事儿，天黑了，他不想趁夜回家，把车开到程思哲居住的小区，在小区楼下给程思哲打电话，要求上楼蹭饭，或者哥俩在楼下找地方小聚。程思哲说：“你上来吧！张晓娟也在。”多臻听了一愣。

张晓娟在程思哲家厨房里做饭，为了欢迎多臻的到来，还专门给多臻加了一道肉炒青椒。三个少年伙伴再次相聚。程思哲家没酒，也没饮料。除了肉炒青椒有点咸淡多臻能吃，其他两道菜淡得像没放盐。“以水代酒，干杯！”张晓娟提议，程思哲欣然跟上，多臻一脸笑意跟上。多臻说了许多感谢程思哲和张晓娟的话，三个人只提去年多臻被罚款的事情，阿城的事儿谁也不提。吃过晚饭，张晓娟收拾碗筷，兄弟俩坐客厅闲聊，程思哲拜托多臻：“回家私下了解了解，立城县近年两起命案受害人家属思想状况。”

“走，多臻，送我回家。”张晓娟忙完厨房，洗手出来召唤多臻。

多臻有点蒙，乐呵呵地和程思哲告辞，开车送张晓娟回家。一路上，张晓娟都在问阿仔读书和生活的琐事，没有跟多臻解释她刚才为什么出现在程思哲家里。

多臻送张晓娟上楼，张晓娟邀请他进屋看看。客厅里添置了米黄色沙发，窗帘是海蓝色的，客厅像海滩；大卧室，带灰色靠背的布艺双人床，窗帘是果绿色的，上面结着小红苹果，像回到果园；小卧室，红木箱子上放了坐垫和靠枕，满满一屋子老岁月。衣柜和小茶几等都是淡黄木质色系，和小卧室老旧的木质家具有过渡性衔接。装修格调简单却有味道。

“服了！”多臻感叹。

张晓娟拿出啤酒，两人斟满，就着五香花生豆喝啤酒，庆祝张晓娟的新家落成。

多臻下楼离开，回宾馆住。

多臻泡在宾馆浴缸里，沐浴露泡沫弄了一水池子，漂浮的泡沫掩藏了水中的身体。他浸泡在水中，面无表情。他的脑海突然回响阿城说过的话：“多臻，记着，要想拥有爱，就要放下架子……”他多臻目前还不十分了解张晓娟的内心，但他知道张晓娟是个有原则的人，他既然想保护张晓娟，就不会计较结果，最坏的结果是他永远默默做护花使者。他多臻经历过八年牢狱之灾，别的本领没学会，骆驼精神积攒下来，多吃、多喝，抗得住沙漠和饥饿，且用人的意志力随时拔除最后一根稻草。

其实，多臻上楼进入程思哲家的短暂时间，张晓娟和程思哲商量好了，不要告诉他真相，免得他接受不了。

程思哲肾脏中毒，抢救过来实属不易，对方是想要他一招毙命。后续治疗和养护，涉及到未来他的存活和生命质量问题。

张晓娟每天早晨四点半从家里出发赶往程思哲家，给程思哲做早饭，保证白天程思哲能装作正常人上班，晚间下班，张晓娟继续赶往程思哲家，给他做晚饭，适当辅助针剂，调剂药品、药量。张晓娟每晚帮程思哲打理好家务，才回自己家。张晓娟明白，程思哲能正常活着出现在岗位上，对于秦副院长绝对是无声的打击、深重的恐惧。

这天张晓娟在上班，一位老年女性肾病患者被儿子搀扶进来。

“单老师！怎么是您？”张晓娟问。

单平老师面露喜色，像找到了救命稻草：“张晓娟！真的是你！我看到名字挂的号。”

单平老师的母亲肾病严重，别家医院已经宣判“死刑”。

“我一定要救活母亲，让母亲活着，活着，知道吗？张晓娟你帮帮我，为了母亲我已经搭上了所有积蓄，不过不要紧，只要母亲活着！”

单平老师脸上的表情坚韧，不屈不挠，那是对亲人的负责，对生命的渴求和不肯放手。在单平老师手下学习语文的高中时光，一幕幕如电影倒带，包括张晓娟对阿城生命的渴求和不舍，铺天盖地侵袭了张晓娟的心灵。眼泪险些滴落下来，张晓娟当机立断：“单老师！您若信任我，就和大娘住我家吧，我用我的‘张氏’疗法给予大娘家庭病房治疗，花不了多少钱。您只管住下，目前我一个人独住，不碍事。您只需管理好自己和大娘的日常饮食和起居，您看如何？”

单平老师惊讶得不知说什么好。张晓娟安排单老师母子住大卧室，她继续住小卧室。

多臻经常来张晓娟家，带来故乡的特产，张晓娟时常不在家。他有时给程思哲送过去一份特产，张晓娟果然在程思哲家。面对张晓娟和程思哲，多臻像一名潜伏者，看不出有什么特别。

多臻和单平老师无话不谈，成了莫逆之交。这两个男人占据着张晓娟家的餐桌，经常喝上一顿。喝着喝着，张晓娟就回来了。

多臻有些时日不来，这天来，张晓娟不在家。单平老师嬉笑他：“怎么？看到我这个老夫子，你不开心，看到张晓娟你心花怒放，你当我不知道你的心思？张晓娟真是的，没见过她有什么兴奋的状态，每天像一杯温水，绝对不热，也不凉，进了小卧室，捧起医书陷进去，睁开眼睛，比太阳起得早。哎，看不透！你小子看透没有？”

多臻不置可否地木讷着，摇摇头。“吃菜，吃菜，来，单老师干杯！”多臻热情谦让。

“知道我后来为什么离开学校吗？一纸合同而已。我是多年的民办教师，教书育人二十多年，成绩和能力明摆着，我教过的学生，哪一届语文没有几个考高分的？新校长护着一群新的权贵势力。刚上班的有文凭、有合同，能力有没有，后来几届的语文考试成绩不理想，大家都知道。为了让我腾出地方，校长拿合同说话，让我去当门卫，说当门卫算照顾我了，否则得清退回家。这是人话吗？‘鸟尽弓藏，兔死狗烹’，不去帮老教工争取个说法，用完我想一脚踹开。有天晚上，学校仓库起火，我不慌不忙哼着《沙家浜》外出吃饭去了，烧着了一溜平房。我想反正我编外不受重视，也就别像以前管那么多，没人记好！结果，校长受处分，我丢了工作……想起来，总算干了一场让人记得的事儿，轰轰烈烈离开了学校！”

单老师苦笑、大笑。多臻赔着笑，眼泪快笑出来了。

单老师感慨：“人世间的不公平，有时就像荒野里的火，个体不好将它扑灭，眼睁睁扭转不了局面，只能任由它逐势燃烧，烧成灰烬。受伤的个体只能在死亡里独自毁灭，或者浴火重生。没有人给予受难者长久的哀悼和同情。伤痛需要自我舔舐，复苏的能力靠自己。”

两个男人迷离了眼波，频频举杯。

两年过去了，单老师的母亲奇迹般好转。单老师轻松起来，他经常下楼去小区附近溜达，小区门市房有两家辅导机构，单老师不要钱，只求试讲。不出半年，两家辅导机构争着和单老师签署用工合同。单老师照顾母亲的经济压力得到缓解。

单老师回去立城县，高兴地把自己多年前喜爱的摄影器材全拿过来。白天，他把张晓娟家浴室布置成暗房，自制蒸馏水，摸黑冲洗出相机里最后一卷彩色胶片。晚上，张晓娟好奇地观看胶卷，看到它反应的画面是阿城家楼下附近露天小饭馆和广场，她问单老师：“您最后一卷胶片是哪年拍摄的？”单老师回忆说："记得是黄昏时分，我家楼下正对着广场，广场对面是阿城家附近临街楼房，一楼即是阿城去过的露天小饭馆，好像就是阿城出事儿那天傍晚，天空的火烧云美丽得不得了，我连续抓拍了半卷相片。那些日子，我丢了工作，媳妇和我吵架离婚，我所有的爱好和梦想都被搁置一旁，一搁十几年。"

张晓娟的手发抖，她强烈要求单老师立即把相片冲洗出来。

当最后十几张相片大白天下，张晓娟用放大镜看清帐篷底下，男孩挥动酒瓶砸向阿城，看到多臻哈腰操起酒瓶，破碎的酒瓶尚且握在多臻右手停留桌面，男孩想要扑上去打阿城，不慎跌倒，没有任何人恶意攻击他，他的脖子意外卡在桌面多臻手里的破酒瓶子上……

张晓娟按捺不住给多臻打电话，要求他马上开车过来。

早上四点半，张晓娟坐着多臻的车来到程思哲家，她有程思哲家里的钥匙，打开房门，她示意多臻在客厅静静等候程思哲起床，她去厨房做早饭。

程思哲起来走出卧室看见多臻坐沙发上，像尊弥勒佛，他的五官全部夸张成"O"形。张晓娟马上从厨房奔出来，抢过多臻手里的相片给程思哲看，程思哲很快明白了多臻所来的目的，他兴奋地来回转身追问："谁弄来的，摄影师在那里？""在我家，教过我们高中语文的单老师，我治好了他妈妈的肾病，他赐予我上天的回报。全是他十几年前拍摄的相片，有了这些，阿城的案子可以翻供了！"张晓娟说着说着，眼里溢满泪水，辣辣地流出来。多臻起身，稳稳地给了程思哲一个熊抱，两个男生的眼里也渗出泪花。多臻拍打程思哲后背，忍不住抽搐起来，发出孩子一般的呜咽哭声。

"我让你收集立城县近年两起命案受害人家属思想状况，你干得怎么样了？"程思哲把多臻按到沙发上，他坐下来问多臻。

"一户我在拆迁上给予他照顾，一个我聘用他做养老院工匠，两家人最后都跟我说了实话，杀人者拿钱把死者家属和法院全部封口，至今逍遥法外，最大受益者是秦副院长。"

"你看，我们胜券在握了，"程思哲说着，在茶几上摆起阵仗图，"中心深色茶杯代表既定目标，"他往左上角摆一张便签白纸片，"原来我们只知道多臻受要挟给秦副院长送钱，我们不敢告发他，怕他反咬多臻有罪，”他往右上角摆一张白纸片，“现在有了给阿城翻案的相片，既证明阿城无罪，也证明多臻没有故意行凶杀人，”他往左右下角各摆上白纸片，“秦副院长他知法犯法，不仅公报私仇，草菅人命，还收受贿赂，放走两名杀人犯逍遥法外，我们有四个铁证，牢牢钳制住他，他跑不掉了。”程思哲转过身，面向多臻，“两起命案处理的官方材料我已经整理妥当，多臻你只需回家做好命案受害人家属思想工作，让他们勇敢出庭作证。”

“是，放心吧！”

张晓娟召唤两位男生吃早餐，多臻也不管程思哲家的饭好不好吃，没吃菜，喝了两碗粥。三个人把早餐一扫光。

傍晚，张晓娟回到程思哲家，她买了肉食和青菜，外带一瓶红酒，她要把晚餐放宽约束，喜庆一些。程思哲的病状已经大有好转。

饭后半小时，张晓娟坚持给程思哲做按摩，程思哲趴床边上，张晓娟给他梳理后背筋脉，按摩腰眼。张晓娟的力道轻柔稳重，每天都能让程思哲身体的不适有所缓解。张晓娟用手扳一下程思哲肩膀，示意他正脸转过来仰卧。程思哲坚决不转身，他缓缓转过头来，深情含笑地看着张晓娟。

张晓娟卡顿了一会儿，满脸满眼堆起笑意：“怎么了？有生理反应了？”

程思哲不语，不好意思的表情算作回答。

“上周医院检查报告出来了，一切指标正常，这种正常持续一个月了，我相信你已经成为正常人，我的使命该结束了。谢谢你，我和阿城还有多臻都得感谢你！”

程思哲把脸转正，仰起头，像一个仰泳者，他趴在床上深呼吸。屋子里一度充满了厨房潮湿的烟火气息，充满了张晓娟冷静的身影和温柔。

“明天我不用来了，你要照顾好自己！”

“我也该休假了，下个月吧，去国外看看女儿。”

“我还给你家人一个健康的父亲和丈夫，我才心安。这辈子我们都欠你的。”

程思哲不再说话，他依然趴在床上，像一条追逐人间而搁浅又不得不选择游回大海的鱼，张晓娟在岸上推了他一把，他深入海洋。

七

张晓娟下楼，院子里凉风起。一道车灯光束直射过来，喇叭按响两声，车灯光束灭掉，张晓娟沐浴月色和路灯光，看见多臻的车停在那里。

张晓娟上了车，坐在多臻身后，她忍不住抽泣地哭起来。

“我终于把他治好了，要不然我们都对不起他！他为了给你和阿城洗清冤情，使你不再受制于人，选择留下，断了秦副院长的升迁之路，前年春节，他被秦副院长‘鸿门宴’下毒，严重损伤了肾脏，能活下来不容易，他还要装作正常人上班，我给予他跟踪治疗，这是我应该做的，他怕你知道了内疚，不让我告诉你，你还真沉得住气！”

多臻的眼里蓄满泪花，他启动车子，夜色中的霓虹不断飞驰而过，路面在如水月色里宽阔延伸。“我在等一个结果，不管它好坏！”多臻说完泪流满面。

车厢里只有车行发出的轻微嗡嗡声，张晓娟沉静地坐在后车座上，多臻安稳地驾驶车辆，他们的心情和车融为一体，从来没有过的毫无间隙。

单平老师带着母亲租房另住，他的母亲逐渐康复，能给单老师做饭吃了。单平除了给培训机构当老师，他经常端着相机去大自然采录风景。单老师一句话点醒梦中人：“阿仔该上高中了，你让他回到张晓娟身边，接受市里的教育，你还可以借机亲密接触张晓娟”

多臻佩服地冲“老夫子”伸大拇指：“高明。”

多臻为此事和阿仔商量。

“臻臻，我只喜欢你，张晓娟我不认识。”

“去了你就知道了，她是你亲妈！”

十五岁的阿仔快有一米八高了，活脱脱缩小版的“阿城”。

张晓娟安排阿仔住大卧室，多臻转身要走，阿仔立在客厅不再喊臻臻，而是喊：“爸，你要常来看我！”

多臻猛然回头看阿仔：“这孩子真养出感情了！”

阿仔并没有管张晓娟叫什么，只是犹豫地说：“那个，我的旱冰鞋你给放哪儿去了？”张晓娟并不反感，大概母子连心吧。

张晓娟给阿仔做饭吃，他吃，张晓娟看，阿仔不自然。

张晓娟问：“好吃吗？”

“好吃，臻臻也会给我做好吃的饭菜。”

“臻臻还会干什么？”

“那个，会得挺多，陪我打篮球，溜旱冰……”

晚上阿仔起夜，看见张晓娟小卧室门开着，灯亮着，人睡着了，手边放一本医学书，书里露出一张相片。他悄悄过去，从枣红色箱子上拉一块坐垫放地下，他坐垫子上，轻轻拿起书，抽出相片看。臻臻好年轻啊，被高个子搂住肩膀跳跃起来，旁边仰头看的人是年轻的妈妈，高个子长得非常好看，像阿仔，他跳起来还拿眼神留意着妈妈，他应该是爸爸吧。阿仔第一次看见爸爸的相片，爸爸身边另一位叔叔没见过。爸爸妈妈应该是相爱的吧，要不然妈妈不会一直睡在爸爸小时候用过的单人床上，小卧室的一切阿仔太熟悉了，他小时候也住过这张单人床，用过爸爸用的书桌。

第二天学校开学，张晓娟陪同阿仔挤公交车，告诉他上学的路线，送阿仔到学校。张晓娟离开的时候，阿仔的目光一直追随着她。

“那个，我和爸回老家过年，你记得回来看我们呀！”放寒假以后，阿仔临走对张晓娟提出要求。

“一定！我们一起去看望爷爷、奶奶和姥姥。”

“不见不散！”多臻笑了：“走吧！没几天又见面了。”

第二学期，阿仔对张晓娟的称呼变成了“喂”，短促而直接，张晓娟略微愣神，转而亲切地笑了。

阿仔学习成绩始终在班级名列前茅，这和张晓娟平日的精心呵护分不开。张晓娟给阿仔配备的早餐，必备一个煮鸡蛋、一杯热牛奶、一个馒头、一碟炒青菜。青菜换着花样，周日会给阿仔做荤菜吃。阿仔午饭和晚饭在学校，晚自习过后回家住。两个暑假，阿仔个头长高了。张晓娟给阿仔报了“街舞”班，市里的课堂，让阿仔大开眼界，他的肢体语言和活跃思维越来越像当年的阿城，机敏奔放。

第三学期，课程紧张，学习和复习的内容太多，多臻每次来不敢占用阿仔时间。阿仔与张晓娟说话，变成“嗯”的一声，显得成熟稳重，不太在意的样子。张晓娟平日不看电视，经常研读医书到深夜，阿仔有样学样，学习很刻苦。高考成绩出来了，多臻赶过来，三人就报考哪个学校交流了一下午。晚饭后，阿仔执意：“天晚了，嗯，我爸住这儿吧，我想臻臻了，我俩住大床。”

张晓娟没反对。

早上，爷俩穿着睡衣在屋子里抢洗手间，热闹地围着餐桌，和张晓娟一起吃早餐，仿佛家里原本就这样，热热闹闹的。张晓娟穿戴利落上班走了，留下多臻和阿仔两人。多臻在不知不觉中已经有了这个家的一把钥匙，可以随时进出。多臻幸福地笑笑，阿仔问话：“你喜欢我妈？”“可是你妈只喜欢你亲爸。”多臻无法正面回答阿仔。阿仔无奈，习惯性把多臻的头发揉一揉，捣乱。多臻咧开嘴笑。

阿仔成功考入清华大学建筑学院，圆了阿城年轻时的梦想。

张晓娟和多臻收到程思哲从国外发来的邀请函，请他们带着阿仔前去度假游玩。

下了飞机，程思哲一家三口人前来迎接。张晓娟和多臻第一次见到程思哲的妻子颜宁，她在异国他乡，穿中式旗袍，玉白色丝麻面料，滚金丝的门襟，奶白色小朵玉兰暗花，花色不扎眼，大波浪头发浓郁茂盛，披在脑后，人亭亭玉立，苗条有致，整体气息——如沐春风、善解人意。张晓娟终于明白程思哲是怎样从失去她的阴影里走出来的了。只有颜宁能让程思哲忘却前尘，放眼现实。两位美女首先互相吸引，亲近地并肩行走，没完没了地交谈。多臻和程思哲负责运行李。程思哲的女儿程程比阿仔小两岁，白净活泼，热情大方，丸子头很有中国味儿，两个年轻人聚一起。

颜宁爸妈的中式餐馆开在华人聚居的闹市区，楼下餐馆占地面积很大，楼上居住房间比较多，张晓娟独住一间，多臻和阿仔住一间。他们一起在楼下吃饭、休闲。窗外街头聚集了一小群人，两个白人孩子和一个黑人孩子在街头尬舞，嘻哈风格。阿仔两眼放光，问程程会不会街舞，程程点头，阿仔拉着程程加入舞蹈队。五个孩子肤色不同，各展风姿，迅捷闪动，引来更多人围观。音乐氛围果敢沸腾，孩子们青春飞扬。程思哲夫妻和张晓娟、多臻出来观看。张晓娟似乎回到高中毕业班那场文艺晚会，阿城在眼前热烈地舞动。

游玩以两个孩子的意见为主导，他们想先去“乐高”乐园，感受“魔术塑料积木”的乐趣。阿城小时候受多臻影响，怀抱多臻的礼物，曾经沉浸在塑料积木组合的奇妙世界。小小的，不同颜色、不同形状的塑料块，咬合到位，居然能呈现变化无穷的外观——小汽车、棒球手、机器人……人体细胞何尝不是，若能合理结构，便形成神秘的生命。世间事，人和人之间的缘分，不也是一场奇妙的组合吗？乐园里，纯色的红、黄、蓝积木块，看似任意却严谨地组合成形体高大、色彩夺目的动物、人物和城堡，有震撼力，成了艺术品。孩子们不停地去探险，大人们则一路欣赏。

途经海岸线，他们下车休息。

阿仔问程程索要联系方式，两人互换通联。

程程告诉阿仔：“爸爸说，过几年等我大学毕业，我将回国发展，我姥姥、姥爷想落叶归根，那时候我去找你。”

“程叔叔，程程会回国吗？”阿仔不放心，去求证程思哲。

“会的，这是我们全家的一个大决心、大方向。”

“程叔叔，您知道我爸、我妈和多臻叔叔的故事吗？”

“不是三个人的故事，是我们四个人的故事……”

阿仔听完讲述流出眼泪，他的泪水迎着海风。海鸥的鸣叫尖锐清越，羽翼飞掠。海潮翻滚扑打海岸，阿仔的背影被夕光笼罩闪耀，变得坚定而独立。

游玩了一周，该回家了，阿仔和程程嘻嘻哈哈，黏在一起。

张晓娟远远看着阿仔，多臻在旁边说："你儿子都有女朋友了，你呢？"

张晓娟笑而不语，俄而说话："这次来度假，最让我放心的是看到颜宁的好，程思哲该有个美好结局，要不我们都愧对于他。他给了我五年小米粥，救过我妈妈的命，为了你和阿城的命案被误解。你出狱后，为了洗清你和阿城的罪名，保护你不再受人要挟，差点丢了性命。我为他做过什么？只护理过他两年多时间。但愿阿仔和程程的未来能够修成善果，告慰我们荒芜的青春。"

过了检票口，程思哲一家只能在身后挥手告别。阿仔冲进妈妈和多臻之间，喊道："爸、妈，我们回家吧。"说着拉起两个大人的手。

张晓娟停下脚步问："你说什么？"

"爸爸、妈妈，我们回家吧！"

"你终于叫我妈妈了！"张晓娟搂住阿仔，喜极而泣。

多臻凑过来动情地安慰："后半生，无论你们娘俩怎样，我都会想尽一切办法把你们放眼皮子底下，保护你们周全。"

经历了异域之行，程思哲的安生，阿仔的成长，终于打破张晓娟内心的坚冰，她似乎敞开心扉，向前迈出了一小步。

我就是阿仔，拉着爸妈踏上归国的路途。蓝天通透，飞机穿越时空。

发表于 2024 年 2 期《海外文摘》

莉璎小小说

四十不惑

寒风能把人吹成纸片，大川的招呼声透着热气：“大冷的天儿，您怎么才装修？”

大川麻溜儿地打开侧门，佟大妈拎着水暖件进了小区。

佟大妈放下手里的重物，直起腰缓口气。“别人家秋天都装修了，我家地热牌不是给挂串了吗，缴了费却一直不热，查原因给耽搁了。”

大川没听懂，满脸迷惑。“是有点绕。”佟大妈继续解释道：“我家502户和邻居501户地热管号码牌，在室外入户管那儿被张冠李戴了，502号码牌被挂在501户地热管上，501号码牌被挂在502户地热管上。我家缴了取暖费，邻居家没住人没缴费，热气按照号码牌供应呀。这不，才改过来。”

大川跟着缓了口气：“……有这事，给退取暖费了吗？”

“不给退，耽搁了俩月装修时间。”佟大妈无奈。大川的正义感腾地蹿出火苗：“走，我帮您找物业去。”

大川瞪着眼睛，铁塔似的往那一站，大家就怕。物业员小心解释，第一年由物业代收的取暖费都入账上缴了，物业拿不出钱赔给佟大妈。大川上去就踹他屁股，不是真踹，物业员吓得脸刷白。“每人自罚五十元，还给佟大妈。”

大川的话谁敢不听。凑了五百元，大川很抱歉地交给佟大妈：“可能不足，但这点补偿您先收着。这帮小子挨了罚，就知道怎么解决问题了。”

大川是谁，新安屯无人不晓。

七岁那年，大川穿着妈妈给做的红棉袄，呼呼追到屯口，爸妈开着拖拉机去集市置换年货，还没走远。大川边跑边喊："早点回来呀！"妈妈回头露着笑，招手让他快回去。"冷！"爸妈的吆喝声像雪片，白花花飘荡在山路。

黑白斑驳的大地上，红棉袄和拖拉机俩红点越离越远。大川爸妈再也没能回来。他们遭遇了车祸。

大年三十，叔婶家的小川有新衣服，大川没有。三十夜晚，大川远远地跑到屯口放炮仗，冻得手皴脚麻，鼻涕一把泪一把，谁叫也不回家。寒冬的紫色忧伤地笼罩着。

上了学，只要小川有什么而他没有，大川就难受。他跟奶奶诉苦，奶奶摸着大川的头，把大川搂在怀里，柔声细语地说："你叔叔婶婶对你多好呀！"大川猛地挣脱，怼得稀碎："世上只有爸妈好，要啥有啥。"

奶奶看着小小的大川，摇头叹息。

十八岁，大川长得高大壮实，和一群小哥们混吃喝。一伙小流氓深夜进屯偷鸡和兔子，哥几个闲逛撞上，一顿厮杀。小流氓带了凶器，把英勇无畏的大川连捅十八刀。血葫芦一样的大川躺在屯口，生死未卜。警车来了，120来了，围了很多人，奶奶哭天抢地。

大川被捅了十八刀没死，在屯里成了传奇。出院以后的大川沉默寡言，小孩子都怕他，说他眼里有杀气。大川痛恨，要是父母在，他也不会和人打架，乖乖地学习，这会儿说不定上大学呢。

大川离家出走，到了城里和另外一群哥们混江湖。荒凉的内心总得拿什么堵上吧，他抽烟、喝酒，闹腾得凶。新安屯的亲情与他越来越遥远，越来越陌生。甚至，那是个创口，他总觉得叔婶和奶奶对他，永远没有爸妈好。最后，大川打架出事，锒铛入狱。

奶奶来监狱看大川，忍着哭腔狠狠数落他："当年，你爸妈的抢救费都是你叔婶扛着的，牛买了，还有饥荒，小川的新衣服是出事前买的，叔婶答应以后养活你，不比什么都金贵。你被捅伤了，你叔婶挨家挨户地敲门借钱，给你筹手术费。这些年，叔婶帮你父母还清了抢救费，现在又帮你还手术费，小川上大学正缺钱呢。叔婶为了你爸妈和你，自己舍不得吃舍不得穿。你看你长得一身肉，人高马大的，伙食费、学费，哪样短着你了，小川没少捡你穿剩的旧衣服，你就因为想着你亲爸妈会更好，总和我们憋气。做人可不许这样，要站在自己该站的位置上，家贫就要体谅父母，你叔婶就是你的养父母呀！”

大川听到这，突然明白了，悔意一口口把他往深里吞，吞得他睁大眼睛、脑袋里透亮。面对奶奶苍老流泪的脸，大川哑口无言。

大川提前出狱，新安屯早已发生巨变，当年的小哥们正在征房征地搞楼房建设，屯子已经成为繁荣的郊区。奶奶没了，叔婶老了，小川也成家立业自己过小日子了，大川无依无靠、孤苦伶仃。屯干部和小哥们让大川在建筑工地当保安，小偷闻风不敢来犯。

佟大妈买了新安屯的楼房，在小区附近开小吃部。大川总去吃饭。佟大妈有舍粥的习惯，困难户可以在舍粥区随便盛粥喝，大川看在眼里记在心上。秋天来了个川妹子，听说哥哥在这里盖高楼，找过来发现施工队已撤走。佟大妈舍口粥，留住个人。妹子在四川老家未曾生育，遭受夫家嫌弃打骂，亲生父母陆续过世，她决意离婚私自投奔哥哥而来。

佟大妈把妹子介绍给大川，俩人在工地的一间小屋住下。临近春节，听说大川媳妇怀孕了。佟大妈高兴。新安屯又增添了传奇色彩。

今儿退还了佟大妈的取暖费，大妈感激。大川对佟大妈笑笑：“我快四十了，才弄明白感恩是怎么回事儿，不奢求，别人给的都是恩。面对世间事不能太麻木，做个好人会有好报。”

发表于 2019 年 5 期《小说月刊》

五　儿

有谁会比十八岁的五儿漂亮，肥腿的绿军裤被改成合体的，藕白的缎面小袄拿捏着腰身，头上戴着蓝绒线编织的螺纹小帽，帽子后面有一个圆圆的绒球。从来手不拎水、肩不挑担的五儿，穿戴漂亮，竟然抢着去镇公所那儿挑水回家。老妈不放心，开门紧追，屋里的热气霎时扑出来，五儿冲出白雾。

五儿走在白雪地上，挑着担子，一前一后两只空桶，身子一扭一扭，蓝帽子下白净的脸蛋泛起红润，大眼睛水汪汪的，顾盼娇羞。五儿一趟又一趟窈窕着去镇公所挑水，小心走路的样子，即让人惊心又揪心。镇公所旁边胡同里刚住进来的年轻人，站在路口，挺拔俊逸地向五儿张望。

灰暗的天空瞬间被点亮，五儿和滕飞释放那个冬季最美丽的情愫，甜蜜且无法阻挡。春天，从镇公所到五儿家的小路，不知被两个年轻人丈量了多少公里。开始的时候是滕飞帮着五儿把水挑到家门口，后来趁着夜色，五儿时常溜进废弃的镇公所后院，隔着墙扔石子发信号，约滕飞出来聊天，他俩有说不完的悄悄话。

五儿一颦一笑，滕飞的魂儿跟着一颦一笑。

五儿妈盼儿子，一口气生了五个女儿，五儿最小最可爱，老妈宠爱五儿，全家都得当五儿是块宝。老妈蒸白面馒头，家里人多，一顿饭吃下来就见底了，五儿放学回家，碗架柜里准保给藏着一个，谁也不敢抢。那白馒头裹着一层薄薄的面皮，里面的滋味又甜又香。

五儿在有妈的家里如同公主，无忧无虑，没想到妈妈死后，一切都变了。滕飞下乡锻炼一年表现优异，很快被调到县里。五儿去找过他，可是滕家父母对准儿媳另有人选。五儿回到家，老爸很快再婚，五儿成了多余的人。

老爸和后老伴搬到县里居住，五儿守着老宅。大姐、二姐已经成家立业，在镇里各自为生，三姐、四姐纷纷外出求学。五儿没考上大学，没有工作，滕飞呢飞走了。五儿像一朵娇嫩无比的花，一场暴雨就败下阵来，昂头从高枝栽下，脑子乱了。

家里没人，五儿经常流落街头，疯疯癫癫的。三姐毕业回家，把五儿领到县城，住进爸爸家，后妈给五儿买了一套新衣服，然后约着五儿爸外出旅游去了。姐俩被晾在家里，三姐明白事儿，五儿糊涂，五儿还高兴地去滕飞单位门口等他下班。滕飞见着五儿打扮得不伦不类，精神不正常，心里内疚。

三姐一路找过来，见到滕飞，央求他看在五儿的份上帮助自己找个工作。滕飞厂里招工，他把三姐当成亲属报了名，三姐如愿上班。三姐住宿舍，五儿落单返回老家。大热的天，五儿穿着冬袄，剃了光头，躺在镇公所的台阶上晒太阳。五儿见别人在时装店里试衣服，她羞涩地往里边闯，未等靠近，就被老板娘赶出去——“疯女人也想美！”老板娘心烦地嚷嚷着。

五儿开始拾荒换钱，她推着自行车，前后挂满了纸盒和矿泉水瓶。五儿拾荒必须涂口红，穿得花枝招展，镇里的孩子围着她捉迷藏，大人们则远远地叫她“大美人”。四姐毕业回家，把五儿拾掇一番，领着去市里。四姐说：“到市里找滕飞去。”五儿乐颠颠地跟着走了。

滕飞在市里也很优秀，五儿的到来让他难堪。四姐趁机请求滕飞帮助她找工作，滕飞跟老同学打个招呼，四姐如愿以偿。临走，滕飞一再叮嘱四姐要照顾好五儿。四姐在市里也住宿舍，她把五儿送回老家，交到大姐手里。大姐的儿子正在读初中，全家人整天围着男孩转，五儿沾不上边，五儿想起老妈在时，全家人都围着她转。

五儿不爱继续留在大姐家，正好二姐离了婚一个人过，五儿去二姐家住。

这一年快过年了，二姐的男朋友频繁出现在二姐家，他们总背着五儿在卧室里闹，五儿心里不是滋味，悄悄走出家门。天空里飘着雪花，五儿躲进镇公所改造而成的小医院，赖在注射室的椅子上，安静地看电视。护士怕她吓着患者，隔一会儿来驱赶她一次，她无声地与护士躲猫猫。

晚上，医院关门了，五儿无家可归，不知不觉走回老宅。钥匙还在身上，开了门，家里没有生火取暖，冻得滴水成冰。五儿饿，去碗架柜里找白馒头吃，没有，这才想起老妈不在了呀。五儿冷，把蓝绒线编织的螺纹小帽翻出来戴上，她索性打开房门，倚着墙坐在白雪皑皑的院子里，五儿居然觉得雪是温暖的。

她找出扁担和两只空水桶，她要担着水桶去镇公所挑水去。路上滑呀，她就小心地走着。走到镇公所胡同她不走了，原来供水点早已取消。她坐在胡同口，水桶左边一个右边一个，扁担放在两只桶上面。五儿把两只手支撑在扁担上，大大的眼睛忽闪着望向前方。她觉得越来越暖和，她看见滕飞向她走来。

滕飞被调到省里，临近过年下乡检查工作。他特地绕道拜访了五儿的大姐。大姐领他到二姐家找五儿，大姐、二姐和滕飞一起到老宅找五儿。大姐慌了，她还指望跟滕飞处好关系，将来给儿子安排工作呢。滕飞转身奔向镇公所，远远看见胡同口坐着一个雪人，大眼睛不再传神，安定地望着他，一动不动。

发表于 2020 年 3 期《小说月刊》

岔路口

雪天，付茜上了通往滨江县城的小客车。车上只有五位乘客，车载影音绸缎般涌出。

男生们热烈拉话，前排的“南方口音”，十几年没回老家了，乡音已改。后排的，握着保温杯说笑，他初次前往滨江“淘金”，所有的信念顶着憧憬。右侧的埋首羽绒服，不吭声。

窗外的田野和远山黑白错落、起伏逶迤、无限开阔，田垄跟小辫子似的，被梳理得整整齐齐。付茜的心情比田野纷乱，找不到头绪。她一首一首跟着车载屏幕小声哼唱歌曲。左边的女人转头看她：轮廓分明的脸，虽然不再年轻，但眼神充满活力和激情。女人问：“你怎么什么歌都会，真快乐。”

快乐吗？付茜心事翻腾，开始大声点和唱，是半阳的《一曲相思》，歌词贯穿肺腑，婉转、淋漓。

欲问青天这人生有几何
怕这去日苦多
往事讨一杯相思喝
倘若这回还像曾经执着
心执念你一个
那我可能是多情了

十几年前的夜晚，也是雪天，付茜和几位女同事喝高了，出来直奔歌厅消解。她们几个都是能歌善舞的幼师，在包间里唱不够，跑到大厅里互相献唱。付茜的乐感尤为好，歌曲的技巧拿捏得准确到位，几个女生兴奋地飙高音。田志城从省城来到滨江县老家的歌厅观摩学习，他在省城的酒吧即将开业。

付茜的激情和活力慑住田志诚，她若是在自己的酒吧撑台柱子，以后的生意不火都难。田志诚买单，并倒送几位美女三天的免费赠券。有这好事，她们更加开怀地唱歌了。

很晚回家，丈夫隋丰不在，他每天开出租车上晚班，经常后半夜才回。“隋丰啊，隋丰，人家都说你是碗凉白开，一笑解渴，我现在渴了，你在哪儿呢！”付茜酒劲未散，扶着墙胡言乱语，儿子在奶奶家，没人上前给她温暖。

接下来的三天，雪花飘个不停，女生们下了班齐聚歌厅，有吃有喝、环境优雅，浑然忘却外面的冷。田志诚组建了男女两个赛队，以K歌比赛的方式活跃场面。

隋丰不知从哪儿得知了消息，车停在雪地，等付茜从歌厅出来。

付茜没坐稳，隋丰一脚油门冲出去。付茜立马不高兴了，盯着隋丰的冷脸子：“说你是凉白开，你还冒酸泡了。”隋丰不接茬，憋足了劲往家开，路上差点撞了行人，付茜发出尖叫。到家停车，隋丰逮犯人一样，薅着付茜的脖领子上楼。

付茜怎么解释都不行，隋丰不相信他们男男女女没事情，不相信田志诚没长贼心眼。“我从初中开始追你，追到高中毕业，你放个屁什么颜色的我都清楚，我说不用你上班我来养你，你偏要学幼师，说上班快乐，我也同意了，可你玩疯了，你这是想要飞呀！”

隋丰不说“飞”字则已，说了这个“飞”字，戳到付茜的痛处，她觉得没给自己留其他选择机会就嫁给隋丰，有缺憾，既然说到“飞”，那她真的“飞”个看看。

付茜流着泪闯进风雪。田志诚怕出事，开车跟在后面呢，见付茜一个人跑出来，一把拉她进车，一路开到省城的酒吧。偌大的酒吧尚且空荡，田志诚把付茜推上吧台，指着眼前对她说：“留下来吧，留下来这里的一切都是你的，我们白天在一起，夜晚也在一起，你想怎么高兴就怎么高兴。”

原来那个青梅竹马的家轰然塌了，火一样的男人包裹了她。

如今回滨江，是上高中的儿子出了状况：隋丰去了广州开车，儿子跟随奶奶。儿子早恋，男孩子和女孩子夜不归寝，偷着在空旷的食堂地面铺毯子拥眠，班主任的手电光扫到孩子脸上，然后灯光大亮。儿子信誓旦旦地说爱那个女孩，将来非她不娶，神情像小狼。

班主任的手机打进来，约付茜学校见面。小客车停在岔路口，坐在付茜左边的女人指点付茜：“下了车一直往前走，二十几分钟就到，坐公交也行”。旅客四散。

付茜没有坐公交车，她放慢脚步，艰难地前行，她觉得自己还不成熟，该怎么教育儿子呢？她苦笑。

班主任回家对妻子讲：“班上早恋的那个男生转变很好，你功不可没。”

客车上，坐在付茜左边的女人正是这位班主任的妻子，她听出电话里约付茜见面的是她丈夫，于是微信沟通，凭直觉提醒丈夫：付茜本身的故事应该是最好的教材。

发表于 2021 年 2 月下半月《小小说月刊》

豪

米村隐藏在山水之中，花开花落，世外桃源。自从大型滑雪场建成，市里到滑雪场的宽敞大路，从村前经过，米村成了驻脚游玩的热闹地界。

大发长得五大三粗，守着屋前一条河水、屋后一亩靠山坡地，搞点养殖，发了家。有了钱的大发买了辆宝马车。大发开着车在村里转悠，全村人都夸他有出息。大发那个美呀，腰杆挺溜直。

村前大路车辆少，自行车爱好者从市里出发，途经米村，骑行到滑雪场，再返回，一路上山好水好，空气清新。大发开着宝马，瞧不上那些弓着腰，仰着头，用两条腿发力，一圈一圈往前蹬车的人。

一辆雷克萨斯从左侧急超车，市里年轻人比他豪，寸步不让。为了防止爱车宝马被剐蹭，大发紧急向右侧自行车队挤压，“咔嚓”，刮倒一辆自行车。

浩浩荡荡的自行车队，呼啦聚停。被刮倒的人站了起来，跟大发一样高大，有点瘸。“张总，没事吧！”大家上前询问，全然不顾看大发的宝马。大发怒气不小，下车扯着嗓门喊：“要是把我的宝马撞坏了，你得赔啊！”

这一嗓子，大家齐刷刷看向他。大发立刻有了成就感、威风感。突然有个声音冒出来：“张总的自行车撞坏了，看那前圈，你得给赔。”大发不屑，“先谈谈你怎么赔我的宝马吧，看这侧挡，掉漆了。”

“你知道张总的自行车多钱吗？”大发依然不屑，“不就是个自行车嘛！”

“张总的自行车比你的宝马贵。”

“啥？”大发不信，围着自行车转了半圈，扶直张总。

张总说：“我人没事，你不用担心，你的车该怎么修怎么修。”

“那你的自行车？”大发心里没底。“我修个看看，也许用不了多少钱，正正圈。”

大发扶着张总到自家院子休息一会儿，喝点水，压压惊。

张总围着大发家房前屋后转悠，腿不瘸了，精神劲上来。张总问大发：“想没想过把房子卖了？”大发正有此意，可惜以前几位买主给的价钱不够他在市里买房的。张总问：“八十万元可好。”大发眼睛一亮，立刻掩住兴奋，问张总身体没事吧，这自行车维修怎么办。张总说：“我和我的车你不用管，你的车补漆我管。”

成交，张总肉嘟嘟的大手和大发有力的大手握在一起。

大发在市里买了楼房，送儿子上最好的小学，他把儿子打扮得漂亮，儿子有时耍脾气，欺负大人，他就自豪地大笑：“看我儿子多能耐。”小家伙得了逞，更加嚣张，颇有点孩子王的气派。

儿子平时钱冲，买小零食，把几个淘气的孩子笼络住。那帮小屁孩在一旁加油打气，儿子下手就重了，把同学打出血了。

打坏了人是要赔的。大发点头哈腰赔礼道歉，花了银子把事儿消停了。回家拿眼睛瞪儿子，小家伙也知道害怕，躲得远远的。没想到大发一把将儿子举起来，高兴地大骂：“你个小浑蛋，比你老子还厉害。以后不许把人打坏了！听见没！”儿子转惊为喜，咯咯笑起来。

大发和张总成了好朋友。入秋，张总邀请大发一家到米村家中小聚。庭院被张总一收拾，变得有味道，似曾相识，又置身度外。张总家的男孩，比大发的儿子长两岁，穿着普通，蹬着雨靴，进后园子摘葡萄、掰玉米，招待客人，他脸孔晒得褐色，待客不卑不亢。再看自家儿子一棵白菜秧。

刚下过一场雨，张总的儿子拎起铁锹，往田垄里挖排水沟。大发的眼神有点恍惚，那个挖排水沟的少年多么像他小时候。那时候的大发没有太多欲望，心情清透如小溪流。

张总喝着茶，给大发讲解房屋的风水。“你看这屋前一条水流，那是财源滚滚；你再看屋后这座大山，像不像一把太师椅，是靠山。好家园呢，卖给我你可别后悔喽。”

大发有点傻眼，心里冒虚汗，豪气一时半会儿地没了。现在的有钱人低调，能步行不坐车，能运动不懒惰，教给孩子热爱劳动。

大发赶紧拿起铁锹教儿子挖排水沟。张总若有所思，问大发：“我在这里建一所绿色养殖场，你来做顾问如何？我保证你将来有能力赎回故园。”

大发一下子有了精神，张总和大发的两只大手再次握紧。

发表于 2021 年 1、2 期《精短小说》

允　珍

我忍不住在允珍的墓前唤了一声“娘……”

清平小学的孩子跟着哭成一团：“奶奶走好！”

允珍被安葬在她的故乡，她捐建的“允珍教学楼”已经投入使用。

清平湖水浩大静美，越过百年拱桥，湖对面的清平小学放学了。一个穿白底红花布褂的小姑娘似乎也从那边走来，风吹拂她俊俏的小脸，发丝在额前飘舞。她就穿着那身衣服离开的故乡，离开了刚上几天的清平私塾学堂。

允珍在拱桥上学唱小曲，有模有样，被戏班子的人看中。允珍懂事地跟家人告别：“不哭，我喜欢唱戏。我有饭吃了，你们也好过些。”

允珍的魂魄似乎要跟随我北上，像她当年离家一样。

火车抵达北方的滨城，热闹、拥堵、繁华。

十八岁的允珍，在滨城的梨园行小有名气。付帅府送来请柬，今晚要在府邸观看《七仙女下凡》这出戏。付帅驻守滨城半年多，家眷都留在上海，身边没有女伴，他捧允珍。今晚……莫非……寒老板知道躲不过去，连忙吩咐允珍她们去准备彩妆。

付帅府，厅堂楼榭装饰着幽暗的红色灯盏，允珍她们在二楼扶梯口那儿依次飘出，七个美貌的仙女下凡到人间。最小的七仙女是允珍，穿着素白的罗裙，发髻乌黑高鬈，珠光、目光两相流盼。允珍绫纱展动，彩色的绢花洒落一地，她唱词鹂转，身态轻盈，回眸，付帅正满含深情地看向她。

付帅命人将盖了红丝绒的托盘递过去，寒老板掀开绒布的一角，整条整条的金子，惊而无法推却。其他人员很快退去，一室篱落，笼罩允珍。寒老板放心不下，专程前来问候允珍："付帅这人可好？"允珍道："人长得英武，品格文雅，倒也是乱世安身的归处。"

"呃……"寒老板的应答僵持。

付帅匆忙离开大陆，留下允珍。允珍连忙收拾了细软，离开大宅，报名学医。

"生了，终于生了，是个小小的女儿哎！"我的出生。允珍高兴得不得了。

"你的母亲是一位军人，生你时，她身上带了重伤，你的父亲也是军人，牺牲在抗美援朝的战场。你母亲弥留之际把你托付给我，我收养了你。"

客车进了边城，寂静稀薄，人情世故在狭小空间里更易突兀。

贫苦出身的允珍，因为那场掠夺式婚姻，她带着我被下放到偏远的边城。允珍把我寄养在贫农家庭，她经常来看我。

"我身世不好，怕连累你。"

允珍不允许我叫她"娘"，我结婚前她才解释原因。

我趁势钻进允珍怀里。

允珍独住的小屋，室内摆设简朴整洁，墙上挂着几个玻璃相框。照片里的允珍穿立领旗袍，显得高且丰润，弯弯的细眉，光洁凝脂的脸，像林徽因的"人间四月天"，又像演员胡蝶的静美。老年允珍变得单瘦小巧，干净利落的样子，眼不花、耳不聋，一头黑发稀疏地、板板整整地梳在脑后，尽管穿的是些老式旧衣服，依然雅致。

我调皮起来："那副最大最好看的照片是三十几岁吗？""那是我五十岁离休时照的。""那张更年轻的是二十几岁吧！""那是我四十岁上的。"其实我记得允珍年轻时的美。我经常捧出些温暖，流淌在空间。

"又去捡废品了！"允珍听了不做解释。她还浆洗碎布做鞋垫，换点钱。

节俭的允珍，叫我陪她回过南方老家，亲人都不在了，清平湖对面的私塾改建成小学，允珍要给清平小学建一所教学楼。“哪来的钱呢？”允珍变戏法似地拿出她的细软，国宝级别。我惊呆了。

“我守护着它们。”允珍声音不大，面露微笑。

深秋时节，“允珍教学楼”竣工，允珍去世，享年八十二岁。

我打开房门。“娘，我们到家了。”

她端庄地坐在那儿，着立领旗袍装，像一小块雕花檀木，贵气幽香。我的手轻柔地帮她梳弄黑发，允珍娇羞得像个小姑娘，安静地往镜子里看自己，现出一种坚韧的安详。允珍的眼神从柔和变得严峻而焦虑，目光仿佛透过镜子看向更远。岁月的尘烟层层落下。

“君不来，我不肯老去。”我说出允珍最后的秘密。

允珍一凛，眼角流下泪水，人不动了。

“娘。”我轻轻唤，没有回音，只有我的哭泣声。

发表于2020年10、11期《精短小说》

穿越时光的玲珑

逃离家园、逃离亲人、逃离烦扰、逃离蜕变，晴就独自一人抵达山里，那片玲珑的水域，深深地陷进去，在温良的寂寞里沉入。

片刻的窒息，窒息里迷幻的快乐，脱离了纠结就要拥抱到恩泽的那一刻，阳光刺痛双眼。晴把头浮出水面，大把的泪无声地顺着泉水一起下流。

来得早，池子里没有旁人，初升的光缕斑驳地荡漾在水面上，晃做周遭一片琉璃。所有过往的和如今的以及未知的疼痛，都在水波里清静。

上一次来有恩泽在身边，晴换了泳衣，羞涩地用一块雪白的浴巾包裹了身体出来，红姐夫妇早已大方地站在水池边上，恩泽只穿了条深蓝格子的短裤坐在椅子上等待。

“我的姑娘，怎么这么害羞，快把浴巾放回去！”红姐笑着说，晴发觉恩泽在那边发出无声的坏笑。于是当众把浴巾慢慢放下来，那种滋味真叫不堪。

幸好马上全部入水，念头一转。晴的游泳技术不高，恩泽过来细心地指导，水底和池壁上映着两条人鱼的影。和恩泽接触也有许多天了，这一次有了敞开心扉的亲密。

“晴，这是我上几届的得意门生，董恩泽，认识一下，互相学习。”晴蓦地放下画笔，打断思路忙伸出手去，高大的男生，阳光的笑脸，修长而厚重的大手握住了晴的纤手。

“这些是恩泽获过奖的作品。”红姐把一些书刊册子递过来，学员们都围着看，那么绚丽迷幻的色彩，尤其是水波玲珑的温泉的那一幅画，仿佛有时光穿透的感觉。恩泽看出了晴的喜欢："这是温泉，下周我去写生，要不你也跟着去！"

休息的时刻，四个人坐下来，要了饮料和水果，红姐打趣说："晴你要是没有男朋友，我就把恩泽介绍给你了。"晴蓦然一愣，恩泽在对面正幽幽地看着，晴低头不语。

晴和男朋友两家是世交，好像大人们很早就忙着暗中交流这件事情，两人都上了班，他就经常到晴供职的学校来接送。晴喜欢绘画，跟随美术组的红姐学习。

但晴并不觉得自己有过真正的恋爱。恩泽在那边看着她，她只能低头不语。

下午，红姐领着恩泽和晴到山那边的江流写生，恩泽不再说话，专心地画着，晴却突然没了宁静，怎么也画不好，总是瞟着恩泽画画的背影。

恩泽过来帮助晴画上几笔，远山虚蒙了一些，近水做了技术处理，整体画面感显现。"我是在画室里看到你的画，才想认识你这个人的。"恩泽这样对晴说。

以后的日子，晴和恩泽在红姐的画室里默默地像两尊只知道着色的青铜。那一晚，画室走廊里不再有别人，恩泽等着晴告诉她："研究生的通知书下来了，我没有办法让自己留下来。"

恩泽走了。三个月后，晴悔婚，请了七天假，告诉家人不要找她，她只想一个人清静一下。她就每天浸在这玲珑剔透的水色天光里，听空山鸟语，怡情养智，放下不爱，不管未来如何，没有了包袱。

第七天下午，晴打开一直关闭的手机，不出十分钟，红姐的电话："快回来吧，鲁美的招生报名就要结束了，我觉得你很有潜力，恩泽也在那里。"

挂了电话，晴的脸上一片光明。

发表于 2021 年 3、4 期《精短小说》

花开花落

泪眼看花，白梅落尽桃花发，桃粉飘迹梨花雪，侘傺身后。

那人在街上驭马驰过，白衣青丝，似未沾一丝风尘。凌烟在楼栏上望见，惊失罗帕，绣着名字和白梅的帕，浮着淡淡的蓝紫薄雾，随旋去的尘影，飘了下去，落进他怀里。

这是乱世，不宴客，不歌舞，隐居青楼一角，凌烟只等哥哥回来。可是今天，阵前传来消息，哥哥死在叛军手里。哥哥回不来了。

叛军之首，是皇室另一支的平阳侯世子南宫慎，一袭白衣清绝京城，人称“白衣公子”。

白衣人驻了马，回踏楼前，仰头上望，白似玉雕的面容，冷峻无惧。他一定看见了藏身醉花楼的凌烟：杏色短襦，绿萼丝带，素雅长裙，白梅样玉洁冰清。

嬷嬷疾步前来敲门，说有位公子求见。

凌烟应允，袅婷落座，抚琴一曲。

“指若削葱，流云玉振，泪惹香愁，心事怎说？”话语落，白衣公子已立于凌烟面前，目光中透着几分探究。

琴弦突断，白衣公子蓦地粲然一笑，他是客客气气来还帕子的。

“你叫凌烟？来自白梅世家？”

凌烟不语，沏了冰凌茶，下了毒的茶，一人一杯，相邀先饮。

白衣公子挑剑打落凌烟手中的杯子。

“风吹雪洒映白梅，你们家的后花园竟是人间仙境。在白梅山庄，我和你的哥哥白梅大侠义结金兰……”

凌烟泪如泉涌。“你是俊逸哥哥，不是南宫世子？”

“我是俊逸，也是南宫慎。俊逸是我的江湖化名。白兄跟随了太子，阵前我们敌手相逢，他为了放过我，晃身挨了一剑，临死要我照看他的妹妹。”

他走了，第二天送来万金，买下醉花楼。凌烟成了楼主，她抚琴，吟唱，起舞，不为别人，只为白衣，她在等待他的归期。

冬去春回，朝廷平定了叛乱。有消息传来，南宫世子死在太子手里。凌烟一醉千百媚，梦中相看，青丝白衣，玉雕音容。

太子登基称帝，微服寻至醉花楼，提出纳凌烟为妃。

言谈间，新皇喝下凌烟沏的冰凌茶，凌烟也一饮而尽。

凌烟身边的小厮突然扯下假面具。

“俊逸哥哥！”凌烟惊呼。

“对不起，凌烟，是我利用了白梅世家的忠贞、坚毅，是我让白梅大侠投靠的太子。只有你哥哥拼死一护，我才能接近你，打动你。太平盛世，新皇才敢喝你的茶，而你会为我复仇。”

门外，响起宣读假诏书的声音：“民女白凌烟行刺新皇，新皇临终传位于……”

凌烟气若游丝，拼尽全力将药制白梅花瓣扬向空中，幽香坠落。这香气对凌烟和新皇是解药，而对别人则是迷药。

禁卫军与南宫慎的手下展开激战。一场谋乱，最终化险为夷。南宫慎被擒，只待新皇醒来，下旨诛杀。

凌烟却轻轻下跪，请求新皇将南宫世子交由她处置。

新皇准。

平阳侯府被褫夺爵位，全府贬为庶人，流放北寒之地。

封妃大典，隆重而热烈。

新皇黏着凌烟，亲手捣碎胭脂花，给凌烟洇指甲，额头点花钿。凌烟乖巧躲闪，亭子里案台上两人合作之画尚且未干。

新皇累了，偎在榻撵上欲歇，宫女围将过来，遮住园子里的风。

“为何不杀了他？”新皇阖上眼睛，似是随意地问。

“杀他容易，他不死，皇上才会时刻保持戒备。”

“臣妾曾给皇上下毒，皇上为什么不杀臣妾？”凌烟问。

宫女惊掉了“掌扇”。

新皇懒洋洋地一抬手：“拖出去。”

凌烟忙阻止：“罚她给我逮猫去吧。”

凌烟笑吟吟放开手中抱着的白猫，白猫飞快跑远。宫女跟着跑远了。

“是你想杀朕，也是你救了朕，功过相抵了。”皇上伸手揽过凌烟。

“他在北寒之地，才会想起真情和温暖吧……”花影相伴，凌烟的目光穿过重重宫殿，像在眺望山外青山。

2022 年 9 期《小小说选刊》转载，原发 2022 年 2 期《小小说月刊·校园版》。

蝴蝶飞

小雅进了王府。晨光细碎清凉，抚触假山、竹隙、红漆廊柱，追随她纤长的身影、精致凝白的脸，她长长的眼睫毛扫过檐角露珠的闪亮，影子洇若水墨，飘若浮尘。

穿越长廊，透过纱帐，小雅看见室内焚香缭绕，案儿宽大。小雅走入，姥姥玉面慈祥，正笑吟吟地坐在案儿后面的卧榻上。姥姥是传说中的绝世宠妃，祖上的奇女子。

“姥姥！”小雅恭敬地叫，姥姥知道她是谁。姥姥喝着茶，让小雅去把屏风下画缸里的画卷打开，竟然是姥姥画的画。

重彩工笔天王图，底色赭石黄，天王的盔甲金碧琉璃，眼眸炯炯。还有长条幅的工笔白描，金陵十二钗衣袂娆娆。

现出一面挂毯，两个穿白衣的丝绸商人，头裹蓝巾，大漠苍茫。“这是我吩咐织女按我的图样刺绣出来的。”姥姥拖着细柔的长音儿。

“姥姥……”小雅刚开口，侍女匆匆来报：“爷今晚要来这儿，说是要给您的画题诗一首。”

“艳妃那儿怎样？”

“爷已经三十年没言语她了，怕是把她忘了。”侍女小心翼翼地回。

姥姥“嗯”了一声，偎在那儿睡着了。侍女们不敢发出声响，轻轻把她抬进内室。

小雅太贪心地看画，每一幅都精致，她觉得姥姥能够受宠，靠的不单单是美貌，而是内里非凡的灵秀。侍卫突然厉声阻止：“它们是文物，外人不得观看。”

梦一下子醒了。

小雅坐起来迷蒙着，自言自语道：“姥姥去哪儿了，她老人家的灵魄能回来见我，是祖上在告知什么？一个从不抛头露面的贵妇人，即使深宫大院养尊处优，也让自己学会了许多真本领。姥姥是极其尊贵的人。”

小雅马上找来纯黑的布块，用细线在上面缝绣五彩的蝴蝶，她要像姥姥那样，在黑色背景地儿绣出成百上千只彩蝶，飞舞如灵。

村主任家来提亲了：“小雅是最俊的姑娘，嫁过去以后呢，就别再绣那些劳什子了，好好过日子。”小雅听了没吭声，继续手里的针线活儿，蝴蝶的支须飞卷，在黑布上绽放金色的光芒，蝴蝶的翅膀上，红、蓝、绿……交相辉映，如同黑幽里生出绚烂的宝石。

隔壁小丫嫁去村主任家，好吃好穿，还不用下地干农活。小丫袭着婚袍，经常抱儿子回来看小雅绣蝴蝶。小雅的蝴蝶已经贴了半面墙，小孩子喜欢得“呀呀”软语，伸出小手去抓，小丫的眼神亮晶晶的，被蝴蝶勾走了魂魄。

市里的亲属来说媒：“同事有正式工作，嫁过去户口变成‘红卡片’，吃公粮，别再绣这些没用的了。”小雅躲进她的小屋，凝视满墙的蝴蝶，多像黑夜里璀璨的星辰，宇宙的玄奥围绕着她。

小雅更加痴迷地绣蝴蝶，把它们贴到棚顶。“他们怎么都不懂我的心呢，这些蝴蝶能美出天际，美出心灵。”小雅不怕别人笑她疯。

小雅没日没夜地绣蝴蝶，像赶着要去拯救十一只野天鹅哥哥的艾丽莎。当她的小屋贴满了蝴蝶，她的手垂下了。村子里升起日复一日的炊烟，肥沃的土地，没有了小雅，到处是贫瘠的人心。人们悄悄把小雅埋了，飞满蝴蝶的小屋被关上门，封存起来。

过十年，美术学院的学生王允来到小山村，他住在小雅家，他写生的“蝶恋花”水彩画摆在院中画架上。人们围着蝴蝶画儿端详了又端详，沉默着，他们主动打开小雅的屋门，请王允观看。黑幕上，千万只飞舞的彩蝶，模糊了王允的眼。王允有点站不稳："蝴蝶的主人呢？快说，我要见她！"

有人流泪了，他们讲小雅的故事。

月色如水，王允蹲在小雅的坟墓前，把自己临摹的彩蝶飞舞画稿一张张投入火中。火舌舔舐着王允流血的心，火光中，小雅的影子浮现，洇若水墨，飘若浮尘。

王允组织村里的妇女按照小雅的蝴蝶绣图，批量加工民间手工艺品，他负责销往城市和国外。小山村富裕了，小丫的儿子考入美术学院，小丫经常过来帮助打扫小雅的房间，累了她就倚在小雅的案头打个盹，她梦见了小雅的梦。

又十年，从国外兜了一圈回归的王允，买下小雅家的老宅。他不走了，他站在小雅的土地上说："我没有忘记你，以后我来做你的王。"刹那间，千万只蝴蝶飞进他的心灵。

2023 年 5 期《海外文摘》转载，原发 2022 年 5、6 期《精短小说》。

小木匠

小木匠在桃花镇很有名，他手艺好，从不糊弄，大家口口相传。文清从小生活安稳，凡事追求完美，她家楼房装修自然要等小木匠。

小木匠个儿不高，体格还行，白白净净的，不像粗木匠，像个文静书生。他仔细琢磨装修图纸，有些地方比文清想得周到。

文清好奇地问："你为什么不请个帮手？"

小木匠回："累，但为了多挣点钱。"

装修结束。文清和丈夫运来一大箱书，搬上新楼，发现楼上漏水，棚顶洇湿。赶紧找物业先给楼上维修，等棚顶干透了再补乳胶漆，最后发现书柜上角被淹过，有点起翘。文清不忍，约了小木匠前来补救。

问题不严重，一会儿工夫处理妥当。小木匠不收工钱，文清夫妻过意不去，留他吃晚饭。

小木匠给文清做书柜时，显得爱不释手。这会儿见着那么多书，犯了痴："要不是我爸没出息，说不定我也能上大学。"

文清忙给小木匠斟满白酒，一杯酒下肚，小木匠敞开心扉。

"我妈叫桃娘，桃娘你们知道吧！人家叫我妈桃娘，是因为我妈年轻时漂亮，桃花镇最美的女子，尽管没有工作，却嫁给了镇里的第一个大学生，我爸。可惜我爸刚要上班，被以知青的名义派去'修理地球'，等回来，接收他的厂子撤了，其他单位不要他。我爸家穷，又没有当官的亲属能说上话。我爸自诩文人，不该干小事儿，也不肯出大力，结果一事无成。没辙，我妈白天出去卖菜，晚上回来给死人纳鞋底，挣点小钱养家糊口。我大姐十岁，二姐八岁，我六岁那年，我爸离家出走。

“供我们仨上学有多难，我妈什么活都干，总算把我们养大。”

小木匠说话有条不紊，因了酒劲还是心里难受，脸孔变得煞白。

“我大姐十八岁考上大学，那年夏天我爸突然回来了，两手空空。我妈高兴得不行，割块肉，给我爸包饺子吃。我爸磨叽的还是他那没法实现的远大抱负。那些年他在南方卖过书、倒过黄碟、关过劳教。我们看神仙似的，我爸呢，装大爷，吃了喝了，摸着家底，把我妈攒下的钱全部卷走，从此杳无音信。

“我大姐上大学的钱没了，上不了学，投水自尽。

“二姐捧着大姐留下的衣服哭，哭着哭着犯了神经。我妈大病一场，病好了，落下腿脚不利索的毛病，不太能下床走动。二姐嫁不了人，守着妈，娘俩相依为命。

“我初中没念完就开始打工养家，我爸没干过的力气活儿我都干过，也学着爸偷偷卖过黄碟，那些不是长久之计，不挣钱。后来我学木匠，学一技之长，我发现人只要不好高骛远，总能找到生计，只要用心，没有干不好的。”

小木匠说得淡定，文清心里却打翻五味瓶。小木匠的身世，像一块焖红的烙铁，埋在塌陷的坑里许多年，一旦取出，似遇见平顺的水面，青烟暴跳、噼啪刺响。

文清赶忙让小木匠多吃点，生怕他从小营养不良。

“你媳妇在哪儿上班呀？”文清故意扯开话题。

“她在镇小学，代课老师，我给她家装修时认识的，我们的儿子也六岁了。”

小木匠开始有了笑容。

文清送给小木匠三本书，路遥《平凡的世界》。书中孙家兄弟二人打拼，小木匠只一个人。小木匠捧着书如获至宝。

小木匠离开，不算高大的身影扛走沉重。

丈夫蹙着眉头，问了文清一个残酷的话题：“要是有一天他那百无一用的书生老爸回来了呢？”“那个挨千刀的。”文清愤懑地像个女侠，替小木匠出了口气。

五年后，文清夫妻迁居青城，楼房要装修。打听了一下老家的小木匠，他已经来青城了，有自己的装修团队，口碑很好。文清放心地联系了小木匠。

小木匠没长胖，长手艺。文清特意问起他爸，小木匠沉吟着。

“我爸腿残了，被救助站遣送回来。我不敢把他往家领，怕我妈受刺激。我爸知道了家里的事情，患上老年痴呆。我把他安置进养老院，请了特护。他终于进入了理想的境界。”

文清不再吱声。

小木匠一笑：“快乐你们会看见，不幸我自己扛。”

文清把这些讲给丈夫，小木匠的形象在丈夫心中高大起来。

发表于2020年11期《小小说大世界》

爱

大寒第二天，晚间飘了一层轻雪，冰河一马平川，看起来结实、绵软，闪着晶莹的光，伸远如白练。水底下的鱼似乎穿梭在郎小春脑袋里，冷而灵活，富有弹性。别再等了，郎小春眯起大眼睛，咬紧牙关，扔了烟头，踩上去狠狠地碾碎火星。马上召集弟兄，出动绿壳大解放敞篷车，沿冰河，悄然进山。

山坳雪地里隐藏着大批木材，挺直，根根有男人腰那么粗。

他们盗伐、偷运木材。

郎小春干这事儿有些年了，起先心里害怕得很，树上落下雪块，惊鸟飞起，都能吓他一身冷汗。偷运一次木材，回家躺两天，神经累呀。但是为了给家里盖新瓦房，为了供儿子去县城读书，别无所长的他，"脑袋拴裤腰上干活，不要命了。"

这车木材比往次多，绿壳大解放车像被压弯了一下，不当事儿吧？郎小春亲自跳进主驾驶楼，强子当副驾驶，其他人上小车，跟随其后。强子结婚缺钱，女方家要彩礼要得多，这年头，不肯花钱在农村找不到好媳妇，年轻的姑娘都结伴进城了。

前几日，检查站查看得严，快过小年了，气氛如新雪，蓬松可爱，年味浓了，检查员的警惕性似乎淡了。

车轮压在冰雪面上的声音涩而响脆，郎小春的心过山车般悬浮起来，走到一半，轮胎下的冰层发出"嘎嘣嘎嘣"的响动，后面的小车突然放慢速度，钻出人头向前车挥手。“咔嚓嚓”，已经来不及了，一车木头沉重地倾斜坠落进塌陷的冰层，河水汹涌而出。郎小春这边撅起来，他迅速打开车门跳下去，连滚带爬上了岸，强子和车却没入水中。

郎小春的一条腿骨折了，在医院养了半年，他私下赔了强子家十万元，加上自己看病，偷木头攒下的钱所剩无几。

半年里，郎小春家发生了一件大事，儿子在县城被车撞了，身上没流血，肢体没破损，就是昏迷不醒，医生说：“暂时呈植物人状态，需要坚持治疗，才有苏醒的可能。”郎小春出院之前，每天瘸着腿走到儿子的病房观看，儿子安静、安详，郎小春流泪、说话，儿子听不见、看不见，他睡着了。

妻子来了，郎小春大吼：“你怎么看护儿子的？不用你挣钱，你只管给做饭，儿子怎么成这样？”女人一惊：“还不是因为你，偷木头出了事，我忙着给你送饭，顾不上儿子！”郎小春一巴掌挥上去，把个女人打翻在地，她脸煞白，头发凌乱地垂下，半天才反应过劲儿，呜呜大哭起来。

那一天，郎小春逼着妻子和他离婚，他说：“房子是我拿命换来的，不能给你，我身上还剩三万块钱，你拿去用吧。”从此，他再也没进过儿子的病房，他的腿伤好了，直接被送进监狱。

郎小春顶着日头自己走进监狱，班房里没有日头，阴影从四面八方靠拢过来，一个眼神，一群人把他掀翻在地，一顿闷打。郎小春连哭带号跪地求饶，狱老大没放过他，问他往家里要钱。一听要钱，郎小春脸色变了，他慢慢站起来，把一条腿架空在床沿上，嘴里朝地下啐了一口痰，脸上皮笑肉不笑地说：“看见了啊！看好了！”他抡起胳膊，狠狠向骨折过的腿砸下去，“咔嚓”一声，屋子里的人，心一抖，郎小春刚长好的腿骨又折了。

郎小春是被抬着出去的，天下着蒙蒙细雨。

郎小春的妻子像个受气包，夹着行李回了娘家。吃饭的时候，爸妈叫她别犯愁，他们已经帮忙跟亲戚朋友借了十几万块钱，先帮她把护理儿子这一关挺过去。郎小春的妻子终于发出哀号。

三年过去了，郎小春的儿子奇迹般苏醒过来。他问妈妈：“我爸呢？”

孩子出院回到姥姥家，妈妈说："快跪下，感谢姥姥、姥爷的救命之恩！"老太太抹着眼泪拉起外孙子，忍不住告诉道："要感谢就谢谢郎小春吧，他第一次住院检查出自己得了绝症，逼着你妈离婚，那十几万救命钱，是郎小春卖房子的钱，他没给自己留一分。"

妻子后悔从来没有去看过他，他应该刑满释放了吧。

参地边上有个"地炝子"，向下挖出一个浅坑，草木支在坑上面搭个窝棚，苫张塑料布，窝棚外一条大狼狗，黑灰色的缎子毛，后背一溜油黑，不让人靠近。棚子里传出呵斥声，狼狗不叫了，夹着尾巴卧一旁，任由娘俩走进棚子。

草木缝隙筛下光线，把棚子内微微照亮，郎小春靠里坐着，大热天披着棉袍，瘦得只剩一双大眼睛和一张大嘴巴，身上像麻秆。妻儿扑上去，三个人紧紧拥抱在一起。唯独郎小春没哭，他在笑。

《小小说选刊》2022 年 1 期转载，原发 2021 年 9 期《小说月刊》。

红的雪，白的雪

那天的雪很奇怪，早春的夜晚感觉不是很冷，天光殷红，像恶狼张开血口，又像迷醉的新婚之夜，令人兴奋。在酒精的作用下，四个男人晃晃悠悠，肆意游荡在空旷的街头。雪还在下，大片粘稠的雪花勾肩搭背，沾染了天光，透出骇人的红。

走在前面的褚发良一个趔趄，差点被绊倒。地上躺着一个人，看起来也喝醉了，满脸通红，嘴里骂骂咧咧的，说话不干不净。四个男人的火气腾地炸锅，借着酒劲轮番去踹醉鬼，褚发良的怨气比别人大，他冲着醉鬼的秃脑袋踢了过去。醉鬼挣扎着坐起来，握着空酒瓶在空中挥舞，只是他根本站不起来，这些动作不过是虚张声势。几人得逞后，哄笑着走开。

那一夜，褚发良的睡梦中，大片大片血红的棉絮铺满全身，身上却冷得出奇，他颤抖，他含混不清地喊叫，他想拼命挣扎起身，身体却不能自主……

一群人把他弄醒，他还没反应过来是怎么回事，双手就被手铐铐住。他和另外三个同伴雪夜虐打的那个醉鬼死了，最致命的是他踢在那人头上的一脚，导致对方昏迷，后半夜降温，等到凌晨被环卫工人发现，那人已经死亡。

褚发良刑满出狱那天，也是个雪天。他戴着老式长毛雷锋帽，军绿大衣裹身，轮廓分明、略显消瘦的脸上，一双眼睛几乎被岁月磨去了全部光泽。入狱十年，他经历了寻常人不曾经历的磨难，品尝了与寻常人不一样的悲凉。

褚发良回到原单位局长办公室，把相关劳改人员分配工作的文件递给老局长看。屋内光线并不明亮，他的全身被军绿包裹着，像一团漂浮的绿色浓雾。

“单位没岗，没法再接收你了……”老局长手指轻轻敲击着桌面，若有所思地看着面前那团有些凝滞的“绿色浓雾”。

半小时后，老局长带着褚发良，驱车前往矿区。一天不到，褚发良拥有了一份矿工的工作。

褚发良站在风雪中，目送老局长的汽车消失在隘口。那里有山里唯一的一棵野生梅树，一树耀眼的红，染红了路过的雪花。风雪中的褚发良，也站成了皑皑雪野里的一棵树。

前妻在褚发良出事后就迅速和他离了婚，褚发良像一棵树扎根在了矿区。食堂负责打饭的杨梅不给褚发良好脸色看，别人打饭她给盛满满一碗，褚发良过来就只盛半勺给他。褚发良愣住，也没说什么，默然端着碗躲一边慢慢吃。还是工友告诉他，杨梅就是醉鬼的老婆。

是他害死了她丈夫，褚发良感觉嘴里的饭越嚼越没味儿。

月底开支，褚发良留下自己的基本用度，其余的用牛皮纸信封装好，去敲杨梅家的门。门一开，褚发良把信封塞扬梅手里，转头就走。月月如此。

两年过去。杨梅打饭时，对褚发良有了笑容，饭菜也增加了。

又过两年。杨梅把褚发良让进了屋，两个十几岁的男孩看着他，不热情也不反感。杨梅给褚发良倒上一杯茶。

后来，杨梅的大儿子考上大学。褚发良上门道喜，送一个红包，喝一杯茶。“叔，你今晚留下来吃饭吧！”褚发良的表情有些错愕，又有些喜色。“不了，不了。叔还有事，不打扰了。”褚发良走在暮色中，脚步踉跄。天上飘着洁白的小雪。

杨梅的小儿子也上大学了。褚发良上门道喜，送一个红包，喝一杯茶。一杯茶喝尽，褚发良准备告辞，杨梅轻轻按住他的手，又给他续了一杯。褚发良僵住，没抬头，眼睛只盯着那杯茶，说：“不早了，我该走了，妹子早点歇息。”褚发良走了，第二杯茶，他一口未喝。

下井的矿工没有干长久的，褚发良一干就是十多年。这天，他穿戴齐全，扣紧安全带，和一些新矿工坐“人车”沿铁轨向下行进至矿井深处。只剩“头灯”的光亮了，黑暗的巷道很容易让人想起另外的世界。咫尺之间，有灵魂凝视着。褚发良不说，大家都有这种感觉。

采煤机刚刚开动，轰隆声蓦然炸响，“冒顶”了！十几个工人全部被埋在井底下。

幸好不是瓦斯爆炸，大家暂时都活着。褚发良是老矿工，他细细观察，发现有处塌方地块相对松软，于是组织大家利用手里的工具小心挖掘，他相信地面上的人也在想办法营救他们。几个小时后，挖透亮了，外边果然有人接应，褚发良让瘦弱的“眼镜”先出去，“胖子”出去……最后轮到他时，二次塌方实实地压住了逃生口。

杨梅一直守在井口外，见状瘫软在地，泪雨滂沱。

第二轮救援行动耗时三天。人们找到褚发良时，他在那狭小的空间里，佛一样盘腿而坐，双手合掌于胸前，面带微笑。

天沉沉，风乍起，一场大雪突然而至，天地间纷纷扬扬，一片雪白。

《微型小说选刊》2021 年 22 期转载，原发 2021 年 10 月上半月《小小说月刊》。

他会回来的

富宁镇四周山野埋藏着乌黑发亮的煤，付老板是远近闻名的个体煤窑大老板，家里只有一位千金小姐，叫付芊芊。付芊芊大眼睛、长发、微胖，她走过小镇，风和天空瞬间变得香甜，适龄小伙子远眺，没有人不曾动过妄想。

富宁镇出了头条新闻，伞一鹏考上了北京师范大学，没去报道，转身到付老板的井口打工。他每天下井一脸白，升井一脸黑，洗了热水澡，到食堂打两份儿饭，急忙赶回家，在简易日光灯管的光亮下，陪伴老旧家什，和他的傻弟弟伞一非共进晚餐。

墙壁上挂钟的圆摆均匀摆动，敲响七下。七年前的夜晚，妈妈给盛饭，爸爸端过来醋溜土豆丝、鸡蛋炒白菜。伞一非水一样的眸子盯着白菜里的鸡蛋，小脸蛋儿胖嘟嘟的，白净可爱，爸妈自然多给伞一非夹鸡蛋吃，伞一鹏瞧着一桌子的热气儿，满屋子的亲情兜不住藏不下。爸妈去赶集，消失在一场车祸中，清冷的屋子里只剩挂钟的喀哒声，还有十二岁和十岁的兄弟俩。弟弟小时候得过重感冒，烧糊涂了，伞一鹏流着泪水紧紧搂住傻弟弟，像搂住整个家，紧紧地不敢放手。

伞一鹏每天的日子需经历三种岁月：现实世界、爸妈在的感觉、弟弟的孩童时光。

睁开眼睛，伞一鹏要考虑一天的伙食，上学不能耽误，只能靠自己瘦弱的双肩扛起爸妈的劳作。弟弟时常会问：“我今天好看不，妈妈会喜欢吧。妈妈赶集回来有好东西给我。”伞一鹏买了玩具送给弟弟：“妈妈给你新买的。”弟弟无比开心：“妈妈一会儿过来，我们一起玩儿。昨天她给我嗑瓜子儿吃了。”伞一鹏知道弟弟在说梦境，弟弟的记忆混乱，说出的话时常令他心酸，但他又觉得亲切，仿佛这样爸妈就真的未曾离开，每天和他们生活在一起呢。日光灯下，伞一非送给伞一鹏一本书：“你看。”伞一鹏知道是邻居家给的，同学上大学了，邻居家经常送书给伞一鹏。爸妈刚走的那一年，伞一鹏拉着弟弟的手，吃遍了百家饭，他吃什么没关系，关键弟弟不能饿着，还要吃好。伞一鹏学习拔尖，他给同学辅导功课，邻居家可怜见地收留哥俩吃饭。伞一非每天讲蜘蛛结网的故事，蜻蜓如何打架，小黄狗被大黑狗吓跑了……伞一鹏跟弟弟保持童话般的交流。

爸妈辞世的第二年，邻居帮助伞一鹏把自家后园子建成蔬菜大棚，教伞一鹏种菜、卖菜，十三岁的少年基本能保证生活自给自足了。

刚开始种菜、卖菜的时候并不容易。种菜，对十几岁的少年来讲是考验，幸亏伞一鹏聪明好学，他看书本研究种菜方法。早市卖不掉的菜，他下午放学继续去蹲市场售卖，剩下的菜拿回家自己吃。周六周日更是全天侍弄菜园子、干各种家务活。伞一鹏种的菜好，渐渐地，早市他就能把菜批发出去。

每年秋季大白菜长成，伞一鹏都会叫上弟弟举行一个小小的仪式。他让弟弟挑选一棵大白菜。“你看它长得多好看，层层叠叠翡翠绿色，像不像花盆，哥允许你跳花盆，一非，你跳到花盆上，这棵白菜就是我们的盘中餐了。”弟弟做好运动员跳跃的姿势，欢叫着跳过去，屁股坐到白菜上，白菜趴趴了，伞一鹏把这棵白菜连根拔起。

矿上八点钟上头班，比学校七点钟上早自习错后一小时。伞一鹏依然凌晨四点听见闹铃响便麻利起床，到自家大棚里收菜，有小白菜、豆角、茄子、辣椒、土豆……装好两大筐，早市五点钟开业，到时间他照旧用自行车托着菜送往市场批发出去。卖了菜回家准备早饭和弟弟的午饭，上班前还抓紧时间看看书。

伞一鹏的出现，激起了付芊芊强烈的好奇心，她故意起早等在井口边上。

伞一鹏躲在深蓝色帆布劳动服下面的身躯，不算瘦弱，挺拔且透出文气和坚韧，伞一鹏的眼睛未语先笑，没有生活艰辛刻下的愁苦痕迹。付芊芊目送下井的罐笼车垂直而下，悬在地面的缆绳一上一下地运作着，缆绳停止运动，付芊芊转身走开。

伞一鹏晚上回家，看到付芊芊围着伞一非玩得开心，他们在讲豆角花儿开了、黄瓜花儿开了，小蜻蜓飞过来。付芊芊说："把你家的蔬菜大棚租给我吧，我要养花儿，伞一非他喜欢花儿，喜欢和我玩儿。"伞一鹏没有拒绝。

伞一鹏再到食堂打两份饭回家，食堂免费多送给他一份，是给付老板的千金小姐吃的。付芊芊每天在伞一鹏家忙到很晚，她一边养花儿，一边照顾伞一非玩耍。伞一鹏的家里充满了温馨色彩，伞一鹏看待付芊芊的眼神慢慢柔顺起来。

付老板资助伞一鹏复读，伞一鹏考入北京的大学。送别那天，付芊芊哭了，付老板安慰宝贝女儿："别担心，他会回来的，你只需要照顾好他的傻弟弟。一鹏这孩子念骨肉亲情，天资聪慧，以后爸退出江湖，可有个好姑爷接班了。"

发表于 2022 年 3 期《小说月刊》

小太阳

热物理科学家秦一鸣学成回国。下了飞机，他感觉轻松愉快。

深秋的冷风抽不走他想家的热念，上楼进屋，冷得打哆嗦。十月二十五日供暖，现在十一月份了，屋子里面只有十四摄氏度。

“喂，热力公司吗？我家供暖不热呀！”

“先生，请您拨打……”嘟嘟嘟，对方挂线。

秦一鸣按照要求拨打总机号，再拨打分机号。

“先生，您的通话可能被录音……”

秦一鸣马上说出住址，声明缴纳过全额取暖费，可是室温只有十四摄氏度，冷。

“先生，请您耐心等候，我们会在三个工作日内给予您满意的答复。”嘟嘟嘟，对方挂线。

秦一鸣明天得去科研所继续上班。他很忙，屋子里不温暖，影响了他晚间的工作热情，第二天他感冒了。秦一鸣打着喷嚏，发着低烧，用浓重的鼻音向领导述职。

午间休息他再次投诉热力公司。

“先生，您的心情我们很理解，明天上午九点我们将派人到您家里查看。”嘟嘟嘟，对方挂线。秦一鸣愣住，明天上午的工作汇报会议，由他主持。单位领导了解到他的困难，特批他明天上午在家处理问题，会议改下午召开。

热力公司来人，秦一鸣正流着鼻涕发着烧。“先生，请您登个记，我们得分十次，每隔三天到您的家里测量一次温度，每次都低于十六摄氏度，才能证明您家里取暖不达标。”

“什么！要测十次，我真的没有时间。我不是个会撒谎的人，我的工作很忙。”

“先生，真的抱歉，您不配合，我们将无法进行正常工作。”

“那好吧，我雇个人来帮我完成测试。”

一个月很漫长，秦一鸣的家里实在太冷，影响了他在家加班，也影响了他的身体健康和情绪开朗。他像个包打听，谦虚地弯一下腰，在乘电梯上下楼时，向邻居询问取暖事宜。

“一年不如一年，找也没用，麻烦死了，按百分比给退点钱，不给现金，存到第二年取暖费里。第二年也不暖和，钱就瞎了。”

“许多人家都不交取暖费了，自己买电暖气取暖，效果比缴费好些。”

“热力公司越收不上来钱，就越不给开全阀供热。”

大家你一言我一语，秦一鸣听明白了。他再次给热力公司打电话：“我觉得你们既然收了全额取暖费，就要做好管道疏通，打开阀门。”

“先生，不好意思，您家温度基本达到十六摄氏度，如果您强烈要求，我们可以给您退费……”

“我家温度计明明显示十四摄氏度，你们的人每次都是中午来测量，拿着你们的手持温度计，上面的温度却显示十六摄氏度，你们的温度计有问题吧！”

“也可能是您的温度计有问题呢！”

“我要的不是退费，而是温暖……”

“我们按照节能减排的方针，天气不冷就少烧点，这也是为了大家的生活环境好，请您谅解，下个月，天气转冷，我们会加紧供热，您家里就暖和了。”嘟嘟嘟，对方挂线。

秦一鸣把问题反映给热力公司上级机关城建部门，热力公司马上来人。

“秦先生，请您把投诉撤销了吧，撤销了我们就好好给您供热。会有人打电话回访，您一定要说是您自愿撤诉的，问题已经合理解决，室温回升。”

秦一鸣不答应，热力公司人员不吃饭不喝水，从白天候到夜晚不离开。

“秦先生，您家是塑钢窗框双层玻璃保暖，您可以考虑更换成塑钢窗框三层玻璃保暖，再把室外窗口密封一下，室内贴上保温板。”

“你也够敬业的了，行，我答应撤诉。”

天气大寒，家里更不暖和了。遭受同样命运的人，纷纷结伴去市政府告状，说什么的都有。有户人家的小婴儿冻生病了，家人爬上楼顶拿跳楼制造声势……

秦一鸣的正义感上来了，他起早贪黑研制出一款家用速热器，外观小巧，像个小太阳，每天只消耗一度电，利用的是空气循环摩擦生热原理，热量会很快传遍房间。

“就叫小太阳吧！”秦一鸣找到生产厂家，“小太阳”上市。他把“小太阳”免费送给邻居们试用，大家都说好，市民争相购买。

新区长上任，做的第一件事儿就是解决民生问题，把压资三年的燃煤补贴款还给本区热力公司。

秦一鸣回家，屋子里终于暖和了。他的心里像“小太阳”一样熊熊燃烧，尽管他的产品遭遇滞销重创。

很快，热力公司来人，请秦一鸣签字授权。

“你们经理为什么一定要收购我的加热产品呢？”

“您的‘小太阳’是个好产品，另外它威力巨大，一举拿下热力公司原来的经理，新经理很感谢您！”

秦一鸣内心的“小太阳”顿时熄火，脊梁骨升起无尽寒意。

发表于 2022 年 5 期《小说月刊》

翟姥爷

翟姥爷八十多岁了，平时大家很少看见他，他步行去老干部局玩儿，骑自行车去河边垂钓。翟姥爷身体倍儿棒，还像年轻时当领导一样口才好，理论一套一套的，翟姥爷有句口头禅："我得与时俱进。"

翟姥爷打麻将，输赢不计较，较劲一番运气，下象棋，比拼一番运筹帷幄和智慧。谁要是在牌桌上急眼，翟姥爷冷静出语："你来打麻将为了啥？下象棋为了啥？图一乐呵，脑子别闲着，转起来，身体好不给儿女添麻烦，自己还舒坦。有赢就有输，输了才想赢，这也算短期奔头。笑一笑十年少，趁你消消气，我打一通八段锦。"翟姥爷说着站起身，做起八段锦。"两手擎天理三焦，左右开弓似射雕……"有力而祥和的模样，把满屋子人带动起来，那生气的人也忘了为什么生气来着，跟着加入运动大军。

翟姥爷的鱼友很有个性，能耐得住寂寞一个人守在河边的，大多是内心平静之人，或者心有大扰，放下不纠缠，投身自然之人。往青山绿水中一坐，看着开阔的水面，用感觉感知水下的鱼儿咬没咬钩。"嗖"地挑竿，鱼儿在半空中欢蹦乱跳，凝望中的平静立马泛起会心的喜悦。翟姥爷的鱼钓多了，向来都是分给亲属、朋友，大家跟着享口福。鱼友老刘头儿今天送翟姥爷一个西红柿："尝尝，自家园子种的，纯绿色，没掸农药。"第二天，翟姥爷送老刘头儿一块月饼："孩子给的，鼎丰真，尝尝。"风从水面轻拂，鳞波万点，两个老头儿隔开不远，简单交流、彼此关心。风不冷，暖暖的爽爽的。

翟姥爷自己填词谱曲，创作了一首歌《说唱老来福》，在全省老干部活动中获奖。歌中唱道："老有所乐，没有忧愁。老有所学，总会有追求。老有所为，多行善举。老年生活，幸福相守，走进活动场，烦恼全没有。感谢好领导，更要感谢共产党……"

今年冬天，雪很大，气温骤降，三百米长的小区甬道全部结满冰，亮亮的滑滑的，别说穿高跟鞋的女子不敢走，穿平底鞋的大爷大妈摔倒两三个，住院了。翟姥爷出现在公众视线里，他身穿厚棉袄，戴着白色劳动手套，手拿一把小斧头，稳稳蹲在冰面上，一寸一寸地把甬道上的冰刨开，开凿成尺把宽的小道儿，露出原本黑灰色的地表，人们踩在小道儿上面走路，心里脚下终于平衡、踏实了。

小区里渐渐出来几个年轻点的爷们儿，每人拿把小斧头，分别蹲地上，"吭哧吭哧"地刨冰。翟姥爷的长寿眉支棱着，结了白霜，翟姥爷使劲儿刨冰呼出的气体，一团一团，白色的纱雾，围绕着翟姥爷眼前转。小姑娘看见了，买瓶矿泉水送给翟姥爷。

到了晚上放学和下班的时间，小区三百米长的甬道，已经全部修整出一条长长的露出地面的小道儿。小胖小子放学回家，眼睛睁得大大的，他走到翟姥爷面前，满脸憋得通红，手伸进衣兜里上下翻找，终于掏出一根棒棒糖。"送给您，翟姥爷！"小胖小子不好意思地顺着小道儿逃跑了，他边跑边喊，"谢谢翟姥爷！"

又下雪了，半尺多厚。雪驻风停到黎明，小区内小卖店门前放出三把平底儿铁锹。翟姥爷敲敲门："我拿铁锹用一用，行吗？"老板娘开门露出笑脸："那是我新买回来故意放外面的，可以随时取用！"

翟姥爷撮雪的身影出现在小区，几个小爷们儿悄悄跟上，加入撮雪的队伍。上班的忙着上班，上学的忙着上学，五颜六色的羽绒服在白雪地里流动，奔向各自的岗位。

发表于2022年3月3日《河南工人日报》"花地·心境"副刊

感　觉

博士生刘雅前来报到，辅导员秦明皓老师送她至寝室。一路上，他们彼此了解情况，秦明皓老师三十岁了，未婚。刘雅二十八岁，离异单身，在职考取博士生。

秦明皓老师问刘雅："为什么离婚？"

刘雅淡淡地笑："没感觉。"齐耳短发随即甩到脑后，丹凤眼充满向上的睿气。

刘雅中等身材，端庄秀美。

秦明皓长满自来卷头发的漂亮脸孔露出些许羞涩，他高高的个子，不论脸型还是身材都有点像欧洲人，倜傥不羁的样子很迷人。

寝室里已经住下一位女子，高挑个，刚洗过的直发散落双肩，瓜子脸很白，大眼睛水波清澈，一笑，露出玉齿。

秦明皓给刘雅介绍："这位是肖筱茗，我大学同学，也二十八岁，在职考取了博士生，我特意把你们俩安排在一个寝室。"

刘雅近前与肖筱茗握了握手。

新刷的墙壁，耀眼白，味蕾受到刺激，三人惊呼晚饭时间到了。刘雅把沉重的行李箱打开，里面露出许多书，秦明皓看见，眼神立刻闪烁兴奋的光泽，都是他钟情的哲学书籍。

"你喜欢看这些书？"

“是呀。”刘雅说着取出手包，他们仨外出吃晚饭。

“学校的图书馆晚间也开放，明天晚上我们一起去图书馆读书吧！”秦明皓向二位女士发出邀请。

肖筱茗摇头：“我不喜欢去图书馆，你们去吧。”

“来，干杯。”刘雅提议，他们把红葡萄酒一饮而尽。

刘雅知道了肖筱茗还是未婚姑娘，回寝室，她直接问肖筱茗：“你喜不喜欢秦明皓？”

肖筱茗说：“我们大学同班，太熟悉了，没感觉。”

刘雅突然大笑：“你跟我对前夫一样，没感觉！”

夜风从窗纱缝隙筛进来，好不惬意。

刘雅经常跟秦明皓到图书馆读书。读海德格尔《存在与时间》和萨特《存在与虚无》的时候，两个人讨论得激烈，秦明皓的观点向来比较温和，刘雅则尖锐。秦明皓看着刘雅不服输的俏皮脸庞，每次都以妥协结束争论。

刘雅的思想像火炬，点燃秦明皓的心空。半年以后，秦明皓托肖筱茗，让她帮问下刘雅，对他有没有感觉。

肖筱茗问了，而刘雅的回答很干脆：“没感觉，真的没感觉。”

肖筱茗满脸失望：“秦明皓很喜欢你。”

“是吗？”刘雅仿佛想起了什么，从行李箱里拿出二斤藏蓝色毛线，递给肖筱茗：“我知道你会织毛衣，帮我织一件，送给秦明皓老师做个纪念吧。”

肖筱茗有些不情愿地接过毛线。

刘雅不再和秦明皓一同去图书馆了，她借了书在寝室阅读。秦明皓则继续坚持去图书馆看书。肖筱茗为了对比毛衣编织尺寸，经常去图书馆找秦明皓。秦明皓看书，她坐在旁边默默织毛衣。春天织了一件藏蓝色的，秋天又织了一件深红色的。

临近毕业，秦明皓晋升教务处副主任。刘雅忙着论文答辩，忙着走动关系，她想留校任教。

此时，刘雅也说不清原因，她对秦明皓突然之间有了感觉。尤其那天在全校师生大会上，秦明皓的就职发言，让刘雅心潮澎湃，内心涌起一阵阵莫名其妙的情愫。

有一天休息日，肖筱茗背着毛线包去了图书馆。

中午时，刘雅看见肖筱茗和秦明皓肩并肩，手拉着手走出图书馆。秦明皓身上穿着藏蓝色毛衣，是肖筱茗给秦明皓织的那件毛衣，毛线还是刘雅给的呢。

早春的阳光照耀着两个人，都是高高的个子，两个人高高兴兴，有说有笑向前走去。

刘雅一个人呆呆地站在原地，光秃秃的树枝上被春风吹落一片秋天的枯叶，带着冰碴儿，掉到地上摔碎了。

望着肖筱茗和秦明皓远去的背影，刘雅心里突然生出一种很酸楚的感觉。

《小说选刊》2022 年 6 期转载，原发 2022 年 5 期《海燕》。

意外收获

我被曲蓝吸引，拜曲蓝为师，业余时间学唱京剧。

曲蓝老师的京腔，细嗓，咿呀婉转，似有十八道弯盘丝绕梁。她执手兰花状，翻腕、柔展，手势如云似水游走。

我问曲蓝："搞艺术的人看上去好像很清高，为什么？"

曲蓝回答："不完全如此，只是不想叽叽歪歪，消耗能量浪费生命。生命是用来追求美的。美是相通的，相互吸引的。"

曲蓝继续说："当一个人爱上艺术，整个身心沉浸在美的境界和高度，眼下便无琐事了，心界、眼界变得通透，看透生活而不屑去说透，反倒过得清闲、自在。"

"那遇见凡尘难事儿呢？"

"学着做月亮，不做星星，月亮比星星能带给人更多光芒。"

曲蓝教书育人三十几年，她告诉我她经历的几件传奇故事。

那是冬天，北风像刀子，路上行人稀少。中学校门口不远的路边，聚集了两伙儿男生，他们彼此较劲，瞬间要开战的架势。曲蓝老师已经退休，她嗅出火药味。她不认识他们，也不知道那些男生叫啥名，但她坚定地停住脚步，冲男生中间喊话："大状，别说你长大了老师就不认识你了，我小学教过你，你妈养你容易吗？你妈做好了中午饭等着你回家吃呢，回去晚了饭就凉了。这大冷天儿，地上东西坚硬，万一磕了碰了，给你拿医药费不说，你妈得多心疼你呀！都给我散了，回家吃饭去！我看谁不听妈妈的话。”曲蓝不怒自威，两伙儿男生迟疑了片刻，一哄而散。曲蓝拍拍胸脯，缓慢转身，继续赶路。路面的冰像煎饼一样薄而脆滑。

夏天的市场街热闹，人来人往很拥挤。打扫卫生的郑师傅挥动扫帚，左一撇，右一捺，艰难地清扫地面垃圾。“让一让，让一让喽……这么大一坨狗屎，真碍事儿。”郑师傅吆喝着经过老李跟前。摆地摊卖菜的残疾人老李瘸了一条腿，不能及时起来让地方，影响了郑师傅打扫卫生。老李虽说腿残疾，可脸子小自尊心强。

“你骂谁呢？你不就是个打扫卫生的吗，挣得没我多，狂什么狂？”老李不高兴了，急赤白脸地反击郑师傅。

“怎么了，骂的就是你，瘸腿驴，再叫也不全和！”郑师傅说着转回身来，抄起扫帚就要横扫老李的菜摊。

曲蓝正在老李的菜摊挑选青菜，她见老李抬了一下屁股，摸出一把小斧子，藏衣服襟底下握手里。曲蓝马上过去，按住老李的手：“他骂你羞辱你，是他不对，今天你若敢拿出斧子砍人，别说你是残疾人需要照顾，一样进监狱。”曲蓝狠狠地盯着老李的眼睛。

她转头对郑师傅说：“你让大家评评理，有你这么说话的吗？你尊重别人，别人才会尊重你。”经曲蓝这么一说，周围的人开始对郑师傅不满。郑师傅嘴上不饶人，依然骂骂咧咧，但是人走远了。

曲蓝再到老李菜摊买菜，看到苞米下来了，老李马上拣了几棒：“送给你了，曲老师，上次多亏了你，没出大事儿！”曲蓝一愣，知道老李品味明白其中的利害关系了：“你要这么说，这苞米我就拿着了。”

清秋夜晚，曲蓝独自回家，一辆轿车停路中间，车灯直射前方，路边有个人不住地拉扯同伴“酒鬼”，劝他别过去逞能。车上的人打开车窗放狠话：“你敢过来我就撞死你！”酒鬼挣脱束缚跑到车前，车子开始“哼哼”打火。别人看见这事儿，早躲了。曲蓝迎过去，她身着深蓝色长袖旗袍，端庄秀美，车停下来。

曲蓝劝酒鬼："我给你唱段京剧，听完了你要回家！"

曲蓝开嗓，酒鬼安静了，像小学生静静地听，车上的人也静静地听。曲蓝的唱腔结束，酒鬼突然给她打个立正，乖乖地让同伴扶走了。轿车也默默离开，车里男子临行说道："谢谢曲老师！"

我进一步了解了曲蓝，学到了追求艺术美之外的东西。

曲蓝老师认真教我学唱《梨花颂》，京剧的唱腔吐字，"人"字像"日"，"生"字像"身"，又似是而非。

晨跑的小伙子停了脚步，他倚坐凉亭红漆柱旁，参禅打坐一般，细听古韵袅袅。

发表于 2022 年 7 期《小说月刊》

舞蹈班里的憨大叔

群众艺术馆高大空旷，勤杂工憨大叔的身影留在舞蹈班里。一群美女动作优美，舞姿蹁跹，憨大叔躲边上看，跟着比画。

憨大叔面相憨，动作憨。他不胖，个子矮，身体有些扭曲，一辈子劳作留下了参差的痕迹。他被忽略加省略，淹没于“花海”，或者更像管弦乐队协奏曲的掰音儿，像刘姥姥进了大观园。所有人的视线遇见他，迅速弹跳走。

大“双晃手”动作从右向左，手腕提起落下，柔柔地划一圈，随即侧伸右脚，双手抹回右边去，美女们如一朵朵彩云降落凡间。憨大叔则梗着脖，歪个嘴，瞪着眼睛，双手在胸前划拉，仿佛扫地和铲雪。不过他学得很认真，很用功。

舞蹈老师身着薄纱汉服，上身白色，下身裙摆渐变桃粉色。音乐响起，舞蹈开始，但见她衣袂飘飘，四下风清，尘俗退去。舞蹈老师原是大学讲师，喜爱舞蹈，退休后致力于栽培舞蹈之美，她像不老女神，傲立人生，把学生变成春天的花朵。

课间休息，憨大叔吃力地重复练习每一个动作，我过去纠正他的错误，他非常感激。不管他怎么练习，胳膊腿都伸不直，肢体语言无法表达到位，但他的学习热情不减。

憨大叔坐下来，我好奇地问他为什么想要学习舞蹈，他打开话匣子。

“我一辈子没有固定工作，三个女儿和老婆全靠我养活。我下井做过矿工，进山伐木、下河挖沙、工地搬砖，什么活苦什么活危险什么活挣钱我就做什么。我大闺女考进北京的大学，毕业后已经搁北京上班了。”

说到这儿，憨大叔的脸上现出自豪感，眼神闪烁着看见北京天安门广场的光芒。

“二闺女住我家小区一楼，开洗衣店。我二闺女不容易呀！她有小儿麻痹后遗症，一条腿瘸，走路撇，”憨大叔做了几下撇腿走路的姿势，脸上罩了哀悯。“她高中毕业就不念书了，她说我要自食其力。”憨大叔说这话的时候很刚强，带有夸赞的语气。“我二闺女爱干净，心灵手巧，她开洗衣店老顾客多，收入不错，她还遇见一位非常好的小伙子，他们成家了。”

这真是皆大欢喜，我替憨大叔高兴，他举起双手握于胸前，不知道是在感谢上苍，还是在感恩命运。

“我三闺女去年大学毕业了，回家考公务员，考了两次都只差两三分，我鼓励她继续努力，今年她考进乡下的事业单位，才半年呀，她就被领导调回城里来，我三闺女懂技术，单位正需要。”

“太好了！”我感叹，脸上露出亲切的笑容。

“三个孩子都不用我操心了，我改做勤杂工，领取社保，维持我和老伴儿的生活。我老伴儿有哮喘病，不能见风，不出门。她喜欢外面的新鲜事儿，我学习了舞蹈，回家跳给她看，她高兴得像小孩儿似的。”

憨大叔又做了一个大“双晃手”的动作，我再也无法嘲笑他了。

他说：“我老伴儿真是个苦命的人，从小姊妹多，在娘家没少受累，嫁给我也没享几天福，老了老了不能出屋，只有我逗她开心。”

我的眼前现出一所小屋，老太太慈祥地坐在床边，嗓喉咙拉着风匣，老头子在地中间吃力地伸胳膊撂腿，脸上眉飞色舞，老头子不同于日常举止的舞蹈动作，夸张清奇，老太太上气不接下气地笑出了眼泪，欢快充满了每一寸空间。

憨大叔接着说：“我二闺女特意回家看我跳舞，她跟我学习呢！她腿撇，不好意思到公众场合跳舞，但她也喜欢美呀。”

没想到，这位憨大叔有如此巨大的魔力，他是整个家的主心骨、开心宝，没看出来呀。

“我老伴儿，一直对二闺女得小儿麻痹后遗症心存愧疚，生三闺女那会儿，她上了心，大冬天的，我下矿井白天不在家，她着急给小孩儿洗衣服，家里水缸的饮用水她不舍得用，去房后冰河里刨冰取水，那时她还在月子里，伤寒了气管，从此落下病根。她人特倔，不肯为自己多花一分钱，钱都省着给孩子给家里用了。”

我沉默了片刻，说：“大叔，你可真够不容易的了。”

“没什么，我知道自己学不像，但是她娘俩需要我，我就必须学下去，回家跳给她娘俩看，她们开心，我快乐。”

我突然觉得眼前这位憨大叔，一点不憨了，他像秋天的一截老树桩，虽然枝干残败，却依然顽强地尽着自己的本分，一点不比舞蹈老师相差什么，他也傲立人生。

“女神”老师教我们学习新舞蹈了，音乐声起，不再需要吃苦受迫的“杨白劳”，跟在一群漂亮的“喜儿”旁边，数天上的雪花，新年快到了。

发表于 2022 年 9 期《北方文学》

等

小孙子七岁，他手执白色纸飞机，边跑边嚷嚷：“呜，呜，呜，哐哐，爆炸了……”纸飞机在空中翻飞滑翔。

玩够这套把戏，小孙子扎进爷爷怀里，他摇着爷爷的手臂请求：“爷爷，爷爷，给我讲讲打日本鬼子的故事。”

“哦！”爷爷扒豌豆的手一哆嗦，豌豆滚落地上。

“我爷爷的老家在山东，爷爷的三弟、四弟，我叫三爷爷、四爷爷，他们要是能吃饱一碗豌豆饭再走，家里人也许该知足了。当年他们扛枪打日本鬼子去了，再也没有回来，家谱上只能写他们无疾而终。”

“什么叫无疾而终？”小孙子不懂。

“就是战争年月，人走散了，没有了生死音讯，家里人希望他在外面没得过什么疾病，是老死的。”

“那他们要是遇难了呢？”小孙子担忧。

“是呀！战争很残酷的，我爷爷的二妹——我二奶奶虽然留在家里，日本鬼子的飞机扔炸弹，房子起火了，我二奶奶跑出屋，遇见端着抢的日本兵，二奶奶吓得躲院墙上不敢下来，被日本兵开枪打死了。”

小孙子有些怯怯的，做出疼痛的表情。

“还有我姥姥家，住在河北，村口有一棵树，树干截折了又假装安上。村口有站岗放哨的，远远发现日本鬼子来了，他们立刻把截折的树干推倒，村里人看见了，全都往后山跑，藏起来。”

“有一户人家，女人怀孕跑不动，家人把她藏躺柜里面，躺柜就是那种一人长的木箱子，一般放炕尾装东西。日本人撤了，家人返回，孕妇已经被杀害，一尸两命呀。”

“他们把杀死的人扔水井里，井水被鲜血染红。”

“他们把村民家里的鸡鸭羊杀了，炖熟吃掉，临走往人家锅里拉一泼粑粑。”

“简直不是人。”小孙子有自己的判断力。

“你太姥姥，也就是你奶奶的妈妈，给我讲过她小时候的经历，白天和兄弟姐妹在家不敢上炕玩儿，在地面玩儿不敢直起腰板，只能蹲着，日本鬼子放冷枪的子弹，有时候顺着窗口飞进来，指不定打中谁。他们惊恐子弹从前后两个窗口飞来飞去。”

小孙子绷脸不说话，抓起魔方玩具掰动不止。

奶奶跳广场舞归家，小孙子扔下魔方央求：“奶奶，奶奶，给我讲讲日本鬼子大坏蛋的故事呗。”

奶奶放下手里的菜，叹了口气对爷爷说：“要不你明天领小孙子去乡下看看我妈妈，老人家九十多岁了，一直坚持住乡下，她一直在等。”

爷爷赞同道：“我正想回老家看看她呢，包括我在内，咱们全村的孩子都是她接生的，她做了好事有福气。”小孙子听见对话，原地翻了两个空翻，小孙子喜爱武术。

车窗外，金黄灿灿的稻田无边无际，丰收的喜悦等待着人们，爷爷不失时机地告诉小孙子：“日本鬼子霸占东北的时候，管东北优质稻米叫珍珠米，圆粒儿的珍珠米比南方长条的籼米好吃，日本人没吃过这么好吃的稻米，他们驱使中国人耕种稻田，收了稻米却只许日本人吃，若是发现中国人吃要被杀头。”

小孙子嘎嘣咬爆米花，指着半山腰的玉米地：“到太姥姥家我要吃煮玉米，自己种的凭什么不让吃？”

爷爷握了握小孙子的手："侵略者才不会讲理呢，日本鬼子占领哈尔滨时有一所731部队，抓无辜百姓进去，拿活人做细菌实验，丧尽天良。"

"爷爷，我看过电影。"小孙子显得很愤恨。

到地方了，老人家坐院子里，面前一张圆桌，她眼睛望着门外。小孙子问爷爷："太姥姥是在等我吗？"

没等爷爷回答，小孙子跑过去。

太姥姥搂住玄外孙，从桌上抓水果给小孩子吃，太姥姥好像认不清这小孩儿是谁了。她曾经坐在村头大柳树下等，柳条划过肩头，落日坠入山冈，远天殷红凄迷。村里的孩子一茬一茬长大，村民都懂得她坚定的意图。

小孙子的舅爷扶着老人家进屋去，爷爷和小孙子坐院子里，听得树叶飘零、小鸟啁啾。

"你太姥姥是在等她丈夫从门外回家，她等了大半辈子了。你太姥姥生下你舅爷和你奶奶，她丈夫参军去了，你太姥姥从此等呀等，一直没再嫁人。你太姥姥说，她希望丈夫还活着，哪怕又娶妻生子，只要他活着。她最怕丈夫在她等待的时光里早已离世。"

回程途中，小孙子依偎爷爷的臂弯。

"没有战争的岁月才会有更多的圆满，你懂吗？"

"爷爷，我以后一定好好学习。"

"为什么？"

"电视上说过，少年强，则中国强。"

不久，乡下传来消息，小孙子的太姥姥坐院子里圆桌面前等，等着等着，老死了，真真的无疾而终。老人家半辈子接生过的孩子，听到信儿能动身的，都回到村里参加葬礼。后生们行至村头大柳树下，停棺椁，一齐望向村口，替老人家再等一等。

发表于2023年3期《小说月刊》

原　谅

金色的阳光温暖而明媚，在叶片上、甬道上、食堂门前的红漆柱子上细碎闪亮。校园里的人影，充满学生的清纯气息、老师的儒雅，一切新鲜。四个天南海北的“小鸟儿”飞进某大学二十栋501寝室。

“寝室限电800瓦。”一楼管理员大妈语调刻板，瞪眼扒皮的，她没收了妞妞的电吹风。

“我新染的栗色头发呀……”妞妞跟同寝女生诉苦。

“一楼什么都古怪，大妈古怪，房间也古怪，许多房间空着，紧锁着，说不定里面堆满了长耳朵毛绒兔……”她们一边泡脚，一边讲“鬼”故事。

脚丫舒服了，躺床上放松疲劳，四双明亮的眼睛可是兴奋地闭不上，嘴巴也关不住。

终于寝室安静如窗外的月光，撩动夜色浸润奶油质脸庞。

子夜时分，周遭寂静。“咚咚咚，咚咚咚……”突兀的敲门声惊醒四个女生。妞妞大着胆子问：“谁呀？”

没有任何回声。

四个女生的心怦怦乱跳。妞妞说：“我们寝室不缺人。”

门外静得没听见离去的脚步声。

惊悚。

好一会儿她们才敢小声说话，互相安慰着睡去。

第二天早上的一幕，把人惊呆了——公用洗漱室里，妞妞晾晒的上衣，领子被一针一线地拆除掉，其他同学的连衣裙，一排扣子不见了。

“真的闹鬼了！”

闹鬼了，这个话题像电波传递扩散。食堂门前的红漆柱子闪寒光。早餐的时候，四颗小脑袋聚在餐桌旁，猜测不已。她们已经“报警”给寝室管理员大妈，她们还要告诉给老师和军训教官。妞妞给大家讲平面女生的故事：夜半出门，寝室走廊一位长发白衣女子背影飘过，好美呀，白衣女子蓦地回头，她的脸竟然没有五官。

“昨晚的敲门声会不会是死神来了？”她们都没了吃饭的心思。

“立正，稍息！”军训教官叫唐棠，名字有些奇怪，新生想笑，却被他英武严肃的气势给镇了回去。

休息时，有人讲起《午夜凶铃》里面的贞子，具有杀伤力量的贞子，散发着怨气的诅咒，她能从井口里、电视机里，爬出来，伸长了手臂，抓住你……

又到夜晚，妞妞上公用卫生间，关着的门和地面之间留有空隙，她看见门下面移动过来一双裸脚，没穿袜子，无声无息地走在地上。她吓得大气儿不敢出。等那双脚走远了，妞妞夺路逃回寝室。

上午军训，妞妞缺席，她受了惊吓不舒服。同学们气愤地请唐棠教官务必揪出鬼来。下午休息，唐棠教官请大家围着他席地而坐。“你们相信这世上有鬼吗？”静，两天的事情已经让同学们无语。

“世上本无鬼，一切皆有缘由。开学第一天，你们是不是都很讨厌二十栋管理员大妈，你们背后骂她什么来着？”

“变态狂……”

“狠心肠……”

有人小声说出来。

“她以前可不是这个样子。去年秋天，小梁辅导员住进二十栋一楼。管理员大妈对学生检查很严格，嘱咐大家一定遵守用电规则，她唯独没检查梁老师的寝室，结果梁老师寝室意外失火，梁老师遇难。”

四周先是静，风吹过后的安静，忽而传出妞妞的质问：“那到底是谁弄坏了我们的衣服，是谁半夜敲门、光着脚走路？”

“二十栋管理员大妈主动承认了错误，她不该和你们怄气，吓唬你们。她只想让你们心生畏惧，听话。但是她半夜不穿鞋，挨个地方检查寝室楼安全，完全是一片好心。”

气氛开始活跃。食堂门前的红漆柱子跟着泛动温暖。

妞妞买了小功率电吹风回寝室，她故意把包装盒露出来。

管理员大妈的眼睛比老鹰尖，她命令道：“进屋来，我要检查！”

妞妞迎着两道凶光慢腾腾地走进一楼管理室，妞妞心里有数儿，她的电吹风耗电功率符合要求，她想考验考验大妈。

大妈叨叨个没完，什么用电常识呀，年轻人要听老人言呀，时刻不能掉以轻心呀……大妈边叨叨，边翻来覆去查看电吹风，觉得可以了，大妈转身从柜子里拿出新买的衬衣送给妞妞：“穿上试试，看合不合身？”

妞妞拒绝，大妈急了：“怎么，我管不得你了？”

妞妞很不情愿地试穿新衬衣，大妈仔细端详，表情由强悍变成可怜，大妈眼圈儿红了，眼里滚出泪花。

“小梁老师也是栗色头发，她爱吃我做的蔬菜馅儿包子，她说她拿回寝室去热热……”大妈喃喃自语。

妞妞惊呆了，原来大妈心里藏着深深的自责。妞妞逃也似的转身离开上楼去了，她乖乖地走路，心思沉重。

发表于 2023 年 1 期《海河文学》

天干物燥

宁燕年轻时梳着两条长长的麻花辫，辫子黑溜溜垂到腰际，谁见了都说“好头发”。宁燕的美不止头发，她个儿高，皮肤白，走路轻盈似风，一双大眼睛水葡萄般灵动可人。

宁燕家的孩子去大城市读大学去了，宁燕和丈夫重新过回二人世界。丈夫对宁燕体贴入微，早饭多做出一些，鸡蛋炒韭菜和猪肉炖粉条一顿吃不了，即使他中午回不来，宁燕有现成的午饭。晚上丈夫回家给宁燕买了香蕉、苹果。宁燕很享受丈夫的爱。

宁燕已经把长头发剪短，烫了卷发，虽然有点儿发福，但依旧白净，走路轻盈，加上大眼睛会说话，很吸引人。

初中同学大宝子和万善子来找宁燕。

宁燕眨巴着大眼睛努力辨认回忆，突然爆发出惊喜的笑声：“原来是你们呀，怎么变这么魁梧了呢？”

“就说我们长歪了，变丑了就行。”大宝子实话实说。

“你没变样，还那么好看。”万善子夸赞宁燕。

宁燕在烟酒公司上班，站柜台。宁燕对待客户有亲和力、有担当，因此老客户多，新客户源源不断，公司的烟酒销售量一路走高。

大宝子小时候家里穷，买不起作文本，宁燕买了钢笔、钢笔水、作文本送给他，大宝子提及往事，连连感谢宁燕。

“我都忘记了，难得你还记得。”

大宝子说：“人在困难时，受人之恩，永生难忘。”

“就你嘴贫，上学时你就这样，一点儿没变。”宁燕啧啧感慨。

大宝子继续说：“我记得有个男生抓你两条大辫子，欺负你，万善子挥着拳头瞠目怒发冲过去，狠狠教训了那个男生，那个男生从此不敢再对女生造次。”

万善子憨厚地笑：“那是应该的……”

大宝子和万善子从小要好，最近他们都辞了工作，合伙开办酒厂，生产“龙泉散白”和“小五粮”。酒是纯粮酿造，颇受酒民追捧，这不想借助宁燕的烟酒公司往外闯闯牌子、扩大销路。宁燕请示了经理，没问题。

大宝子和万善子欢天喜地、千恩万谢。

一晃半月过去，有外地客商前来专门采购“龙泉散白”和“小五粮”。“龙泉散白”酒瓶里面雕着一条玻璃飞龙，玻璃酒瓶显得晶莹剔透，酒又好喝，客商很喜欢。“小五粮”采用紫米、粳米、玉米、高粱、小麦酿成，绵甜挂口，小巧的彩色陶瓷酒瓶肚大颈纤，古色古香，招人喜爱。这单生意成交，烟酒公司挣了一笔钱，酒厂见到经济效益。

大宝子和万善子兴高采烈地给宁燕打电话，约好晚上请宁燕吃饭。

宁燕下了班，回家稍微打扮，她告诉丈夫今晚有两位男同学请她吃饭。

“谁请你吃饭？还两位男同学！你知不知道今天什么日子？”

一向温良的丈夫不高兴了。

“不就吃个饭嘛，至于吗？”

“今天是情人节，我看你那两个男同学没安好心！”

“什么节？我怎么没听说过。”

“西方人的节日，2 月 14 日，纪念浪漫的爱情，情人约会的日子，年轻人都知道。”

宁燕的脸腾地红了，她头一次被丈夫误解，无辜且恼火。宁燕和丈夫计较起来，家里的晚饭没吃，气饱了，同学请的饭局也没去。

第二天，大宝子和万善子亲自来烟酒公司探问，宁燕劈头埋怨：“你们真会害我，偏偏选情人节请我吃饭，昨晚我们夫妻俩吵架了。”

“啥叫情人节？”大宝子和万善子满脸不解。

宁燕给两位男同学科普知识：“西方人的节日，公元三世纪，罗马帝国的皇帝为了让男人无牵无挂地上战场，不准许他们结婚，瓦伦丁神父违背了皇帝的旨意，和相爱的人举行了婚礼，罗马皇帝在2月14日这天杀害了瓦伦丁。瓦伦丁为了爱情牺牲生命的精神受到大家的尊重，后人将他遇害的这天奉为情人节。每年逢情人节，男生可以赠送女生鲜花，女生可以赠送男生巧克力，互相表达爱意，还可以大胆提出约会。”

轮到大宝子和万善子满脸涨得通红，他们不了解年轻人时兴的节日，给宁燕找了大麻烦。他们买了礼物，登门向宁燕的丈夫解释和道歉。

大宝子原是初中班长，手机微信兴起，他牵头建立了全班同学的微信群。

万善子在群里揭大宝子的老底儿，说大宝子不知道啥叫情人节，瞎请客，闹出误会。大宝子调侃，万善子也不知道啥叫情人节，和他一起出糗。同学们嬉笑怒骂，不亦乐乎。

再到情人节这天，大宝子在群里公告：“天干物燥，小心火烛。”

万善子则通知所有同学带上家属，他们共进晚餐。

宁燕当着众人的面，送给丈夫巧克力，丈夫准备了鲜花送给宁燕，他们热闹地过中国式情人节。

发表于2023年5期《小说月刊》

花的种子

知遥不急着找男朋友，姥姥却盼她早日结婚。母亲安排知遥陪伴姥姥邱玉络。

知遥那些营养餐很管用，邱玉络被养得面色红润，长了力气，她趁知遥不注意，从轮椅上站起来，扶着墙走路，脸上焕发出小少女般的羞怯和喜悦。

“姥姥哎，看把你能的，这可成精喽！”

九十五岁的邱玉络不反驳，每天坚持走路锻炼。半个月后，康复的姥姥问知遥：“可以带我去一个地方吗？去了我就不回来了。”

邱玉络一直用妮维雅雪花膏，她的体香，知遥从小爱闻，她不胖，还能穿年轻时的旗袍和连衣裙。知遥按照姥姥的要求准备出行的衣物。

知遥研究生毕业，未来可以接手母亲的私企，母亲把照顾姥姥的重任先交给她。知遥的母亲常说：“我孤苦无依、流落街头的时候，五十岁的邱玉络天使一般弯下腰，问我叫什么？家住哪里？我含了泪水，说我没有家了，邱玉络便收养了我。”

邱玉络出身老上海大户人家，她一生未婚，她在等一个人。母亲和知遥都得益于邱玉络的培养。

飞机降落高崎机场，邱玉络拿出手抄地址，让知遥带她去半山腰的“相生疗养院”。邱玉络讲：“它先前叫相生医院，韩院长把它交给了国家，现在韩院长的外孙子任致远在疗养院工作。”

邱玉络住进疗养院，需要医生诊看时，她点名要求任致远负责。

任致远未来之时，小护士透露，他三十岁了，还没找对象。邱玉络的嘴角露出不易察觉的微笑。她端坐床头，穿老式旗袍，温润得像青瓷瓶里新插的梅花，虬枝苍劲，意向生动，似乎不曾老过，知遥看呆了。

任致远带来的清风，充满房间，邱玉络跟随任致远的气息，揣摩、端详他。“有韩院长的影子。”邱玉络私下说，知遥注意到姥姥神态安详，眼神陷入无边的久远。知遥也关注起任致远，一身白大褂，里面运动装，他脱下白大褂的样子恬静阳光，穿上白大褂则显得严谨睿智。

邱玉络年迈，她经常要求任致远前来诊看，小护士夸任致远是院里最好的医生。邱玉络听到这话，意味深长地看向知遥。“去帮我问问小任，蛋白粉我喝哪个牌子的好？”“去帮我问问小任，维生素 C 我饭前吃还是饭后吃？”邱玉络总能在任致远离开后，想起一些小问题，让知遥去任致远办公室讨教。

所有人权当邱玉络制造了许多小孩子的游戏。

午饭前如果天气好，邱玉络会让知遥用轮椅推着她到院子里赏花，花海对应三楼任致远的办公室，知遥提示姥姥：“小任在楼上朝您打招呼呢。”

“知道了。”邱玉络不抬头，只笑。知遥代替姥姥向楼上挥手。

邱玉络并不急着回去吃午饭，偏偏等到任致远下楼去往食堂，她嚷嚷着：“回去喽。”这样她们和任致远顺路，任致远抢着帮知遥推轮椅。两个年轻人有一搭没一搭地对话。

混熟以后，邱玉络插嘴：“知遥得回上海帮我取些东西，小任你来照顾我几天好不好？别人我不放心。”

“好，好，姥姥您放心，知遥你去吧。”任致远诚恳地答应。

邱玉络喜欢和任致远唠家常，她尤其喜欢问小任对他姥爷的印象。“姥爷当年是奉家长之命娶妻生子，他对我们很好，但是我们知道他不快乐，他想着他心中的女子，这在我们家不是秘密。”

小别重聚，任致远主动邀请知遥去山间散步。知遥回来向姥姥描述山间花草的样貌和空气的清新。姥姥说：“下次你们去，仔细看看哪些花儿结了种子，帮我带回来。”这个任务很特别，寻找花儿的种子，需要更多散步的时间，任致远和知遥的两双眼睛不断去留意和发现，他们心思和谐、目标一致。

上级文件传达下来，疗养院将转制为自负盈亏单位。全院职工企盼某项个人资金的投入，把疗养院继续办下去。

在这个节骨眼上，邱玉络卧床不起，疗养院建议家属把邱玉络接回家，邱玉络不同意：“我死也要死在这里。”

知遥为了姥姥的固执和任致远诉苦，任致远做出决定，他承包疗养院，困难再多也不赶走姥姥。

邱玉络把任致远叫到床前，她问：“你姥爷可叫韩冰燃？”

任致远吃惊：“您怎么知道。”

邱玉络平静地说：“我就是他心中的女子，我等了他一辈子。”

邱玉络从手腕取下碧玉包金手镯，送给知遥：“这是邱家祖传，保你一生平安。”

邱玉络又从内衣夹层取出一枚镶猫眼石的玉扳指，送给任致远：“这是韩家的信物，北京的王爷送给冰燃父亲的，他父亲是江南名医，救过王妃的命。现在它物归原主。它足够你经营疗养院。”

不知不觉，任致远和知遥的手紧扣在一起。

知遥哭泣：“姥姥，我们找到花的种子了……”

邱玉络安心地合上双眼。

发表于 2023 年 7 期《小说月刊》

合伙人

老岳在郊区养了四十头奶山羊，夏天散养，羊吃山坡嫩草，咩咩疯长，冬天依靠塑料大棚提供新鲜草料，老岳的养羊方式“蝎子粑粑独一份”。羊圈很舒适，老岳有时住里边，卫生条件自不用说，但是，养羊毕竟膻臭味儿大。

老岳每天骑着摩托车给客户送鲜羊奶，他赠送客户收奶箱，挂门外，上小锁头。客户头次订奶会见老岳一面，此后就很少跟他说话了，人们对他掩鼻嫌弃。老岳不生气，他尽量躲避行人，像影子。

山脚有幢别墅，经常订四袋鲜羊奶，有时扩充到五袋。订五袋的时候，院子里会见到别墅的主人付经理，中年微胖的憨厚男子，一点儿不端架子，他主动和老岳打招呼说话。到了冬天，怕奶放院门外冻了，付经理给了老岳一把进院门的钥匙，交代老岳直接把奶送进别墅走廊。得此信任老岳无语。

付经理的老母亲住一楼、妻子和两个女儿住二楼，付经理常年带队去南方打工，承包建筑工程，啥脏乱差环境都经历过，是个人物。付经理会故意和老岳套近乎，请教老岳养羊的秘诀。老岳嘿嘿笑了：“其实我住羊圈，像伺候孩子一样对待奶山羊，侍弄得干净利落，我给奶山羊吃小灶儿，泡黄豆、泡海带、花生米、小鱼干儿、胡萝卜、红糖水……不多不少，月入万元没问题，母羊下的小羊羔卖出去，又是一笔收入。”老岳不介意实话实说，阳光照耀两个人之间，老岳的脸孔笑出核桃纹儿，付经理的脸蛋儿像大苹果，富态。

春节将至，付经理满面愁容，他嘱咐老岳：“明天不用送五袋奶了，送一袋就行。”老岳分明感觉到这一袋奶是留给老母亲喝的，老岳想，付经理该不会遇见什么难事儿了吧，得主动问问。

付经理不避讳直说：“老母亲生病了，急用钱，我用工人的工资款先垫上，我的资金压在工程里呢，春节前要给工人发工资，借了几个看似不错的兄弟，借不到钱，家里该省的花销就省省吧，明天我把车卖了，一定不能慢待工人。”

老岳说：“我借给你，多少？”

“十万元。”

“你等着，我回家取。”

付经理的眼里聚集了亮光：“等你回来，我进屋弄俩菜，咱哥俩儿喝两盅”。

老岳和付经理在别墅一楼大餐厅吃晚饭。

付经理问：“你就是来送奶的，凭什么敢借钱给我。”

老岳说：“我观察你很久了。你身份比我高，家产比我丰厚，但你对我不拿架子，你这人心里容人能装大事儿。再者说了，没看见夫人和你闹矛盾，你对老人好，对家庭负责，对工人讲究。这样的人打着灯笼难找。我信你。”

付经理畅快地喝下一盅白酒：“兄弟，先干为敬，咱们来日方长！”

“五一”放假，付经理返家，他请老岳喝酒。

“我的工程款回笼，这是你的十万元钱，额外的一万元算作利息。”

“多了，多了，不要利息。”

“收下。另外我想说，我准备投资建设三个钢架结构养羊大棚，每个大棚能养奶山羊一千只，雇几名工人，你负责管理，赔了算我的，挣了你我五五分红，如何？”

老岳听傻了，等他反应过来，脸上的核桃纹儿绽开了花儿：“那敢情好！付经理我也想问问，你为什么相信我？”

“就凭你住羊圈那股劲儿，你对羊好，对人真诚，对我敢雪中送炭，我不跟你合作跟谁合作？”

老岳喜形于色："我们把场地选哪儿，怎么销售？"

付经理说："走市场找销路，这个我擅长，明天去你家看看场地，我家房后也不错。"

老岳的奶山羊养殖基地到年底稳赚，扣除本钱，老岳和付经理都收入一大笔钱款。老岳还是那个习惯，住羊圈，亲自给订奶客户送鲜羊奶。大部分鲜羊奶被商场和奶制品加工厂收购，小羊羔和羊肉销售火爆。老岳开着小半截子货车，跑了城里跑乡下，快乐得像大海深处的海豚兀自释放声呐。

发表于 2023 年 17 期《天池小小说》

救　赎

武队长调往松市公安局刑侦科有些年头了，他始终放不下一块心病。

二十年前，他在武县公安局遇北山镇灭门惨案，一家五口人全部遇害，死者吃了有安眠药的饭菜后被杀害。案发后，村民江某外出打工，和村中家人再也没有任何联系。五岁男孩反抗中咬了罪犯一口，凭男孩口中血块提取到DNA样本，和江某家人的进行对比，确认犯罪嫌疑人系江某。

武队长把自己武装到发丝，只要醒着，他就是行走的机器，捕捉整合任何蛛丝马迹，他相信，总有一天他会把江某从茫茫人海揪出来。

武队长最近热衷于阅览院校招生和新兵入伍人员名单，凭他的嗅觉，江某若有后人，他隐藏自己，绝不会埋没下一代。

松市新兵名单有一位叫门江北的，家住松市极其偏远的村庄，村民外出需要徒步翻越山崖，蹚过河水。那地方人口少，自然景色迷人。

武队长感兴趣的是门江北这个名字，他立即调看门江北的照片，和二十年前北山镇江某眉宇间有几分相似。仿佛漆黑的舞台倾泻一束顶光，照亮武队长内心。

松市新兵入伍后体检复查，武队长秘密介入。他单独对门江北的血液进行了DNA采样，和江某的DNA相似度高达99.99%，武队长极力压制住兴奋。

门江北寝室共四位新兵，有一位新兵体检复查不合格，被遣退，实际上那位新兵被调走。武队长手下年轻人迪严以新兵的身份入住门江北寝室。

“嗨，请多关照！”迪严跟门江北打招呼。

门江北腼腆地笑，拿起脏衣服独自走去公用卫生间清洗，迪严抓起被单跟过去。

门江北的肥皂不多了，用起来很费事儿，迪严给自己的被单涂抹完肥皂，顺手把大块肥皂递给他。第二天，门江北还给迪严新的整块肥皂。

“我爸说了，不能欠别人东西。”一口武县方言语音。

周日放假，新兵可以上街采购，门江北不去。迪严买了一堆小物件回来，他送给门江北一双棉袜子，门江北不收。迪严说：“我还没吃午饭，饿了，要不我们去外面小馆子吃点，晚饭就省了。”门江北不去，“走吧，就算陪我。”迪严硬拉起门江北。

迪严自我介绍：“我爸爸、妈妈都在本市工作，他们就我一个儿子，我想什么，几乎有什么，哪天我领你回我家玩儿。”

门江北显得拘谨：“我家虽然在乡下，但那里景色非常美，等有机会我领你去看看。我家里条件不是很好，我妈有先天性心脏病，不能干重活，不过我爸很好，照顾我们一家人。”

“你爷爷、奶奶和你们住一起吗？”

“我们跟姥爷、姥姥住，我爸是逃荒来的，我妈说他走到我家饿昏过去，醒来不记得过去的事情。我爸就知道干活，很少说话，他心眼儿好，从不亏欠别人东西。”

迪严把情况汇报给武队长。

门江北一直很节俭，他跟迪严说出她妈妈可以进行心脏搭桥手术，只是家里缺钱。迪严把门江北的困难报送给部队帮扶中心，并在战友间发起捐款，门江北感动得热泪盈眶。迪严请门江北跟他爸爸要封感谢信，门江北说他爸不识字。

武队长安排了一次人为事故，部队篮球友谊赛场，队员争抢篮球发生肢体冲撞，门江北摔倒，小腿骨折，流了很多血，出院后被送回家休养。护送的军医跟至家中，军医临走故意说门江北贫血，急需输血，翻山越岭从外面调配血浆怕耽误时日，老门义无反顾地给儿子输血。

老门的 DNA 样本和罪犯江某的完全一致。

武队长并没有马上下达抓捕命令，他等门江北养好伤归队，等门江北妈妈做完心脏搭桥手术。“收网。”周围刑警闻听，立即给武队长行军礼致敬。

老门站在自家麦田地里，今年麦子大丰收，金黄灿灿的麦穗互相摩擦，发出窸窸窣窣的轻响，蜻蜓飞来咬定麦芒，恋恋不舍，一双翅膀透明闪金光。有风吹来，蜻蜓飞走了。老门想起逃离老家的夜晚，星星隐去，天还没亮，最黑暗的时刻，留下告别信匆忙逃亡。

他的工钱被工头扣留，他春节回家后给不出聘礼无法相亲。

回家前，他十分友好地跟工头要工钱，工头给他买了回家的车票：“放心，少不了你的。”一路上他都在极力讨好工头。

回到家，他反复去工头家要工钱，拿着礼品过去讨要，像做了亏心事。工头最后说：“明年你不是还得跟我外出打工嘛，这钱先搁我这儿，算作入股，少不了你的。”

他比工头有文化，他买了白色安眠药，拎着自家大公鸡去了工头家。他要给歹人立规矩。

逃亡路上，他一直扪心自问。

他昏倒在一户人家门外，苏醒过来遇见如今的妻子。派出所民警问他姓什么，他含混不清：“门，”叫什么，他含混不清，“心。”民警给他落户名“门新”。他的儿子出生，他想念北山镇老家，他给儿子取名“门江北”。

老门看见有人向他走来，他的妻子也站在麦田地，她能下地干活了，她诧异地看着他上了警车。

《微型小说选刊》2023 年 22 期转载，原发 2023 年 7 月《大观·东京文学》。

从　前

天上的白云拴住脑袋里的筋弦，一塌白，风吹，白云变成池塘，老赵自我感觉穿着吊腿裤，脸颊流汗，他扎猛子进池塘扑腾，凉凉爽爽地采莲子，即采即吃。风皱，白云变成牡丹花，肥硕大朵，他戴头上扮小嫚儿（女孩），假装羞答答。

老赵小时候身上没有钱，不过现在好了，有储钱罐，砸开，钢镚、纸币纷纭，揣好，买车票回家。先坐客车，再坐火车，老赵弄得倍儿明白。

下了火车老赵傻眼，家在哪里呢?

高楼叠幢，街巷深阔，小路找不见了。老赵顺着认定的方向和区域转了一圈又一圈，端详不出家的模样，夜晚只好回到火车站睡椅子上。

老赵不断扩大找寻范围，走不动就捡根木棍拄着走。

终于找见一处池塘，像又不像。天空下起蒙蒙细雨，老赵摸摸兜，已经没有钱了，掏出一只白色半透明的塑料袋，里面空无，套头上避雨吧。肚子叽里咕噜叫嚷，饿得慌，没地方去，老赵索性倒在枯草丛中。

回家的小路显现，爷爷扛着挖藕的铁锹往家走，老赵一机灵，鲤鱼打挺站起身追赶过去。老赵喊“爷爷”的童声在池塘上空飘荡，爷爷抚弄老赵的头发，粗糙的大手散发汗味儿，粘稠地把老赵领回家。奶奶正在烙大饼，奶奶手捏面团，用双手拍成薄饼，再用一只手抛面，饼越抛越大，越抛越薄，奶奶把大饼抛进铁锅。不多会儿，切成三角块儿的大饼端上桌。老赵和姐姐爱吃，大饼香、薄、软、脆，像奶奶说话的声音。

姐姐厉害地责怪老赵把布鞋弄湿了，姐姐不知是心疼老赵，还是心疼她的绣花手艺，姐姐说：“是不是又进池塘偷吃莲子去了？小心吃多了拉肚子！可别把我给你绣的鞋垫弄坏了……”

老赵连忙脱掉鞋给姐姐看，里面没有鞋垫。老赵红着脸表衷心：“那么好看的鞋垫我怎么舍得用。”

“算你有良心。”姐姐把炒藕丝往老赵碗里夹。

姐姐像奶奶一样灵巧，她给老赵绣的鞋垫，绿叶尖长，粉色芝麻花四棱四角，包含节节高升的祝愿。

老赵喜欢跟着姐姐，有好处赚。

比如过年放鞭炮，姐姐把“哑巴”炮捡起来，从中掰开，露出火药末，点燃，能喷出“烟花”。玩儿累了，姐姐坐炕上给老赵嗑瓜子仁，姐姐不断地磕，她自己不舍得吃，瓜子仁攒多了放老赵手心儿。老赵吃一捧瓜子仁，比“烟花”美意。

正月十五晚上敬灯，姐姐早早地用白面做灯座，入锅前，姐姐学奶奶，三下五除二把它们捏成十二生肖的模样，每个都大大方方的，肚子口捏出个凹槽，留出装豆油的地方。大龙的鳞一片一片支棱着，小猪的尾巴打着卷儿，姐姐会给老赵窝个白面元宝蒸上。吃过晚饭，家中男子按照辈分，长幼有序排队行走，他们拎着筐，筐里装着放了豆油和棉花灯芯的面灯，送往山野祖坟那儿去敬灯。姐姐是女子，不能跟过去。老赵回头看姐姐，姐姐告诫他一路上不准回头。

等回来，姐姐把元宝馒头拿给老赵吃，老赵承着灯盏的暖明，融化在夜色里。

到了二月二，爷爷在院子里画“粮囤”，大圈套小圈地画出石榴的形状，家人趴在贴了红窗花的窗户里面，穿越火红的色泽，向外观看。奶奶随着爷爷画“粮囤”的节奏，口中念念有词：“粮满仓，有余粮，生活美满且绵长。”

“醒醒，醒醒，没事儿吧？”有人推动老赵，老赵正走在回家的小路上，忽然找不到家了。

老赵被送往救助站，工作人员问他叫什么，家中有谁，住哪儿，他不知道，幸亏老赵脖子上挂了过塑的救助牌儿，上面留有家属姓名、电话和住址。工作人员吃惊，老赵家住东北，怎么出现在山东菏泽？

老赵把馒头中间挖个洞，把菜放馒头洞里，吃得津津有味。工作人员问他为什么这样吃，老赵神秘地说，能吃出家的味道。老赵还喜欢往窗玻璃跟前凑，他趴窗向外看，爷爷、奶奶、姐姐地嘟嘟囔囔讲故事，旁人听不懂。老赵的故事弯弯绕绕像常青藤植物，绕满了窗棂，爬上棚顶。工作人员问他想吃什么，老赵天真地说："我想吃莲子，新采的。"

工作人员摇摇头，季节不对，哪来的新鲜莲子呀。

老赵远在东北的女儿接到电话，知道老赵自己跑回山东老家。

女儿解释说："他得了小脑萎缩症，早以前的事情还记得一些，当下的事情不记得。我们找遍了所有他可能去的地方，哪承想他……"

老赵的女儿千里迢迢来救助站接老赵。

"你是谁？我怎么不认识你？"

"我是你大女儿呀！"

"才不是呢，我大女儿这么高，"老赵用手比画到自己的肋骨条，"她一会儿放学，我带她闯关东去。"

大女儿呜呜哭了，老赵急得满屋子找人："这小嫚儿哭什么哭，躲哪儿去了？"

发表于 2023 年 7 月《大观·东京文学》

飞　翔

晨光透进帘幕，明暗交集，崭新的一天。慢慢转头，睡梦中的人儿余香不在。他吃力地调动手指，捏起长发丝，细看，深深地闻，脑海为之一振。她已经离开家一年零九十九天。

缓慢伸展手臂，握拳、张开，空气如水，握不住，光线穿透指缝晃在脸上。

林嫂昨晚备下的早餐，用微波炉热了就可以吃。微波轻轻的嗡嗡声在屋子里盘旋，微波真是个神奇的东西，可以把电磁能转变成热能。他奇怪地笑，他若是微波，会变什么？

前日秋凉，院中枫树一片“杀青”，微红和金黄落了一地。那日，单位大姐和小女生凑过来，帮他从手机图片中挑选衣服，他买了深灰色外套，穿上能衬托出皮肤的白、头发的黑、淡淡的忧郁。忧郁包裹了他全身，令他们琢磨不透他，他像一名绅士，来去无伤。

林嫂有时心粗，忘记了他吩咐的活计，他坐着指挥林嫂：这儿需要重新打扫，那盆花要多浇点水，鱼食不能过量，用小羹匙的三分之一……林嫂一定觉得他像大少爷，明明自己随手可做的事情却偏偏雇人来做。为了支使林嫂干活，他需要和林嫂斗智斗勇，林嫂临走看他的眼神诸多复杂，要不是为了挣他的钱，说不定她会跳起来和他理论。他常常屋中一个人反省。

开车去上班，手握方向盘，手感还在，脚踩下去，力道不错。路上的车流和人流各奔东西，城市的色彩被他的车冲开。开车的人能主宰方向，方向似乎和命运有关系吧。那些开豪车的人、辛苦行走的人……每个人的故事从早上继续延伸。

他看上去气色很好，他跟每一个遇见的人打招呼，单位大姐调侃：“趁高兴，给你介绍个对象！”他转身出去，到党办预交了明年全年的党费。他回到办公桌前尽量细致地处理技术图表，这些精细的工作很给单位挣钱，他的工资很高。喝茶，悠闲的状态，小女生凑过来打量他，说他很精神。他的脸上闪出阳光，心房明亮。他给林嫂打电话，告诉林嫂把家里的取暖费、水电费缴齐，下午务必把房间打扫干净，晚上准备一桌酒席，十菜一汤。汤一定要他老家的酸藕汤，十个菜里四荤六素……晚上家里来客人。大姐和小女生惊讶地瞅着他，觉得他很开心。

中午去单位食堂吃饭，他坐在大伙中间，默默享受熟悉的美食。“今天的芹菜炖粉条好吃！”他跟别人夸赞，还多吃了一个鸡蛋。剥了皮的鸡蛋白白嫩嫩，可惜了一个鸡雏的生命，他一口吃下一半，另一半很快送进嘴里，慈悲由心而生。

没等下班他提前走了，这不是他往常的风格，大家知道他今晚请客，殷殷地笑着和他道别。他把车开进楼下洗车行，一阵热火朝天地喷洗。他把驾驶室里悬挂的菩提珠玑手串送给洗车行老板，上次老板曾说过也喜欢菩提珠玑。他们认识多年，他是老主顾。

车变得崭新锃亮，他稳稳完成了倒车入库操作，车停在车库里的一刻，他扶在方向盘上，望着外面的水泥墙体和路面，甬道里暂时没有别的车经过，他独自被封闭地下。

哥几个都来了，喝酒猜拳，闹腾得欢，他时而参与，时而静静地看。他和他们的距离如此亲近，又如此遥远。他们提起他小时候的外号，叫“立志”，他是全班考得最好的一名，上大学，读博士，挣大钱，住大房子，雇保姆。为了这顿饭，他付给林嫂双倍工钱，外加一年工资预付款。他们提起他的女人，说她结婚了。他不解释，细细品红酒，葡萄发酵后的酸涩盈满口胃。他提议，没事了，哥几个常回乡下看看不愿意进城的爹娘，谁先回去可以帮着看看他的爹娘。他们相约在老家的苹果树下再聚。

他喝多了，趴酒桌上，他们不知什么时候已经吆喝着离去。他再喝一口故乡的酸藕汤，汤凉了，醒酒。但是他还是站不起来。嘴里的那片酸藕嚼了又嚼，舌头似乎变小，吞咽费力，他咽不下去。也许明天早上会有小鸟落在他的肩头，“雀舌”尖尖地在小鸟的嘴里灵活翻动，鸟鸣清脆。他不想有一天自己的舌头萎缩成雀舌，体外插了管子往胃里输送营养液，爹娘守候床前，慈祥地看着他，背过身却偷偷落泪。

他用双手支撑着起来，扶着家什赶往窗前。刚才人多热闹，开着窗，深秋的夜晚凉风习习。月亮像小时候一样浑圆，十六的月亮圆啊。他家住五楼，他目测离地面不是很高，他想象展开翅膀，向着黑暗里的光飞翔。他在心里盘算了加速度的力度，在一个渐冻症患者还没有完全丧失机体功能之前，“嘭”的一声，伽利略的“铁球”自由落地。

发表于 2023 年 4 期《海河文学》

鲨鱼之吻

蓝心这个名字是爸爸给起的，然后爸爸把蓝心丢给蓝心的姥姥，他自己消失不见。

小岛渔村有点儿偏僻，需要乘船出海才能到达陆地，蓝心在村里读完初中。她每天随姥爷的渔船出海，她憋口气潜入大海，像一条活泼勇猛的鳗鱼。

蓝心最多能在海水里待二三分钟，她能徒手捉小鱼、采摘海藻之类，有时还能遇见鲍鱼。海底斑斓幽深，那些傻傻的小丑鱼呆萌地围绕着她。看到受伤的海龟，她会施救，她的腰间佩带刀子、凿子、鱼篓等工具，她只取所需，绝不伤害珍稀物种。

姥爷最近身体不适，蓝心和船副出海。她不敢走太远，选了别人平时不太去的浅水湾。停船抛锚，蓝心游进海底，浅黄的沙滩铺了青苔，蓝绿色的水纹反射着海面的波光。蓝心钻出水面深吸几口气，再次潜入海底。

水里的鱼群四下逃逸，蓝心诧异，一条小鲨鱼张着嘴以微笑面孔向她游来。蓝心愣住，这片浅水区从未见过鲨鱼。小鲨鱼在离她不远的地方停留，它的眼睛呆呆地注视着她。蓝心试图转身游走，小鲨鱼并不向她发起攻击，它很疲惫的样子。

蓝心回过头望着小鲨鱼，它再小，也比蓝心体格大。小鲨鱼缓慢地游过来，张着嘴给蓝心看。鲨鱼的舌头上有一个鱼钩！蓝心听说过鲨鱼自杀的事情，它们不想活了，才会游进浅水区。

蓝心不知哪里来的勇气，她迎上去，把一只手放进鲨鱼嘴里，她的手臂感受到鲨鱼的尖牙划过皮肤，但小鲨鱼不咬她，它静静张着嘴。蓝心把另一只手也放进去，果断去除鱼钩。小鲨鱼的嘴里冒出红色水泡，它一直等蓝心双手离开才游动。

蓝心迅速浮出水面，她并没有把这件事情告诉船副。蓝心换了个方向入海，她采摘海藻。那条小鲨鱼嘴里衔着一条两尺长的大鱼跟过来，它流畅地游过蓝心身旁，把大鱼丢给蓝心，合拢上嘴巴的尖脸轻轻触碰了一下蓝心的脸。

几次出海，都能见到小鲨鱼，小鲨鱼帮蓝心捉鱼。蓝心晚间做梦，常神秘笑醒。

这天，蓝心入海，小鲨鱼身边多了一条大鲨鱼。蓝心怕了，莫不是小鲨鱼好了伤疤恢复了本性？冷静灵活的蓝心很快弄懂意图，那条大鲨鱼尾巴上缠绕了成捆的渔网，被海水浸泡的渔网没有烂掉，已经侵入大鲨鱼的肉里。

蓝心拔出刀子，大鲨鱼配合地伸过来尾巴，蓝心小心用力地割断渔网。渔网不太难割，就是工作量大，蓝心憋住气息一口气割完。碎渔网坠入海底，蓝心失去知觉。等她醒来，两条大鲨鱼和一条小鲨鱼用头拱着她浮出水面。船副看呆了、吓坏了。

蓝心救助鲨鱼的事情在鲨鱼界传播，一条又一条受伤、受困的鲨鱼来找蓝心。鲨鱼有求于蓝心都很听话，获救的鲨鱼时常围绕蓝心出海。蓝心的短发在水里像一捧海草，鲨鱼的尖脸最爱穿过她的头发触碰她的脸。于是，浅水湾海底出现了一幅惊心动魄的画面：几条鲨鱼陪伴人类女孩和谐漫游，鲨鱼和女孩之间奇妙互动、行为默契、泳姿优美。

鲨鱼出没的消息不胫而走，渔民惧怕，想办法要驱赶鲨鱼。“投放铁丝网。”“海底建栏杆。”每一个主意都有悖鲨鱼安全。蓝心偷偷掉眼泪。奇怪的是，除了蓝心，其他人去浅水湾入海根本看不到鲨鱼。只有蓝心下海，鲨鱼才会来，鲨鱼只和蓝心玩耍。

蓝心乘船登陆，她去电视台，把她救助鲨鱼的经过讲给有影响力的人。

电视台工作人员穿戴了潜水设备跟进，悄悄拍摄到蓝心和鲨鱼游泳追逐的场景。电视台的人建议不要驱赶鲨鱼，政府和小岛渔村合作，开发旅游业，首推项目，海底玻璃观察屋，观看鲨鱼和蓝心共舞。

村里热闹起来，卖海鱼的、搞餐饮的、开旅馆的……渔民纷纷致富。

一位外地摄影爱好者观看了节目，激动得泪流满面，等蓝心上岸，他上前紧紧拥抱蓝心：“我是你爸爸呀！跟我走，我要供你上高中考大学，将来做海洋博士。”

“那它们怎么办？村民怎么办？”蓝心一万个不放心。

村里站出三个勇敢的孩子，他们要接蓝心的班。蓝心只能逐个带小伙伴去见鲨鱼。几条鲨鱼警惕地包围过来，蓝心用手抚摸了小伙伴的脸，再抚摸自己的脸，然后伸手触碰鲨鱼，她将“信任”的气味传达给鲨鱼。一条鲨鱼被成功解困，远远近近传来鲨鱼低沉而温柔的“嗡嗡”叫声。

当四个孩子在海底，愉快地和鲨鱼群混合游泳、肢体接触，蓝心爸爸的照片定格。

“这张照片就叫‘鲨鱼之吻’，它一定能获得摄影作品大赛一等奖。”

蓝心的爸爸接走蓝心，小岛渔村的旅游业越办越兴旺。

蓝心是海洋的灵魂，她妈妈在大海里保佑她，人们都这么说。

《微型小说选刊》2024 年 8 期转载，原发 2023 年 9 期《小说月刊》

百分之四十折旧

星云商场隆重开业，它装修华美、经营项目繁多，人们闻声而至。

桃子休息，领着五岁儿子小吾来星云商场闲逛、吃午饭，下午准备去游乐园，陪小吾玩耍。

秋天的阳光明媚通透，洒进车内温暖怡人。桃子开车，小吾坐旁边，他一身牛仔服，自己系安全带，脚下的帆布鞋，蓝鞋面白鞋帮，安安静静的，小大人模样。

桃子穿上新买的风衣，藕紫色的面料有皮肤的质感，薄而轻盈。桃子在停车场兜了两圈，找到停车位，她欢快地倒车、停车，小吾帮助查看外面。“停！”小吾稚嫩地喊，桃子恰好停车，他们相视而笑。桃子下车，白色半高跟鞋，白色紧腿儿裤，藕紫色风衣在微风中轻舞。

商场的新款秋装琳琅满目，不过桃子还是觉得自己身上穿的风衣好看。他们走出一家店铺，小吾蹦蹦跳跳跑向通道的边缘，那里有金属栏杆，趴在栏杆上能往楼下观看。桃子不放心说：“慢点！注意安全！”桃子紧随小吾飞快行走。

“嘎！”崴脚了，坚硬的物体从脚下弹起，擦着桃子的眼皮飞过。桃子尖叫，小吾站住回头看。原来小吾刚刚经过的路途，有一块儿长条形花砖没粘牢，被桃子踩到，瞬间飞起来。幸好小吾没事儿，桃子心里后怕，但是她的藕紫色风衣侧摆，被飞起的地砖划出一道破痕。

桃子不再有心思闲逛，她拉着小吾的手去餐厅吃饭。小吾很喜欢鸡米花的味道，桃子勉强吃下青菜面。小吾吃好，桃子征求意见：“妈妈的风衣被商场的地砖刮坏了，要不要找找商场，让他们赔偿？”

“妈妈，去试试，新风衣呀！”

“一会儿，不管发生什么事情，小吾你都不要害怕，你只管听着。”

“好的，妈妈。”

桃子领着小吾去了一楼大厅咨询处。“是这样，这是我新买的风衣，今天在你们商场，踩到一块活动地砖，地砖飞起，把我的风衣刮坏了，你看……幸好没伤到人，只是刮坏了衣服。”

过了很长时间，一位负责人出来，跟桃子上了三楼，到事发现场看了看，他指点桃子，去二楼找售后办公室处理。售后办公室里，有两位女同志，一位胖胖的坐在办公桌电脑后面，另一位瘦瘦的，走来走去。

桃子开口：“这件风衣是我新买的，买了半个月，第一次穿，买时打折花费五百元钱，不是在你们商场买的，刚才在你们商场，踩到一块活动地砖，地砖飞起，把我的风衣刮坏了，你们看怎么办？”

瘦女人跟随桃子去事发现场进行核实，回到办公室，她向胖女人汇报了情况。胖女人说：“给你赔偿一百元钱，你找地方去织补一下。”

“可是这件衣服是新的呀，我第一次穿。你们商场有这个品牌，你只需给我换一件同款新的就行。”桃子要求。

“你得拿出收据，证明你这件衣服花了多少钱，是不是同一品牌。从你购买这件衣服的时间算起，按日进行折旧，”胖女人噼里啪啦按计算器，“最多赔偿二百元钱。”

“我没有必要回家找收据，它打折后我花了五百元钱，网上也有售卖，也是五百元钱，你们可以上网查看。如果你们偏得要收据，我明天上班请假，专门到你这里处理这件事情，不过你得承担我误工费和车费，另外你们的地砖粘贴不牢靠，构成安全隐患，今天是刮坏了我的衣服，要是磕碰到小孩儿怎么办？这个我可以向媒体、消协、安全生产监管部门进行反映。”

胖女人马上调整话语：“这位女士，您可以留下这件风衣，我们负责免费织补，另外给您折旧赔偿。”

桃子坚持：“我可以留下风衣，但我要拿走全额赔偿款，毕竟它是新衣服，在你们商场，因为你们的失误，被弄坏了，即便织补，它也是坏的。你们负全责。”

“要不这样，我查看了一下网上价格，的确值五百元钱，我给您按百分之四十折旧，赔偿给您百分之六十的钱款，三百元钱，如何？”

桃子说：“你赔偿给我三百元钱，风衣我得穿走。”

“可以，不过您得在我们的赔偿协议书上签字，不得反悔。”

胖女人忙着起草赔偿协议书、忙着打印，桃子和小吾坐着等。时间分分秒秒在流逝。

桃子无心恋战，拿着三百元钱，胜利、喜悦地领着小吾下楼。

车开到停车场收费口，显示停车三个多小时，照顾收费三十元。停车场停车两个小时以内不收费，小吾想解释停车超时的原因在商场，那还得浪费口舌，若再次上楼找售后人员，又要耽误时间。

桃子闷声不响付款三十元，赔偿款瞬间缩水。

小吾说：“妈妈，我们不能去游乐园了，它快要下班了。”

“对不起，小吾！妈妈刚才转身走就好了。”

“妈妈，吃点亏，不浪费时间和生命。”五岁的小吾说。

此后，桃子再也没穿过那件藕紫色风衣。

发表于 2023 年 11 期《小说月刊》

摇滚后裔

司机微胖，戴着眼镜，中年男子的油腻和憨厚同时存在。他曾经活跃在舞台上，热血沸腾地演唱摇滚歌曲。

女子搀扶须发皆白的老先生上车。老先生像熟透的秋叶，落座副驾驶，但那枚叶子蕴涵了岁月的沉淀，稳妥如万水千山。

女子坐后座位，看起来充满自信。

老先生临下车教导女子：“灵性这个东西会帮助你的，充盈你的生活。”

一句话触动了司机的宇宙，他开始主动和继续乘车的女子交谈。

“我学校毕业没去单位报道，去了北京，师从吉他大赛一等奖得主，我们在一起玩摇滚。”他把自己儿子唱歌的录像放车载影音里播放。儿子已经长成大小伙子，俊秀富有朝气，声音甜美，像“小虎队”的风格，不似摇滚歌手的粗犷。

“我玩够了才回家上班，业余时间开车挣钱。”

“有趣的灵魂。”女子称赞。

“我们父子玩在一起，我向来以同龄人的身份和儿子相处，没端过家长架子。儿子小时候，我俩在一块儿玩疯了。”司机说话时孩子气十足。

“你儿子把你当朋友，那听话吗？”

“我儿子有什么事情都和我们说，即便耍脾气，过后会说，来，咱们把这事儿商量商量。”

“你儿子学习好吧？”

“头等生。他喜欢生物，经常摆弄小虫子，后来我也跟着摆弄。”

司机继续说：“我儿子从学校实验室拿回家三百个天牛虫卵，大米粒儿样，他把纸盒放温暖的地方，里面码放椴木，木块上凿了小孔，虫卵放进小孔，每天要往木块上喷水，保持环境湿润，不到半个月就孵化出幼虫了——乳白色半透明，长条，一节一节的，没脚儿，俗称‘蠕动的小肠’。我儿子五元钱一只全卖出去了。啄木鸟吃天牛幼虫，多汁有营养。天牛幼虫吃木屑、打洞，一只天牛幼虫能蛀空一棵树。天牛幼虫得三年左右才能长成天牛成虫，长成的天牛身体有花斑，细长椭圆形，一双翅膀，两条长鞭触角，小孩子对它感兴趣。”

“你儿子不简单了。”

“有一次去朋友家饭店吃大闸蟹，遇见一只白色壳异化的，我儿子要花钱买下，老板说，别的客人不敢吃，就送给我儿子。他回家把白蟹做成标本，上网卖了三百五十元。”

“也就你这玩摇滚的脑袋瓜影响了你儿子。你儿子不仅学习好，还有谋生的本领，这点最有用、最难得。”

“放假期间，有几天，我发现儿子下半夜才睡觉，原来他猫被窝里，通过微信辅导同学学习呢。开学后，那位同学由一百多名上升到十几名。同学家长夫妇登门道谢。同学家请过几个辅导老师，都没有我儿子辅导的效果好。他家经营山庄和酒店，家大业大，邀请我们夫妻随时过去游玩。”

“你儿子这么小就能积攒人脉，未来不可限量。”

“我就没有苍老过，始终有颗年轻的心。”司机终于找到自己唱摇滚的录音，声音有点儿嘶哑，涵盖了夜色中的暗自喜悦。

“我有一把吉他八千元，我最近又拿出来玩。”

“你是能挣会花呀！”女子笑。

摇滚歌手的思想恰同学少年，他的儿子多么像他，有钻研劲儿，头脑灵活，热爱生活，充满喜感。

女子忍不住说：“三代才能培养出一名绅士，你儿子会把你的智慧和精神流传下去。”

司机说：“人之初，性本善，性相近，习相远。指的是人天生都具有可塑性，长大了成为什么样的人，要看从小怎么教育。朋友家的孩子不上进，老师叫家长过去谈话，他没理顺，回头问我请教，我扒了皮掰出馅给他看，他都不懂、不通路。家长把孩子从小养歪了。”

“有道理的。”女子首肯。

“人家有能力的老师搞辅导，十几节课，打六十分的孩子能提高到九十分。说明不是孩子不行，还是老师的水平问题。能够抓住每个孩子的要害，因人施教，是重点。据说有能力的老师第一节课不给孩子讲课，出一套题，让孩子先做，他根据作业情况，第二节课开始给孩子制定并实施讲课辅导内容。”

“人的能力真的是不同的。”女子感叹。

“我儿子从来不让我给他找辅导老师。”

“家长是孩子的第一任老师！遇见有灵性的家长，孩子就赢了。培养下一代是要从父母开始的，几代人不懈的努力。”女子说完下车。

两个有灵性的人，参悟了人生的牌局。

发表于 2023 年 11 月上半月《小小说月刊》

荣　儿

唢呐声，大队人马脚步声，有排场、够气派。

红轿内，端坐的荣家大小姐，要嫁给石家三公子。荣家和石家都是镇上大户。

洞房花烛，荣大小姐透过红盖头，看到的都是红色的床帐、红色的家什，说不清是喜悦还是心跳的忐忑，媒婆说石三公子貌若潘安、习枪舞剑。

夜已经很深，终于有人进来，一个男人近前。

可是那男人只是站住，徘徊，坐下，再站起来，细思量默端详。荣大小姐有点不知如何，但还是稳稳地端坐。

将有一个时辰，男人上前托起荣儿的手，大家都说荣儿的手纤长白嫩，招人喜爱。

“荣儿。”男人开口了，声音隐忍又满是爱怜，停顿了一会儿，他开始长篇说话，“对不起，荣儿！本来我和陶妈的女儿轻巧青梅竹马，我们一起长大，一起习武弄剑，一起相爱，但父母大人嫌弃轻巧没有身份地位，不准我娶她为妻，现在荣儿你是我的妻了，只有你有权向我父母提出准我纳妾，轻巧可以不要名分，只要能跟着我，你能同意吗？”

轻巧是谁，一定长得好看，有自己好看吗？未曾谋面的相公深爱着别的女子，酸醋难当，但自己所受的教育告诉自己，一定要满足相公的心愿，这样相公才会欢喜。

荣儿点头，“你同意了！”那一刻，她听见男人喜悦的轻叫，荣儿的心在流泪。旋即，盖头被轻轻揭开，“啊！”荣儿未敢抬头，却听到另一声更加惊喜的轻叫，这一声当是对自己的赞许，荣儿的心稍稍找到些平衡。

第二天早晨，夫妻俩穿戴整齐，前厅拜见家人。荣儿先是见过祖奶奶，祖奶奶喜欢得不得了，当即取下祖传的玉挂送给荣儿。见过父母大人，见过兄嫂，见过姑小。整个早饭，一家人都在暗暗喜欢荣儿。

三日后，荣儿亲见父母大人，提出愿意让相公纳轻巧为妾，以圆满相公相思之苦，共同为石家尽妇人之道。父母准许，赞荣儿深明大义。

不消半月，一顶小轿从侧门抬入公子院内，厢房入户，石三公子喜得轻巧。那一晚，未曾换下的红帐里孤枕旁，荣儿的心在流血。

第二天天刚亮，院内有声，荣儿推门观看，一对玉人双双舞剑，眉眼相去，甚是和美。见荣儿出来，石三公子收剑，恭敬地上前执手相见，轻巧也上前拜见，并大胆地抬头直视荣儿。

荣儿的爱在一个月之内开放，亦在一个月之内枯萎，她的爱是完全想着石三公子的，包括公子的旧爱，而轻巧的爱是霸道的，独享的，不顾及她人的。荣儿看着相公和轻巧如鱼得水，并不声张委屈，她只把泪流在无人的夜晚。

石三公子每隔几天就来见荣儿一次，每一次都是怜惜有加，甚至感叹相见恨晚。如若当初遇见的是荣儿，他是不会挂记轻巧的。有这样一句话就足够了。

一个月后，荣儿病了，拖了半年，竟然死去。亡故之前，荣儿只有一事相求，就是一定要戴着祖奶奶送的玉挂下葬。石家上下一片哭声，他们都记得荣儿的好。

荒草哀冥，奈何桥上孟婆执汤，荣儿扑通跪下，取下祖奶奶送给的传家玉挂呈给孟婆，只求记得石三公子，速速转世投胎回荣家。孟婆对这一段孽缘了如指掌，留情通融。

一年后，荣家小小姐出生，荣府欢喜，小小姐像极了死去的荣儿，给爹娘寒着的心增添了欢慰。十六年花开花谢，小小姐出落婷婷，就是当年荣儿模样。媒婆开始一次次上门提亲，小小姐统统不允，老爹娘痛爱小女，主动问询小小姐意愿。

小小姐打听石三公子的消息，自荣儿死后，石三公子日渐思妻，日渐觉出轻巧的霸道，日渐明白荣儿的情怀，不再娶妻，不曾把轻巧扶正。小小姐提出非石家三公子不嫁。

悠悠相隔十八载，人若有情心相知。石家今夜大喜，石三公子终于同意娶妻，原因是，听说荣家小小姐像极了荣儿。

洞房花烛，石三公子迫不及待地上前，轻轻揭下红盖头，荣小姐含着泪缓缓抬起头，石三公子惊呼："你就是荣儿，我的荣儿！"荣儿点头："只是我把祖奶奶的玉挂送给了孟婆。"

"没关系，没关系，只要上天把你送还给我。"说完，俩人抱头痛哭。

再也不坐阿尔法

阿冰的弟弟给董事长开车，董事长见识过的风光和人物，阿冰的弟弟没少跟着领会。阿冰的弟弟时常讲起见闻，阿冰听着，好像自己经历过。

董事长的车是辆阿尔法，价值百万元。阿冰看见那辆车，两眼放光，满街的新鲜事物全然失色。阿冰念念不忘阿尔法，他购买了装饰品，阿尔法的红十字车标镶嵌在倒三角金属框架里，他把装饰品放书桌上，走进来看看，走出去再看看，上床睡觉前和车标道声“晚安”。阿冰觉得，他和阿尔法心心念念必有回响。

阿冰在睡梦中开着阿尔法奔跑，楼房向身后倾倒，血液向头顶聚拢，他打开天窗飞出去，看着阿尔法在公路上越跑越远。醒来，他盯着存折，十八万元存款，好不容易才攒下的，只能买一辆普通的SUV车。

阿冰苦笑，这一年过得有多艰难，难以启齿。先是他的果蔬店收不抵租，关闭。丈母娘生病住院，媳妇在医院陪护，媳妇的工资都花给丈母娘了。儿子上小学，读个好学校，又花去一笔钱。阿冰负责带孩子、做饭、进货、卖货。阿冰骑三轮车，摆路边摊儿，两个土豆、三根黄瓜、一斤橘子……他热情风趣，眼尖手快，人们爱买他的东西。阿冰捏着钱，每一分都沾着心酸和汗水。

阿冰想尽快买一辆普通的SUV车，开车到更远的地方去摆摊儿挣钱。

有梦想的人有干劲儿。

阿冰出摊儿回来，在家门口稍歇，手中烟头忽明忽暗。他趁夜取了信函，拆开看，初中同学聚会的邀请函，烫金字迹干净儒雅，和他的泥巴手形成反差。丁子曾是阿冰最要好的同学，他发达了，衣锦还乡，欢迎各位老同学莅临某高档酒店。阿冰露出一丝不易察觉的笑意。

阿冰说服弟弟："给我当一回司机，我坐你的阿尔法去参加同学聚会！"弟弟明白了哥哥的良苦用心，不得已答应。

阿冰把到场时间估摸得刚好，同学来了大半。阿冰穿白衬衣、深灰色西装裤，棕色厚底儿皮鞋稳健富有弹性，他从阿尔法车上下来，像十分低调的一束亚光，晃了同学们的眼。

两个餐桌，二十几位，大家的兴奋点围绕着阿冰，连宴请人丁子也不例外。丁子这几年经营连锁超市。丁子问阿冰："老同学，你做什么生意呢？"

阿冰一脸羞涩："小买卖，比不得你，我主要搞水果、蔬菜批发。"

女同学惊叫："怪不得买了阿尔法，生意不错呀！"

"哪里，哪里，辛苦钱嘛。"阿冰含混应对。

丁子借着酒劲，执意问阿冰："我正想在老家开果蔬连锁超市，要不然阿冰你来帮我打理，钱我出，场地我选，我负责装修，你只需要动用你的聪明才智和勤奋。"

"真的？"

"真的。"

阿冰和丁子当着同学们的面儿达成口头协议。

大家沸腾起来，逐个过来和阿冰喝上一口酒。丁子说："想当初，我家住农村，生活困难，高考前上晚自习，我在城里租不起房子，阿冰，我在你家蹭吃蹭住，伯母给我炖鸡汤喝，拿我当亲儿子待，我忘不了。"

阿冰感慨地语塞。

同学们纷纷诉说往事。其中帮助过阿冰的小黄坐在角落不言不语，阿冰过去询问近况。小黄在郊区养猪谋生，阿冰亲切地按按小黄的肩膀。

小黄眼神一亮，他连忙站起来向阿冰敬酒。

阿冰渐渐喝多了，找不到东南西北。

临别，所有同学站成一排送阿冰上车，为首的是丁子，丁子满脸堆着诚恳的笑容。阿冰弟弟麻溜下车开门，请阿冰上车，阿冰半开车窗，和同学们挥手告别。

阿尔法启动走远，阿冰热泪盈眶。

下车的时候有点儿晕，阿冰一脚踩空，脸磕在车门边摔倒。阿冰流了满脸血，阿冰弟弟没去管阿冰，他立马查看阿尔法车门有没有被磕坏。阿冰的血挂在车上，和车体的红颜色很相近，阿冰弟弟拿湿纸巾仔细擦拭。“幸好没磕坏！”弟弟说。

阿冰去医院牙科，被告知：“折了一颗门牙，得做根管治疗。”

阿冰焦急地问：“还能不能修复？”

“能，利用牙槽骨种植一颗。”

“那得多少钱？”

“一万元。”

阿冰呆呆地坐下。

两天以后，丁子来路边摊儿找阿冰。阿冰极其惶恐。丁子说：“我之前来这里观察过你、打探过你。你不要着急，我们好好干，相信有一天你能买上阿尔法。”

阿冰连连摇头，他指着自己的门牙反复嘟囔：“再也不坐阿尔法……”

“那我们坐法拉利！”丁子笑着扶起阿冰。